二 見 文 庫

愛は闇のかなたに

L・J・シェン／水野涼子＝訳

Sparrow
by
L. J. Shen

Japanese translation rights arranged with
BROWER LITERARY & MANAGEMENT, INC.
through Japan UNI Agency, Inc., Tokyo

「彼女は小さいけど、気性が激しいのよ」

ウィリアム・シェイクスピア

愛は闇のかなたに

登　場　人　物　紹　介

スパロウ・エリザベス・レインズ	シェフ
トロイ・ジェームズ・ブレナン	フィクサー。マフィアのドンの息子
キリアン・ブレナン	トロイの父親。故人
カタリーナ（キャット）・グレイストーン	トロイの元婚約者
ブロック・グレイストーン	キャットの夫。レストランのマネージャー
パディ・ローワン	トロイの父の右腕
ジョージ・ヴァン・ホーン	政治家。不動産王
フリン・ヴァン・ホーン	ジョージの息子
エイブラハム（エイブ）・レインズ	スパロウの父親
ロビン・レインズ	スパロウの母親

プロローグ

トロイ

マサチューセッツ州サウス・ボストン
トリニティ教会

静寂。これほど危険をはらんだ音はない。

聞こえてくるのは、モザイク床を歩くおれのダービーシューズの靴音だけだ。おれは目を閉じて、最後にもう一度、子どもの頃によくやっていたゲームをした。告解室へは目をつぶってでも行ける。生まれた日からこの教会の教区民なのだ。ここで洗礼を受けた。毎週、日曜ミサに参加した。下手くそなファーストキスをすませたのも、ここのトイレだ。葬式もここで行われるのだろうが、おれの家族の伝統に従えば、棺《ひつぎ》の蓋が開けられることはないだろう。

聖水盤から三歩、四歩、五歩。歩数を数え、くるりと右に曲がる。

六歩、七歩、八歩、九歩。目を開けた。やっぱり忘れていなかった。

目の前に、おれが過去の秘密を全部葬ってきた木の箱があった。告解室だ。

きしむドアを開け、目をしばたたく。カビと罪人たちの汗のにおいが鼻を突いた。

告解室に足を踏み入れるのは二年ぶりだ。親父《おやじ》が死んだあとは来ていなかった。だが、告解は自転車に乗るのと同じで、一度やり方を覚えたら絶対に忘れない。

とはいえ今日は、いつもと違う展開になるだろう。

昔ながらの教会の昔ながらの告解室で、しゃれた内装は施されていない。全面が濃い色の簡素な木で覆われ、司祭と告解者を隔てる格子窓があり、その上に十字架像がかかっている。

傷だらけの木のベンチにドスンと腰かけた。百九十三センチのおれが座ると、バービー人形のドリームハウスに無理やり入りこんだ巨人のようだ。少年時代、脚をぶらぶらさせながらマクレガー神父にたわいない罪を告白したときの記憶が脳裏を駆けめぐり、郷愁に駆られる。おれの罪がここまで大きくなったことを、マクレガーは不快に思うだろう。だが、神父に対する怒りは、道徳心よりも強かった。

スーツのジャケットをたたんでベンチに置いた。〝悪いな、爺《じい》さん。今日、あんたは長年説いてきた主のもとへ行くことになる〟

神父が向こう側の覆いを開けて、咳払《せき》いをした。おれは十字を切って言った。「父と子と聖霊の御名《みな》において」

おれの声を聞いた神父が体をこわばらせ、椅子のきしむ音がした。おれを覚えていたのだ。そいつはよかった。殺すのがますます楽しみだ。こんなおれをサイコパスだと言うやつもいるだろう。

実際、そのとおりだ。

ぞくぞくする。おれは復讐《ふくしゅう》の鬼だ。激しい怒りと憎しみにとらわれていた。

「トロイ……」声は震えていたが、神父は型どおりに進めようとした。「前回の告解はいつでしたか？」

「よせ」おれは虚空を見つめながら微笑《ほほえ》んだ。どこを見ても木しかない。しゃれた内装を施せとは言わないが、これも滑稽だ。棺に似ている。まさに棺に入った気分だ。

「本題に入っていいか？」首の骨を鳴らし、袖をまくった。「時は金なり」

「癒し手でもある」

おれは歯を食いしばり、拳を握ってまた開いた。

「その手には乗らない」腕にはめたロレックスを見た。そろそろ時間切れだ。

チクタク、チクタク。

「お許しください、神父様、おれは罪を犯しました。二年前、人を殺した。そいつの名前はビリー・クルプティ。親父の額を撃ち抜いて脳みそを吹き飛ばし、おれの家族を苦しめ、崩壊させた男だ。おれはそいつをこの手で殺した」

神父が告白の重みを理解するのを待ってから続けた。「そいつの手足を失血死しない程度に切断してから縛りあげて、その手足を闘犬が奪いあう様を見せてやった」不気味なほど穏やかな声で言う。「最後は、胴体に重りをつけて、埠頭《ふとう》から投げ捨てた。そいつはまだ生きていて、苦しみながらゆっくりと死んでいったよ。なあ、神父様、人を殺したら何回アヴェ・マリアを唱えればいいんだ？」

マクレガーは携帯電話を持ってきてはいないだろう。お高くとまっているし、年寄りだから。危ない橋を渡っても、ばれるとは夢にも思っていなかったはずだ。とりわけ、おれには。しかも、こんなところで。おれは二年ものあいだ、絶好のチャンスを待っていたのだ。マクレガーが教会でひとりきりになり、隙が生まれる瞬間を。

そしていま、マクレガーは告白を聞きながら、おれが向こう側のドアの前で待ち構えて命を奪うつもりでいることをわかっている。逃げ道はない。

黙ったまま、次の出方を考えている。唾をのみこむ音や、爪で木の椅子を引っかく音が聞こえた。

おれは愉快な気分になって、脚を組み、膝を抱えた。「今度はあんたの番だ。そっちの罪を聞かせてもらおうか、神父様？」

マクレガーがためていた息を吐きだした。「告解とはそういうものではない」

「そんなのわかってる」おれは鼻を鳴らした。「だが、これは普通の告解じゃない。だから……」革の手袋をはめた指で格子窓をかすめると、マクレガーが身をすくめた。

「ぜひ聞かせてもらおう」

ロザリオが落ちる音がし、マクレガーは椅子をきしませながらそれを拾いあげた。

「わたしは聖職者だ」マクレガーは説得を試みた。

おれは怒りが込みあげた。告解の秘密をもらしたくせに。

「毎週火曜の午後十時に親父がどこにいたか知っていたのは、本人と愛人と、あんただけだ」ゆっくり話す。「ビリー・〝ベビー・フェイス〟・クルプティが丸腰の父親を見つけられたのは、あんたが教えたからだ」

マクレガーが反論しようと口を開いたものの、ぎりぎりで思い直したのか、すぐに閉じた。遠くのほうで犬の吠《ほ》え声と、裏庭で夫を怒鳴りつける女の声がする。おれがタワーマンションに引っ越して自分を作り直す前まで慣れ親しんでいた、典型的なサウス・ボストンの住民だ。

マクレガーは息を詰まらせ、時間稼ぎをしようとした。「トロイ……」

おれは立ちあがり、袖をさらにまくった。「そこまでだ、外に出ろ」

マクレガーが動こうとしないので、ナイフを取りだして格子を切り裂いた。開いた穴に手を突っこみ、白い襟をつかんで引き寄せ、顔をじっくり眺める。白髪まじりの髪が汗で濡《ぬ》れ、あちこちを向いている。恐怖に満ちたまなざしを見て、おれは気分がよくなった。薄い唇が釣り針にかかった魚のようにあんぐりと開いている。

「頼む。トロイ、お願いだ。父親と同じ罪を犯すな」さらにぐいっと引き寄せると、マクレガーは叫び声をあげた。

「さっさと、ドアを、開けろ」おれは一語一語区切るように言った。

マクレガーが手探りで取っ手を探し、カチリと音がした。

おれは手を離し、ふたりとも外に出た。

目の前に立っているマクレガーは、おれよりだいぶ背が低い。太っていて汗だくで、神の使者のふりをしている堕落した男。悪趣味な冗談だ。

「きみの司祭を本気で殺すつもりなんだな」マクレガーが悲しそうに言った。

おれは肩をすくめた。おれは殺し屋じゃない。殺人だけは引き受けないと決めているが、これは個人的なこと、おれの父親に関することだ。母親はブルーミングデールズのセールやサンデーブランチのカクテルに夢中で、親父がおれを育ててくれた。子どものときから、母親はいないも同然だった。親父のかたきを討つくらい当然のことだ。

「きみも彼らと同じだ。きみは違うと思っていた。もっとましな人間だと」マクレガーが非難した。

おれは唇を引き結んだ。おれの仕事はアイリッシュ・ギャングとはなんの関係もない。誰かが近くで悪さをするたびに警察に疑われることはないし、ギャング組織にはまったく興味がない。一匹狼《おおかみ》で、必要なときだけ人手を借りる。仲介者も同僚も敵もいない。何より、目立たないようにうまくやっている。大勢の手下の陰に隠れる必要もない。誰かを始末しなければならないときは、自分でやる。

マクレガー神父は罪の報いを受けなければならない。すでに巻き添えを食って死んでいるはずだった。ところが、やつが密告した相手――ビリー・クルプティの野郎を始末したとき、その場に現れなかったのだ。

だから、教会なんかでやるはめになった。

「さっさとやれ」マクレガーが言った。

おれは険しい顔でうなずいた。

「やはり、蛙《かえる》の子は蛙だな。残忍なアイリッシュ・ギャングの血が流れている。恐れを知らない。それでも、やめておけ」マクレガーがため息をつき、手を差し伸べた。

おれは時限爆弾でも見るような目つきで見つめたあと、ようやくその手を握った。冷たく湿っぽい手で、握る力は弱々しい。その手を引き寄せて抱擁し、片手でうなじをつかんだ。

「本当にすまなかった」マクレガーはおれの肩に顔をうずめ、全身を震わせながら必死で涙をこらえようとしていた。「間違った判断をした。彼がふたりを、ふたりともを殺すとわたしはわかっていた。だが、当時は、みんなのためになると思っていたのだ」

「金のためだろ？」おれは抱きあったまま、腰の鞘《さや》からナイフを抜きながら耳元でささやいた。「ビリーから金を受け取ったんだな？」

マクレガーはナイフには気づかず、泣きながらうなずいた。親父の居場所をききだすために、誰かが金を、大金をつかませたはずだ。クルプティの金ではない。地元の食堂《ダイナー》の日替わり料理を食べる金すらなかったのだから。

「金のためだけではなかった、トロイ。キリアンがこの地域から、ボストンからいなくなることを望んでいた。きみの父親に支配され、ずっと苦しめられてきたわが民に、平和をもたらしたかった」

「あんたの民じゃない」ナイフを首に滑らせ、ドクドクと脈打つ頸動脈《けいどうみゃく》をざっくり切ると、急いでマクレガーを告解室に押しこんだ。おろしたてのオーダーメイドのスーツを血しぶきで汚されたくない。「余計なことに首を突っこむべきじゃなかったんだ」

マクレガーは床の上で大量の血を流しながら、陸にあがった魚のごとく痙攣《けいれん》し、息を切らしている。辺りに立ちこめた金属臭は、しばらく鼻に残るだろう。

マクレガーが動かなくなると、おれは片膝をつき、開かれたままの、恐怖と後悔をたたえた茶色の目を見つめ返した。そして、舌を引きだして切り取った。

これは密告者に対するギャングの掟《おきて》だ。マクレガー神父が何をしたのか、殺人犯はボストンに無数に存在するギャングのどれなのか、警察は頭を悩ませるといい。ギャングの数が多すぎるうえに、複雑なつながりがある。おれがまだ小さい頃に親父はボストンのボスの座から降り、ほかのギャングがその空席を埋め、通りを支配した。

皮肉なことに、マクレガー神父は教区民に平和をもたらそうとして、実際は恐怖に満ちた生活に追いやったのだ。

通りはいまも――これまでにないくらい――混乱のさなかにあり、犯罪率が急上昇している。通りにはびこるいくつものギャングを制御するより、アイリッシュ・ギャングを監視するほうがはるかに楽だろう。

この殺人事件で、警察がおれに目をつけることは絶対にない。

舌をどこに埋めるかは決めている。マクレガーの自宅の裏庭だ。

ナイフをマクレガーのズボンでさっと拭き、手袋を脱いでポケットに突っこんだ。つまようじを取りだして口に入れたあと、シャツの袖をおろしてジャケットを手に取った。教会の外に出ると周囲を見まわし、目撃者がいないか念のため確認した。

付近はマクレガーと同じくらい生気がなかった。サウス・ボストンで、特に昼時に散歩をする人間はいない。せっせと働いているか、家で小さな子どもの世話をしているか、二日酔いで寝ているかのいずれかだ。目撃者は、頭上の見苦しい電線にとまっている鳥だけで、おれをうさんくさそうに横目で見ていた。どこにでもいるスズメだ。

道路を渡って車に乗りこみ、ドアを閉めた。グローブボックスからマーカーを取りだして、リストの二番目の名前を消した。

1. ~~ビリー・クルプティ~~
2. ~~マクレガー神父~~

3．ビリーを雇ったくそったれ？

三番を見てため息をつき、くしゃくしゃの黄色い紙をポケットにしまった。

〝誰なのか突きとめてやる、くそったれ〟

窓の外を見ると、スズメはまだそこにいて、突風に電線を揺さぶられても飛びたたなかった。皮肉なものだ。よりによってスズメ――スパロウとは。

何かを投げつけたくなるのをこらえ、エンジンをかけて、嚙《か》みつぶしたつまようじを灰皿に吐き捨てた。

赤信号でサイドミラーを確認したとき、ばかな鳥がつぶらな目でまだこっちを見ている気がした。おれは目をそらし、うつむいて服に血がついていないかどうか確かめた。

マクレガーが死んでも、胸にぽっかり空いた穴は少しも埋まらなかった。

だが、親父との約束を守るためには、リストに載っていないもうひとりの人物に対処しなければならない。

殺すわけではない。よみがえらせるのだ。

よりによってこのおれが、彼女の救世主にならなければならない。

おれ以外の人は——普通の人間は、父親のために人生のこの一面を犠牲にしたりしないだろう。だがおれは、キリアン・ブレナンのもとで育ち、伝説的な亡父に追いつくためにもっと頑張らないといけないと思っている。おれは親父の希望に従う。うまくやってみせる。

子どもの頃に通っていた教会から走り去るときにはもうわかっていた。

親父は罪を犯した。

だが、罰を受けるのはこのおれだ。

スズメは自由の象徴である。かつて船乗りは、五千海里を航海するごとにスズメのタトゥーを彫った。スズメは幸運を招くと信じられていたのだ。無事に帰宅できるよう願いをかけて、波止場を離れる前にスズメのタトゥーを入れる者もいた。

三年後

スパロウ

1

「恋したこともないのに、失恋した気分になるなんて変よね？」わたしはやわらかい下唇を裂けるほど嚙みしめながら、鏡に映った自分を見つめ返した。知らない人に見えた。

深い悲しみに襲われる。出会わなかった男性、経験しなかった初恋を思って。もう一生恋愛することはないのだ。胸をときめかせたり、希望や幸せや期待を感じたりすることもない。

「三時間もかけてメイクしてあげたのは、口紅をポテトチップスみたいにバリバリ食べさせるためじゃないわよ」メイクアップアーティストのシェリーが、わたしをあれこれいじりながら言った。

二十代後半のゲイの美容師が部屋に入ってきて、わたしの髪の生え際にいきなりヘアスプレーを吹きかけた。冷たいしぶきが目にかかり、わたしはまばたきして、顔と心の燃えるような感覚に耐えた。

「もういいでしょ?」非難するように言って鏡から離れ、豪華なプレジデンシャル・スイートを横切った。

五つ星ホテルに泊まるのは初めてで、高級娼婦《しょうふ》になった気がした。

誰のかわからないシャンパングラスを手に取り、一気に飲み干したあと、しゃれた銀のトレイに叩《たた》きつけるように置いた。シェリーに殺されたくないから、手の甲で口をぬぐうのは我慢した。グラスがふたつに割れ、わたしは顔をしかめて、わたしを完璧な花嫁に仕立てあげるためにトロイ・ブレナンが集めたチームを振り返った。

「大丈夫よ、ブレナンさんが弁償してくれるから」シェリーの作りこまれたプラチナ色の髪は、岩のようにかたい。

胸元が深く開いているので、おへそまで見えそうだ。パパが働いていた店にいるショーガールみたいで、わたしがファッションやメイクの相談をするような相手ではない。でも、この結婚について、わたしには発言権がなかった。

「怪我《けが》だけはしないように」スタイリストのジョーが人差し指を振り、わたしの手から折れたグラスの脚を取りあげた。「ドレスを血まみれにしてほしくない。ヴィンテージのヴァレンティノだぞ」

わたしはヴィンテージのヴァレンティノがどういうものか知っているふりさえしなかった。物騒なサウス・ボストン出身の女の子には縁のない世界だ。クーポンとか、地下鉄にただ乗りする方法についてなら詳しいけれど、オートクチュールなんてわたしには関係ない。

目をぐるりとまわし、バスルームへ行って手を洗った。指が切れていたとしたら、高価なレンタルドレスを汚してブレナンを怒らせたくない。台の上にヘアスタイリング剤や化粧品、クリーム、入浴剤、わたしの携帯電話が散らばっている。メッセージの着信音が鳴って、わたしはびくっとした。

部屋にいる人たちの様子をうかがいながら、そっとドアを閉めた。

ルーシー〈やっぱり今日の授業には来ないの？　ボリスがブイヨンの作り方を教えてくれるのよ〉

わたし〈ごめんね。風邪をひいたみたい。ひと晩じゅう吐き気がおさまらなかったの。授業が終わったらレシピをメールして〉

ルーシー〈わかった。お大事に〉
わたし〈これからもっとひどくなりそう〉

携帯電話を置いたあと、ルーシーが明日の社交欄を読む暇がないことを、またしても願った。トロイ・ブレナンは地元の悪いニュースの常連だ。トラブル――とんでもないトラブル――の種で、彼が〝誓います〟と言った瞬間に、この結婚のニュースはいかがわしい屋台で発生した食中毒みたいにあっという間に広まるだろう。

それに比べてわたしは、注目を浴びたことなど一度もない。死んだカメのように活気のない社会生活を送っている。友達は少ない。その友達にも偽装結婚のことは隠している。花婿が怖すぎるし、そもそもこの結婚に同意したことを恥じていて、投げかけられるであろう（当然の）質問に答えられないほど混乱していた。

蛇口を開けたとき、悲しみが胸を切り裂いた。流れる水の下で婚約指輪に触れる。中央に巨大なダイヤモンドがついていて、その両側にひとつずつ、それより小さな石が並んでいる。指輪自体はプラチナの細いシンプルなものだが、ずっしりした宝石がいかにも成金趣味だ。金と権力を誇示する虚飾。

ちっともわたしらしくない。

わたしはスパロウ・レインズ、二十二歳。父エイブと母ロビンのあいだに生まれた。ジョギングが趣味のおてんば娘。ブルーベリーパンケーキとホットチョコレート、夏のさわやかな空気、ボーイフレンドジーンズが大好き。授業では一番前の席に座り、昼休みは一緒に過ごす友達がいないのでランチボックスをいじっている。そういう子だった。ファッションやお金や派手な車には興味がなく、ベッドでアイリッシュシチューを食べながら、『カットスロート・キッチン』（料理番組）の再放送を観《み》ることに幸せを感じるタイプだ。

この指輪は、『リアル・ハウスワイフ』（お金持ちの主婦たちの日常を描くリアリティー番組）に出てくるような主婦か、地位やセンスがあるトロフィーワイフがつけるべきだ。ヴァレンティノのドレスがどうしてそんなに高いのかを理解している女性が。

わたしじゃない。

蛇口を閉め、深呼吸をしてごわごわの髪に指を通した。

「とにかく乗りきるのよ」小声で自分を励ました。ボストン一結婚したいと言われている裕福な独身男性と結婚することが、罰であるはずがない。「自分で選んだわけじゃないけど、受け入れて」

目を閉じて首を横に振った。贅沢《ぜいたく》な悩みだとしても、彼の世話になるなんてごめんだ。そのとき、バスルームのドアをそっとノックする音がして、わたしはさっと振り向いた。ドアの隙間から、厚化粧に覆われ、作り笑いを張りつけたシェリーの顔がのぞいた。「ブレナンさんがいらっしゃったわよ」シェリーがわざとらしい甘ったるい声で告げた。

「式の前に花嫁を見るのは縁起が悪いのよ」わたしは歯を食いしばって言った。拳を握りしめ、巨大な指輪を手のひらに食いこませた。痛みが気を紛らわしてくれる。

「未来の夫を怒らせるほうが問題だ」冷ややかな低い声が響き渡った。

わたしはあとずさりし、身を守るように自分の体に腕をまわした。ドアがぱっと開いて、ブレナンが入ってきた。実際以上に大きく見える。

彼は黒のスリーピース・スーツを着て、ウイングチップの革靴を履いていた。狭いバスルームを占領し、すべての空気とわたしの存在まで吸い取ってしまった。わたしは突然、もともと小柄なのにさらに小さくなった気がした。彼の冷ややかな視線がわたしの防御壁をはぎ取り、本当のわたし――ひどく緊張しているわたしをむきだしにした。

「腕を離してよく見せろ」ブレナンが鋭い口調で命じた。

わたしは怖くて言われたとおりにした。両腕を脇に垂らし、ごくりと唾をのみこむ。

これまで彼にじっくり見られたことなどなかった。近所に住んでいた十八年間も、この十日間のあいだも一度も。彼がこんなふうにわたしの存在を認めたのは今日――結婚式当日が初めてだ。

「きれいだ」ブレナンが感情のこもっていない声で言った。

このドレスがすばらしいことは、わたしもわかっている。ブライダルショップで試着したとき、〝マーメイド・シルエット〟とか〝クイーンアン・ネックライン〟とかいうフレーズが耳に飛びこんできた。自分で選んだわけじゃない。スタイリストのジョーが、わたしの未来の夫から命令を受けたのだ。シェリーと、名前を忘れてしまった美容師と、宝石を選んでくれた女性も。この結婚式に、わたしは何も口出しすることができなかった。とはいえ、強いこだわりがあるわけではないので、かえってよかった。全然結婚したくないのだから。

「ありがとう」はらわたが煮えくり返っていたけれど、どうにか答えた。なぜか、自分も何か言わなければならない気がした。「あなたもすてきよ」

「どうしてわかる？　おれが来てから、一度もこっちを見ていないのに」冷やかな口調だが、そのことを別に気にしていないように聞こえた。

わたしは恐る恐る顎をあげ、顔をこわばらせながら目を合わせた。「すてきよ」心のこもっていない声で繰り返した。

向こうの部屋でシェリーがせかせか動きまわり、ジョーが電話で話している——あるいは、そのふりをしている音が聞こえてくる。一方、美容師と、どこにでもついてくるボディーガードのコナーは静かにしているが、その沈黙はシェリーとジョーの忙しく見せようとする無駄な努力よりもうるさかった。頭がガンガンする。

ブレナンには不穏な過去がある。

破滅的な未来が。

わたしは否応《いやおう》なしに、彼の現在に引き入れられるのだ。

「コナー、シェリー、全員出ていけ」ブレナンが目をすがめてわたしを見つめたまま命じた。

わたしは口のなかが乾くのを感じながら、指を絡めた。これはわたしじゃない。この臆病な誰かさんは、わたしが長年かけて作りあげたスパロウじゃない。でも、彼は危険な男だし、わたしは彼をてこずらせている。

それもこれも、十日前、突然、彼（子どものときの思い出にすぎない、高級スーツを身につけたよからぬ噂《うわさ》のある男）がわたしの家からわたしを引きずりだし、彼の豪華なペントハウスに放りこんで、（ボディーガードとテイクアウトの店の電話番号だけを残して置き去りにした二日後に）自分たちは結婚すると宣言したせいだ。トロイ・ブレナンは社会病質者《ソシオパス》で、世間に向きあう際にわざわざ仮面をかぶったりしないのだ。

そしていま、プレジデンシャル・スイートのバスルームで、苦虫を噛みつぶしたような顔でわたしを見つめている。わたしに少しでも興味を持っているようには見えなかった。ほとんど話しかけられることもなく、話しかけるときはその目に失望や退屈、無関心が表れていた。

わたしはとまどうばかりだった。権力のある裕福な男が力ずくで女を物にする話なら聞いたことがあるが、普通は手に入れたい女を追いかけるものだ。しかしトロイ・ブレナンは違う。まるで、賭けに負けたからこんなことをしているように見える。

わたしは未来の夫を見つめ返して、彼の出方をうかがった。ぶたれるか、怒鳴られるか、あるいは式が取りやめになるか。

そもそも、どうしてわたしが選ばれたのかわからない。ふたりともボストン生まれで、ブルーカラーが暮らすいかがわしい地域で育った。格子窓や破れたポスター、おんぼろの建物や通りに転がる空き缶がおなじみの風景だった。だが、共通点はそれだけだ。

わたしは飲んだくれの父親と蒸発した母親のあいだに生まれた、労働者階級の貧しい子どもだった。一方、トロイ・ブレナンはボストンの王族で、その地域で一番立派な家に住んでいた。父親のキリアンは悪名高いアイリッシュ・ギャングのボスだった。わたしがよちよち歩きを始めた頃には、キリアンは合法的なビジネス——ストリップクラブやソープランドなど、サウス・ボストンの貧乏な男たちのための娯楽施設——に鞍替《くらが》えしていた。わたしの父親は最後の忠実な下っ端のひとりで、キリアンが経営するいくつかの店で用心棒をしていた。

トロイはひとりっ子だ。噂によると、キリアンの妻はそれきり子どもに恵まれなかったらしい。トロイはキリアンにとってかけがえのない存在だった。

トロイはギャング絡みの事業を受け継いだわけではないが、堅気でもなかった。彼に関する噂は野火のように広まり、いまでは伝説的な人物になっている。州全域の政治家や実業家、裕福な人々が、汚れ仕事を彼に頼んでくるという噂だ。

その仕事で大金を稼いでいるらしい。

彼は〝フィクサー〟と呼ばれている。もちろん、物を修理《フィックス》するからではない。デニス・ルヘインの小説よりも早く人を消す。刑期を半分に短縮したり、数時間でパスポートや偽のソーシャル・セキュリティ・カードを用意したりできる。数日あれば、誰かを追跡している人にその人物は存在しないと信じさせることもできる。トロイ・ブレナンはボストンの操り師で、陰で糸を引いてわたしたちを操り人形のように動かす。人の生き死にや、誰が失踪し、誰が再起するかを決めるのだ。

そして、どういうわけか、そんなフィクサーはわたしと結婚することにした。わたしはあらがうことも逃げることも、無視することさえできない。わかるように説明してほしいと懇願するしかない。だから、初めてふたりきりになったいま――コナーもシェリーも、ブレナンが雇った人たちがいないときに、そうすることにした。

「どうしてわたしなの、トロイ？　同じ通りに住んでいたときからずっと、声をかけられたこともなかったのに」背後のクリーム色の洗面台を拳が白くなるまで握りしめた。ファーストネームで呼んだほうが、優しくしてもらえるかもしれない。

ブレナンが眉をつりあげた。〝おっと、こいつもしゃべれたのか〟とでもいうような表情だった。片手でジャケットのボタンを閉め、もう一方の手で携帯電話をチェックする。

わたしは風、幽霊。存在しない。

「トロイ？」ふたたび呼びかけると、彼は視線をあげてわたしの目を見た。わたしは目を合わせたまま、声を落として言った。「どうしてわたしなの？」

ブレナンが眉をひそめ、唇を引き結んだ。

きかれたくないことなのだろう。でも、わたしは答えが知りたい。

「お互いのことをよく知りもしないのに」小鼻をふくらませた。

「そうだが……」ブレナンは携帯電話に目を戻した。「知らないほうがいいこともある。知れば知るほど、嫌いになることが多い」

〝それじゃまだ、あなたがわたしの人生に割りこんできた理由にはならない〟

わたしはつけまつげの下から彼をにらみつけ、彼がハンサムかどうか見きわめようとした。トロイ・ブレナンをそういう目で見たことがなかったけれど、ほかの人はみんな注目していた。彼はロンドンやニューヨークの独身男性のアパートメントに飾ってあるイケアの絵のようなものだ。ファーストフードやスターバックス、お金持ちの学生が買うマックブック・エアーのようなもの――主流で人気がある。少なくとも、女性のあいだでは。不良少年っぽい雰囲気、有力でリッチなギャングの魅力――わたしとは正反対の存在――に惹《ひ》かれるのだ。

バスルームのどぎつい照明の下でさえ、内面はどうであれ外見はモンスターには見えなかった
青みがかった黒い豊かな髪は、お金をかけたつややかでふわっとしたスタイルに整

えられている。このうえなく淡い冷やかなブルーの瞳の持ち主で、かすかに日焼けした肌がより引きたてている。遠目で見れば、正統派の美男子だ。摩天楼のように背が高く、ラグビー選手のようにたくましくて、頰骨はダイヤモンドをも切れそうなほどくっきりしている。でも、近づいて、淡い青の目の奥の虚《うつ》ろな表情に気づいたら、逃げだしたくなるだろう。目は常に半ば閉じられていて、なんの表情も読み取れない。その奥をのぞきこんだら、彼がこれまでにしてきた数々の恐ろしいことがスローモーションで見えるかもしれない。

それから、冷笑を浮かべている。常に挑発的なしたり顔で、わたしたちが彼にとっては取るに足りない人間であると釘を刺す。

わたしはトロイ・ブレナンを恐れ、嫌っている。ボストンでは誰も手出しできない。警官に愛され、地元のギャングに尊敬され、人を殺しても許される。

実際、そうだった。

三年前、彼はビリー・〝ベビー・フェイス〟・クルプティ殺害の第一容疑者だった。証拠不充分で不起訴になったが、報復殺人だったという噂だ。キリアン・ブレナンを殺害したのはクルプティだったと考えられている。トロイの父親を消すためにクルプティを送りこんだ黒幕もその動機も不明なままだ。タイミングがおかしかった。その頃にはキリアンの非合法の活動は、ボストンの暗黒街では取るに足りないものとなっていたのだ。その後、マクレガー神父が殺害され、それもクルプティにキリアンの居場所をばらしたことに対する報復として、トロイが殺したと言われている。

トロイ・ブレナンは容赦しないのだ。

子どもの頃、デイジーの自転車に乗る順番を待つあいだに（近所で補助輪がついている自転車を持っている女の子はデイジーだけだった）、警官に出くわした彼を見かけて、恐れおののいたことをいまでも覚えている。警官は生まれたての子犬にする以上に彼を撫《な》でまわして、ボディーチェックをした。ティーンエイジャーのトロイが父親の足跡をたどるのを待ちわびていたのだ。彼は通りかかるすべてのパトカーのボンネットにぶつかり、パトロール警官は全員、彼のお尻の形を記憶していた。

いまでは、警官たちは彼を恐れて見ようともしない。

わたしはバスルームのなかでブレナンの表情のない顔を見つめ、自分が手札を持っていないことに気づいた。たとえ持っていたとしても、テーブルを支配しているのは彼だ。

わたしは羽を切られたかごのなかの鳥だ。

「働いてもいい？」かすれた声できいた。ギャングの妻は働くことを許されないが、ブレナンはギャングの一員ではない。表向きは。彼が一歩近づいてきて、息がわたしの顔にかかった。

「好きなようにしていい。束縛はしない」

彼の唇が首に近づくのを感じたけれど、わたしはじっとしていた。幸い、彼は触れなかった。

「だが、ひとつだけはっきり言っておく。おれ以外の男に目を向けるな。もし逆らったら、墓場に送りこんでやる……おまえも、その男も」

わざと感じ悪くふるまっているのだろうが、それでも腹が立った。わたしはささやかな勝利のことだけを考えようとした。働けるのだ。家を出て彼を避けることができる。あとは、忙しい仕事を見つけるだけだ。

「束縛はしないというなら、どうしてコナーをつきまとわせるの？」挑むように顎をあげた。

「おれのものは守らないと」

「わたしはあなたの所有物じゃないのよ、ブレナン」かっとなり、目を細めた。怯《おび》えてはいるが、それ以上に腹が立ってしかたがない。

「ウェディングドレスを着て、おれが贈った指輪をはめてるんだから、おれのものだ」ブレナンが淡々と言い返した。「もしそうでないとしても、おれはこの街に敵が大勢いるから、おれと関係のある人間は誰でも保護する必要がある。そろそろ行かないと」くるりと背を向け、ドアへ向かった。

彼が離れると、わたしはようやくためていた息を吐きだした。自分が怖い人間だということを、あんなにアピールしなくてもいいのに。

「わたしにこんなことをして、ただじゃすまないわよ」広い背中に呼びかけた。

「それはあり得ないな、赤毛《レッド》。おれは何をしても許されるんだ。いつだって」ブレナンは振り返りもしなかった。

〝いまレッドって呼んだ？〟

「あだ名をつけてくれたの？　これは偽装結婚にすぎないのよ、ブレナン。午後に教会で何をしようと」

ブレナンがようやく反応した。首を曲げて振り返り、目と目が合った。冷ややかな視線がわたしの目から後頭部まで貫いた。

〝ばかなわたし〟耳の裏や喉、つま先がドクドクと脈打ち、心臓が飛びだしそうだった。にらまれただけでうろたえるくせに、彼を挑発するなんて。

一瞬の間のあと、ブレナンが〝おまえを破滅させてやる〟と言わんばかりの不敵な笑みを浮かべた。

「おれの妻になる女に言っておく」向けられた相手が慈悲を乞いたくなるような笑顔だった。「おれに面倒をかけるつもりなら、やめておくんだな。面倒を起こすのはおれだ。引っかきまわして、始末するんだ。おれは短気だから、怒らせないほうがいい」


結婚式は街の中心部の交通の便がいい場所にある聖心カトリック教会で行われる。招待客リストにはわたしの知らない人や、わたしに関係のない人たちの名前がずらりと並んでいた――著名な実業家たち、政治家が数名、議員が一名、名士は大勢いる。古い教会の前で、黒いリムジンが列をなしていた。洗練された装いの婦人たちが夫や子どもの手を借りて車からどっと出てきた。いかにも権力のありそうな正装した男たちは、葉巻を吹かし、肩を叩きあいながら笑っていて、間違いなくわたしよりこのイベントを楽しんでいた。

まるで花婿が教皇であるかのように、入り口から大勢の警備員が入っていく。

わたしはリムジンのなかから教会の入り口を見ていた。ドアの両側を飾るフラワーアレンジメントは、わたしとパパが二十二年間住んでいたアパートメントの一年分の家賃よりも高価だろう。それほど浪費家の男性と結婚すると考えただけで、背筋がぞくぞくする。

胸に渦巻く感情を抑えこもうとしていると、パパがわたしの震える手を取り、あたたかい荒れた手で安心させるようにぎゅっと握りしめた。

「これでよかったんだよ」パパの目は希望に輝いていた。

〝こうするしかなかったのよ〟

とはいえ、たとえパパがふたりの結婚を認めなかったとしても（トロイ・ブレナンは女性の父親に結婚の承諾を求める古風な偽善者だった）、ブレナンは強行しただろう。彼にとって断られるということはあり得ない。欲しいものは必ず手に入れる。

そしていまは、わたしなんかを欲しがっている。

まったく理解できない。わたしは人目を引くような美人ではない。少なくとも、彼のような男性を惹きつけるほどじゃない。たぶん唇が一番のチャームポイントで、ピンク色でハートの形をしているが、それ以外は平凡だ。背は低く痩せている。長い髪は真っ赤で、肌は病的なほど青白く、丸い顔はそばかすだらけだ。トロイ・ブレナンのタイプであるはずがない。

地元の新聞のゴシップ欄を読んでいるからわかる。彼はいつもグラマーな女性を連れていた。長身でめりはりのある体形の魅力的な女性。赤毛の冴《さ》えない女じゃなくて。だから、一度も行ったことのない教会で、知らない大勢の人たちの前で、恐れている男性と結婚するわたしの頭のなかでは、疑問がこだましていた。

〝どうしてわたしなの？　どうしてわたしなの？　どうしてわたしなの？〟

「次です」運転手が告げ、車をゆっくりと進めた。

心臓が早鐘を打ち始め、汗がにじんだ。

まだ心の準備ができていない。

ほかに選択肢はない。

〝神様、お願いです〟

皮肉なものだ。教会に来ておいて、そこで行われる儀式を止めてくださいと神に祈るなんて。

小さいけれど執拗《しつよう》な心の声がわたしをなじった。これはわたしの不信心に対する罰なのだと。神にしかるべき敬意を払わなかったから。ずいぶん前に教会に行くのをやめてしまったし、子どもの頃も信心深くはなかった。

日曜ミサでは居眠りばかりしていた。

青年部に参加したのは、クッキーと、神の奇跡について説教してくれる若いハンサ

ム な男性が目当てだった。たしかトビーという名前だった。

その報いをいま受けているのだ。恐ろしいカルマかもしれない。神がわたしに罰を与えようとしている。モンスターと結婚するという罰を。

「着きました」運転手が帽子を前に傾けた。

バックミラー越しに向けられる運転手の視線には気づいていたけれど、わたしはもう気にしなかった。いまのうちに慣れておいたほうがいい。ブレナンと結婚したら、みんな魔法の動物園にいるユニコーンを見るような目つきでわたしを眺めるだろうから。

「みなさん席に着いています。あと数分で始まりますよ」

わたしはパパを見た。パパは紫のブーケをわたしに渡したあと、身を乗りだして額にそっとキスをした。アルコールのにおいがぷんぷんする。安酒ではない。これからは不幸でめちゃくちゃなひとつの家族になるのだから、ブレナンが上等な酒を与えたのだろう。

「ママにも見せたかったたな」パパが額にさらにしわを寄せ、目を潤ませた。

「やめて」わたしはさえぎり、感情のこもらない声で言えたことにほっとした。「わたしが三歳のときから、一度も会っていないのよ。どこへ逃げたにしろ、結婚式に出席する――わたしの人生に関わる資格はないわ。それに、パパはひとりでちゃんとわたしを育ててくれた」パパの太腿をぎこちなくさすった。

本当だ。ロビン・レインズはわたしの母親じゃない。わたしを産んだあと、まもなく捨てた女だ。普通の人にとって結婚式の日は、母親の存在が重要なのだろうが、これはわたしの結婚式じゃない――とにかく本物の結婚式じゃないし、母親に捨てられた場合は、選択肢はふたつしかない。そのことにとらわれるか、前に進んで、母親がどこにいようとどうでもいいという態度を示すか。

わたしは後者を選び、たいていうまくいっていた。

パパはわたしの言葉を喜んでいた。誇りと驚きに目を輝かせている。もちろん、わたしは過去を美化した。とはいえ、どうも今日はわたしだけでなく、パパにとってもつらい日であるようだ。パパは大酒飲みだけど、常にわたしとブレナン家との仕事のあいだには線を引いていた。わたしを彼らから守りたかったのだ。

パパはわたしが三歳のときからずっとひとりで育ててくれた。多少とまどい、気がまわらないことがあったとしても、虐待したりいらいらしたりすることは絶対になかった。パパとつきあった女性が、パパが自分よりもお酒のほうをはるかに愛していると気づくまで、一時的にママ役を務めてくれることもあったが、たいていはパパとわたしのふたりきりだった。

いや、パパとわたしとお酒だ。

パパを愛しているけれど、善人ではないとわかっている。わたしが子どもの頃、キリアン・ブレナンの下で働いていたパパは、しょっちゅう喧嘩《けんか》であざを作って帰ってきた。警察が突然来ることもあったし、パパが逮捕されたときはいつもわたしが着替えや煙草《たばこ》を持っていった。雇い主はトロイに変わったいまも、きっとまた法に触れることをしているのだろう。

パパはアルコール依存症の女たらしだが、わたしを愛し、思いやり、わたしが肺炎にかかったとき、やけどしながら缶詰ではない本物のチキンヌードルスープを作ってくれる唯一の人でもある。

わたしが犠牲を払ってでも、少しくらい幸せになる資格がある。

「愛しているよ、小鳥ちゃん《バーディー》」しわだらけの頬をひと粒の涙が伝い落ち、パパは両手でわたしの顔を挟んだ。

わたしはうなずき、パパの手のひらに顔を押しつけながら、指で額を撫でた。「わたしも愛してるわ、パパ」

「それでは、準備はいいですか？　行きましょう」陽気な運転手が車から降りて、わたしのためにドアを開けてくれた。

わたしはそっと外に出た。教会の前庭はほとんど人けがなく、仕事の話に夢中になっている年配の男性がちらほらいるだけだった。パパはわたしのうしろを歩いていたが、疲れきった男たちの小さなグループを見つけると、左へそれた。

「ちょっとベニーと話してくる。花婿には少し待ってもらおう。すぐに戻る」パパはウインクをしたあと、丸石が敷かれた庭の隅にいるスーツ姿の男たちに近づいていった。

わたしは眉をひそめ、ドレスを直した。六月とは思えないほど寒い日だったが、鳥肌が立っているのは寒さのせいではない。高い石壁の隙間から、ベンチのある狭い庭が見えた。そこに隠れてしまいたかった。

そのとき、男の声が聞こえた。

壁の反対側で、父親が息子に優しく話しかけている。穏やかだが、ぶっきらぼうなしわがれた声だ。どういうわけか、その声は嵐の夜のあたたかいお酒のようにわたしの体に沁《し》みこんだ。

「もちろん、アブラハムは悪人じゃないし、自分がすべきことをしたと思っている。ただそれが、神に子どもをいけにえとして捧《ささ》げることだったんだ」

背筋を冷や汗が伝い、わたしは身を乗りだして耳をそばだてた。

「でも、パパ、パパたちは子どもたちを愛しているでしょ？」

「ああ、世界じゅうの何よりも、サム」

「神様は子どもたちを愛しているでしょ？」

男は一瞬ためらったあとで答えた。「ああ、とても」

「じゃあ、どうして神様はイサクにあんなことをしたの？」

「それは、アブラハムの信仰を試したんだよ。イサクは結局、助かったんだが、神はアブラハムが自分のために愛する息子を捧げるという証拠を得た」

「神様は」その声からすると、少年は五歳くらいだろう。「エイブラハムさんを試しているだけなの？　それなら今日、エイブラハムさんの子どもとトロイさんは、結婚しないかもね」

男はそら笑いをした。わたしは心が沈んだ。

「いや、これはテストじゃないよ。結婚したいからするんだ。罰じゃない」

「パパもママと結婚したかった？」

男はふたたびためらった。

「ああ、したかったよ。そういえば、ママはどこにいるんだ？」

男が壁の隙間を通り抜け、わたしにぶつかった。わたしは悲鳴をあげ、尻もちをつきそうになったが、ブーケを持っていないほうの手でどうにか壁をつかんだ。

「くそっ、すまない」男が言った。

体を起こしたわたしは、目を見開き、口のなかがからからに乾くのを感じた。ハンサムな人だ。すごく。センスのいい黒のスーツを着た完璧な男性に、わたしは息をのみ、一瞬だけ憂鬱な気分が晴れた。

身長はブレナンより少し低いが、彼と同じようにたくましく、少なくとも週四回はトレーニングしているのがわかる。栗色《くりいろ》の波打つ豊かな髪はくしゃくしゃで、撫でつけてもあちこちはねてしまうのだろう。がっしりした顎をさすりながら、グレーの知的な目を細めてわたしを観察していた。

「悪い言葉を使った！」サムが喜んで跳びあがり、手に持った青い小さなトラックを振った。「おうちに帰ったら、瓶に一ドル入れるんだよ」

だが、サムの父親はわたしの目を見つめたまま、別世界へ行っていた。わたしを見て驚いているようだ。事情をどこまで知っているのだろう。わたしは硬直し、奇妙な感覚を振り払おうとした。

「盗み聞きしていたわけじゃないの」ドレスのしわを伸ばしながら、あわてて言った。

男の視線がヴィンテージのヴァレンティノとやらを撫でつけるわたしの手に向けられたので、わたしはどぎまぎしてその手を引っこめた。

「別に責めてない」男が穏やかに言った。この声。堂々とした態度。ブレナンの仲間に違いない。

「たしかに、そうだけど」わたしは赤面し、教会の扉のほうを振り向いた。「あそこで結婚式を挙げるの。だから、そろそろ……」ばかなことを言った。〝当たり前じゃない。そうでなきゃ、こんなドレスを着てくるはずがない〟

「そうだね。残念だ」男が重々しい口調で言った。

少し優しくされただけでときめき、激しい感情に襲われた。

彼は既婚者で、子どももいるのよ。わたしは自分に言い聞かせた。それに、わたしも五分後には、ボストン一危険な男と結婚するのだ。彼に近づくことはできない。本当にばかみたい。

片手で顔をこすった。シェリーがこの場にいなくてよかった。厚化粧が台なしだ。

「わたしもよ」肩をすくめる。「ご家族で式を楽しんでね」

彼が何か言いかけたが、これ以上優しい言葉をかけられたくなかった。このところわたしは人間不信に陥っている。特に、慰めの言葉をかけてくれるような偽善者は信じられない。

彼に背を向け、指を二本唇に当てて口笛を吹いた。「パパ……」手を振ると、教会の庭にいた男たちがみなあっけに取られてわたしを見た。ブレナンが風変わりな赤毛のおてんば娘と結婚するなんて思っていなかったに違いない。「さっさとすませてしまいましょう」

パパが走ってきて、息を切らしながらハンサムな男に向かってうなずいた。「やあ、ブロック」

「エイブ」ブロックがうなずき返した。「おめでとう。何か用があったら遠慮なく言ってくれ」ふたたびわたしに視線が向けられた。わたしは自己憐憫《れんびん》に駆られ、胸が締めつけられた。

ブロックがサムと手をつないで教会に入っていった。

パパがわたしの肩をつかんだ。「さあ、ショーの始まりだ。おれのかわいいバーディーの結婚式だ」

客観的に言えば、わたしとトロイ・ブレナンの結婚式はすばらしかった。鼻持ちならないくらい贅沢で、お金がかかっていた。ブレナンは自分のものとなると金に糸目をつけないらしい。ペントハウスにしろ車にしろ、女にしろ結婚式にしろ。

キャンドルもフラワーアレンジメントも、通路の絨毯《じゅうたん》もごてごてと飾りたてられた会衆席も、何もかも非の打ちどころがなく、豪華だ。祭壇がブラッド・ダイヤモンドと百ドル紙幣の札束でできていないのが不思議なくらいだった。

それでも、わたしにとってはシャツを着たヘンリー・カヴィルくらい意味がない。こんないんちきな式にこんな贅沢は無駄でしかない。ブレナンとわたしは偽物のカップル。茶番だ。強要と嘘の上に成り立つ結婚に追いこまれた不運な人間なのだ。

喜びのあまり涙ぐんでいる四百人の招待客の前で誓いを交わした。オリアリー神父が優雅に式を執り行った――と思う。視界がぼやけ、頭がくらくらしていたからよくわからない。不安で汗だくになりながら、適切なタイミングで神父の言ったことを繰り返した。

ブレナンは注目されることを喜んではいなかったものの、それほど不快そうでもなかった。落ち着いていたが、つまらない行事に時間を取られて少しいらだっている様子だった。

「この結婚を望むなら、右手を握りあい、神の御前で同意を表明してください」神父がそう言うと、わたしは感情に押し流されそうになった。

花婿の大きな手がわたしの小さな手を取って握りしめたとき、わたしははっと息をのんだ。緊張している花嫁のかわいらしい反応と勘違いした会衆席の人々が、含み笑いをする。わたしは視界が暗くなり、気絶するのではないかと思った。ブレナンが顎をこわばらせ、わたしをにらみつけた。わたしはどうにか弱々しい笑みを浮かべ、茶番を続けた。

「わたし、トロイ・ジェームズ・ブレナンは、あなた、スパロウ・エリザベス・レインズを妻とします。順境にあっても逆境にあっても、病めるときも健やかなるときも、忠実を尽くすことを誓います。生涯あなたを愛し、敬います」

女たちはマスカラを塗りたくった目元をハンカチでぬぐい、はなをすすりながらうなずいた。この見世物が本物だと信じきっているらしい男たちは満足そうにうなり声をあげ、顎を突きだした。わたしは顔から血の気が引くのを感じた。

わたしの番だ。

神父がわたしのほうを向いて、彼の言葉を繰り返すよう言った。わたしは震える声で言った。「わたし、スパロウ・エリザベス・レインズは、あなた、トロイ・ジェームズ・ブレナンを夫とします。順境にあっても逆境にあっても、病めるときも健やかなるときも、忠実を尽くすことを誓います。生涯あなたを愛し、敬います」

神父は長々としゃべり続けたが、わたしはそれを無視して、この男ともうすぐ結婚するのだという事実に意識を集中した。犯罪者であり、殺人まで犯している男と。トロイ・ブレナンへの誓いは、後味が悪かった。

会衆席で間抜けな笑みを浮かべている人々を怒鳴りつけたい衝動に駆られた。わたしは二十二歳。彼は三十二歳だ。デートさえしたことがない。

一緒に出かけたこともない。

ほとんど話したこともない。

これは偽りの結婚だ。どうして誰も止めてくれないの？

意地悪そうな目をした小太りの花婿付添人がブレナンにわたしの指輪を渡したとき、わたしの人間不信が悪化した。

「この指輪をわたしの愛と忠実の印として受け取ってください。父と子と聖霊の御名において」ブレナンがわたしの指に指輪をはめた。

わたしの番になると、わたしは何も考えずに言葉を吐きだした。若い娘――彼女と三人の花嫁付添人は、全員わたしの知らない人で、たぶん雇われたのだろう――が持っている台から指輪を取ると、震える手で彼の指にはめた。

「誓いのキスを」指輪の交換が終わると、神父が満足げに微笑んで言った。

ブレナンはわたしに心の準備をする暇を与えなかった。貪欲な笑みを浮かべ、わたしに近づいて顎を持ちあげると、慣れた手つきで首をつかんだ。

大勢の女に同じことをしてきたに違いない。

唇が重なり、口のなかに彼の味が広がった。驚くほどあたたかくて、どこまでも男らしい。苦い黒ビール（たぶんギネス）と、甘い煙草と、さわやかなミントガムの味が入りまじっている。わたしは体をこわばらせ、反射的に唇を引き結んであらがった。

でも、花婿は許さなかった。両腕でわたしを押さえつけ、広い肩でふたりの顔を、立ちあがって拍手喝采し、口笛を吹き、笑い声をあげ、喜びを爆発させる観客から覆い隠した。歓喜に満ちあふれる教会で、わたしは必死に吐き気をこらえていた。彼は唇を離すと、熱い息を吹きかけながら頬をたどったあと、耳元でささやいた。

「うれしそうな顔をしろ。さもないと、本当に悲しくなるようなことをしてやる」

わたしはパニックに襲われた。ブレナンが体を引き、キスのせいで半分まぶたが閉じた目でわたしを見おろした。わたしは彼をにらみつけ、ピンヒールで股間を蹴りたい衝動をこらえた。

「わかったか？」ブレナンが顎を引き、唇を引き結んだ。

わたしはごくりと唾をのみこんだ。「ええ」

「いい子だ。さあ、何人かと握手して、赤ん坊にキスをしたら、リムジンに戻ろう。サプライズがあるんだ」

その後一時間にわたって、わたしは自分に割り当てられた役を演じた。にっこり笑って握手をし、知らない人とハグをして、耐えがたくなるとシャンパンを飲んで現実の厳しさをやわらげた。ブレナンは披露宴会場へ移動する前に、招待客を陽気に酔わせたかったのか、あり得ないことに、教会の前の歩道にオープンバーを設けていた。

わたしたちが外で歓談していると、ときどきカメラマンが恐る恐る割りこんできて、写真を撮らせてほしいと頼んだ。わたしも新郎もそれに応じた。彼はくつろいだ様子で、わがもの顔でわたしのウエストをつかんだり、ごつごつした手を肩に置いたりした。わたしはカメラのレンズの向こうにいる人に、警察に通報して助けてくれと懇願するようなまなざしでレンズを見つめた。自分の体が借り物で、まだ操作法を習得していないかのように、ぎこちなく見えるだろう。

パパはわたしとブレナンを避けて、わたしたちの隣人である夢想家の怠け者たちの近くにいた。彼らはみな、気づいたら自分より年下の犯罪者にこき使われていた。だらしない《スロッピー》コネリー——噂によると、脳細胞がジャガイモ並みしかない——のように、上に立つ知力がなかったり、大酒飲みのパパのように、規律が欠如していたりするせいだ。わたしはパパが仲間たちとグラスを合わせるのを見るたびに気が滅入《めい》った。この状況の苦々しさと、ブレナンのキスの後味と、今日はわたしもアルコールで悲しみを紛らわしているという事実があいまって、絶望感をもたらした。

リムジンに戻る数分前に、ブロックとその妻とサムに会った。王の前にひざまずく臣下のごとくふるまうほかの招待客たちと同様に、小さな家族はお祝いの言葉をかけるために近づいてきた。

ものすごくハンサムなブロックにふさわしく、彼の妻ははっとするような美人だった。ヒスパニックで、金褐色の肌と長い脚、曲線美の持ち主だ。彼女と並ぶと、わたしは貧相なティーンエイジャーのように見えるだろう。彼女はコーヒー色の髪をスタイリッシュなボブにしているが、わたしは夕焼け色のストレートの髪を長く伸ばしている。彼女の琥珀色《こはくいろ》の目は斜視気味で蠱惑的《こわくてき》だけど、わたしの目は薄緑色で大きい。彼女は色っぽくて、わたしは未成年に見えかねない。

トロイ・ブレナンはその気になれば、彼女を妻にすることもできただろう。ブレナンのほうがブロックよりも魅力的だというわけではない。わたしに言わせれば、その反対だ。ただ、ブレナンは人間ブルドーザーとして名を成した。

ブロックの妻がブレナンに向かって深々とお辞儀をすると、体にぴったりしたセクシーな赤いドレスの襟ぐりから胸が飛びだしそうだった。「ものすごくハンサムな花婿ね」ブレナンの頬に長いキスをし、口紅の跡を残した。「花嫁さんもとってもかわいらしいわ。カタリーナ・グレイストーンよ」

わたしたちは握手をした。カタリーナは指の骨が何本か折れそうなくらい手を強く握りしめながら、いとわしげにわたしをじろじろ見た。

「お会いできてうれしいです」わたしは満面の笑みを顔に張りつけたまま嘘をついた。

「スパロウです」

「変わった名前ね」カタリーナが目を細くし、唇を突きだした。

「ありきたりな感想ですね」わたしは言い返した。

カタリーナがガラスの破片に触れたかのように、わたしの手をぱっと放した。

ブレナンが片方の眉をつりあげ、冷ややかな青い目を楽しそうに輝かせた。わたしの意地悪な切り返しを気に入ったのだ。よかった。慣れてもらわないと困るから。

ブロックとブレナンが握手をし、儀礼的な挨拶を交わした。背の高さも体格も似ているのに、ブロックは色男という感じがするのに対して、ブレナンはいかつい顔立ちでおっかない。ブロックが詩なら、ブレナンはヘヴィメタだ。

「なあ」ブロックがブレナンの肩を叩いた。「すばらしい式だった。かわいい花嫁さんを大事にしろよ」

ブレナンは親指で唇を撫でながら、わたしの体をデザートでも見るようなまなざしでじろじろ見た。「そのつもりだ」

「初めまして、ミセス・ブレナン」ブロックがすでに会っていることをおくびにも出さず、わたしにうなずいた。

わたしはなぜか赤面した。

注意をそらすために、しゃがんでサムに手を差しだした。「スパロウよ」大人たちを無視して言った。大人たちにはなじめそうもない気がした。

「知ってる」サムがにべもなく言ったので、わたしたちはみなほっとしたように笑った。「かっこいい名前だよね。本当の名前？」無邪気な顔で、真剣に尋ねた。「あだ名じゃなくて？」

「残念ながら本名よ」わたしは額にしわを寄せながら、にっこり笑った。「わたしの親は独創的だと思ったのね」実は母の名前も駒鳥《ロビン》で鳥の名前なのだが、そう返した。

「ぼくの名前はそうじゃない」サムが肩をすくめ、小さな手で握りしめた青いおもちゃのトラックに視線を落とした。「サミュエル。よくあるつまんない名前」

「すてきな名前じゃない。それに、あなたはつまらなくなんかないでしょ。とっても頭がいいと思うわ。そうよね、トロイ？」

わたしは生まれて初めて、自分から彼の存在を認めた。彼もわたしと同じくらい驚いたものの、すぐに落ち着きを取り戻し、サムから視線をそらしたままウイスキーをゆっくり飲んだ。

「まだわからないな」意地の悪い笑みを浮かべ、わたしたちみんなを困らせて楽しんでいる。

カタリーナは額にしわを寄せながらも、息子ではなくブレナンを見つめ続けた。ブロックがサムを引き寄せ、怒りに唇をゆがめながら頭を撫でた。サムはトラックに気を取られていて、大人たちのやり取りを聞いていなかった。

わたしは無意識のうちに口をぽかんと開けていたらしく、ブレナンが冷淡に人差し指でわたしの顎を押して口を閉じさせた。

「気をつけろ」わたしに近づき、耳元でささやく。「そのかわいい口にハエが入るぞ」

わたしたちの偽装結婚を祝うために四百人近くの見知らぬ人たちが集まっている歴史的な屋敷へ向かうため、リムジンに乗りこんだとき、雨が降りだして黒い窓ガラスに打ちつけた。わたしは皮肉を言いたくなるのをこらえた。ジューンブライドとはいえ、わたしたちの結婚式の日に雨が降るのは当然だ。雨は幸運を意味すると考える人もいるが、それは違う。

数人の招待客が歩道に集まり、お決まりどおりリムジンに鳥の餌を投げつけた。鳥の餌。少なくとも新郎は、わたしの名前と絡めたジョークを言うほど月並みではなかった。車がボストンの混雑した道路を走りだすと、ブレナンがピンクのサテンのリボンがかかった白い大きな箱を差しだした。

「おれからのプレゼントだ」彼が無表情で言った。

わたしは恐る恐る箱を受け取り、震える指でリボンをほどいた。そして、疑いのまなざしで彼を見あげた。食肉処理場へ連れていかれる羊のようにふるまうのはやめなくては。

「ごめんなさい、わたしは何も用意していないの」彼の獲物を狙うような目つきには気づかないふりをした。「ご存じのとおり、突然の結婚でものすごくあわただしかったから」

「別に死にはしない」ブレナンが感情のこもらない声で言った。

〝そうね、残念だけど〟わたしは唇を嚙んで皮肉をのみこんだ。

ブレナンがじれったそうに手を振った。「いいから、レッド、早く開けろ」

またレッドと呼ばれた。たしかにわたしは赤毛だ。でもわたしは、彼がろくでなしだからって、いきなり彼をろくでなしと呼んだりしない。

箱のなかの薄紙をよけた。中身が目に入った瞬間、ぞっとした。わたしは悲鳴をこらえ、箱を彼の膝に放り投げた。

プレゼントは下品なランジェリーだった。革やメッシュを使ったものだ。

涙をこらえた。ここで泣いたら彼の思うつぼだ。それでも涙がこぼれて、右の頬を伝った。わたしはそれをぬぐい、歯を食いしばった。このろくでなしがわたしを苦しめたいのだとしても、そうはさせない。

ブレナンの無表情が嘲笑に変化した。「どうした、レッド？　礼くらい言ったらどうだ？」その低い声に、鳥肌が立った。

わたしは首を横に振った。結婚にセックスは付き物だと思っていたが、この十日間、ペントハウスに閉じこめられているあいだも彼は一度しか訪ねてこなかったし、わたしに触れようともしなかった。

でも、いままで手を出してこなかったからといって、これからもそうとは限らない。

「革のブラとビニールのボディスーツを着せると興奮するの？　そんな平凡な人だとは思っていなかったわ、ブレナン」

彼の目が邪悪な光を帯びた。「おれも、口答えするような女だとは思っていなかった。心配するな、バーディー。お互いのことを探る時間はたっぷりある」

わたしはまっすぐ前を向き、運転手の後頭部を見つめて舌を噛んだ。彼には〝バーディー〟と呼ばれたくない。そう呼んでいいのは、わたしの愛する人たちだけだ。

「安心しろ、レッド。尻を叩く趣味はないから。おまえにせがまれでもしない限り」

「変ね。わざわざランジェリーを買いに行ったくせに。暇なの？」わたしは感情を込めずに言った。

彼がにやにや笑う。「おれが選んだんじゃない」薄紙に包まれたプレゼントを顎で示した。

「そうなの？」わたしは目をしばたたいた。

「ああ」ブレナンが身を乗りだし、唇をわたしの唇に近づけた。「おれの愛人がおまえのために選んだ」

遠くでサイレンの音がし、トラックがバックする警告音が響き渡った。耳鳴りがする。窓の外ではボストンのにぎやかな街の景色が流れていくのに車内の時は止まっていた。運転手は何度も唾をのみこみ、ロボットのようにまっすぐ前を向いているが、聞き耳を立てているのがわかる。赤の他人の前でこんな会話をしなければならないなんて、気まずくてしかたない。

わたしは唇を嚙み、追いつめられた動物のようにブレナンに飛びかかりたくなるのをこらえた。司祭の前で忠実を誓ってから一時間も経《た》っていないのに。彼がこの結婚を真剣にとらえると信じるほどうぶではないが、何もわたしに浮気を見せつけなくてもいいだろう。

「あなたの奥さんのためにランジェリーを買いに行くなんて、その人はあなたのことが好きじゃないのね」声がかすかに震えた。

「どうすれば自分のためになるかわかっているだけだ。おまえも彼女から学べることがあるんじゃないか」

わたしは両手を太腿の下に押しこんだ。彼を絞め殺してしまわないように。「授業計画表を送るよう伝えて。〝浮気男を飼いならす方法一〇一〟があったら受けてみたいわ」レースで覆われた胸の前で腕を組み、にっこり笑った。

そのとき車が停車し、運転手が急いで後部ドアを開けに来た。結婚披露宴を行う十八世紀の建物に到着したのだ。ブレナンが先に降りて、手を差しだした。わたしは動かなかった。

「感じよくふるまえ」ブレナンは手を引っこめなかったものの、いやそうだった。

「わかったわよ」わたしは彼の手のひらに叩きつけるように手を置いた。そして、招待客に手を振り、微笑みかけながら歩いた。

「でも、その闘争心は気に入った」腕を組み、幸せそうなカップルを演じながら、ブレナンがそっと言った。「ベッドのなかでも発揮してくれ」

2

スパロウ

彼は有言実行の人だと、気づくべきだった。

けれど彼のほうも、わたしが彼を心底嫌っているだけでなく、処女だと気づくべきだった。

精一杯努力したのに、卒業できなかったのだ。

別に大切に守ってきたわけじゃない。誰もおとぎ話なんて信じていない、治安の悪い地域で育った。だからサンタクロースと同じで、白馬の王子様もいないとわかっているし、ロマンティックな考えなどひとかけらも持っていない。

処女を捨てられなかったのは、わたしとキスやペッティング以上のことをしたがる男と出会わなかったからだ。男運がないのだ。目立つほうじゃないし色気もないのはたしかだけど、ブスでもない。なのに、どういうわけか、男たちはわたしに深入りしようとしなかった。

　学校でも。

　職場でも。

　特に、サウス・ボストンの男たちは。

　だからわたしは処女のまま、優しくセックスの手ほどきをしてくれる相手が現れるのを待っていたのだ。

　トロイ・ブレナンはその体格や荒っぽい生き方からして、わたしのような初心者に適した相手とは思えなかった。彼はボストンじゅうの女と浮気するのに忙しくて、わたしも女だということに気づかないかもしれないというのが、この状況におけるひと筋の光明だった。

　でも、彼は気づいた。

　結婚式から帰ってきた直後に。

　バック・ベイのきらびやかなペントハウスに戻ったとき、わたしたちはすっかり酔っ払って、上気していた。

　ブレナンは豪奢《ごうしゃ》な寝室に入ると無言で服を脱ぎ、それをきちんとたたんで、キングサイズのベッドの近くにあるつややかな黒いたんすの上に置いた。ブリーフ一枚で、筋肉質の体が丸見えだった。アバクロンビー&フィッチの広告に出てくる男たちと違って、毛深くてたくましく、男らしい。

わたしは怖くなってバスルームに逃げこみ、ドアを閉めて鍵をかけた。

「早くしろよ」ブレナンが声をかけた。

わたしは返事をせず、巨大なジェットバスの縁に腰かけて呼吸を整えながら髪に挿したヘアピンを一本ずつ抜き、まとめてシンクに投げこんだ。それから、レースに覆われた背中に手を伸ばし、体をくねらせてバービー人形のほうが似合いそうないまいましいドレスをやっとのことで脱ぎ捨てた。

戸棚や引き出しを開けた。時間を稼ごう。彼は酔っ払っているから、そのあいだに眠りこんでしまうかもしれない……嘔吐《おうと》して喉を詰まらせるかも。何も心配することはないかもしれない。

四十分後、わたしは靴下に着古したパジャマ――グレーのショートパンツと白いTシャツ――姿でこっそりと寝室に戻り、大きなベッドの端にもぐりこんだ。ブレナンからできるだけ離れ、丸くなって隠れようとした。

彼が眠っているかどうか確かめるため、呼吸を止めて横目で様子をうかがった。暗闇に流れこむ赤や青の街明かりに照らされ、彼がまばたきするのが見えた。上掛けをはねのけ、天井を見つめて物思いにふけっている。

「セックスが怖いのか？」面白がっているような恐ろしい声が暗闇を切り裂いた。

「まあ、驚きはしない」

　彼がカルバン・クラインの白いブリーフしか身につけていないことに、わたしは気づいていた。脚のあいだのふくらみがいやでも目に入る。

　彼の体は鋼のようで、興味をかきたてる。なめらかだが、傷跡が三つある――腹部から胸にかけてひとつ、肩から上腕にかけてひとつ、それらより小さいのが喉元にひとつ。心臓の上に色あせたシャムロック（葉が三枚に分かれている草の総称。アイルランド国花）のタトゥーが入っている。

　アパートメントの吹き抜けの階段で、友達のデイジーと立ち聞きした女子高生たちの話を思い出して、胸がどきどきした。わたしはまだほんの子どもで、彼女たちより六歳年下だった。女子高生のひとりが、ついにトロイ・ブレナンと寝たとうれしそうに話していたのだ。特別な男だと。喧嘩とセックスのためにあるような体をしていて、どちらをするときも情熱的で荒っぽくて、女の子は忘れられなくなると。

　でも、たとえ夫とセックスしてみたくても、彼がどういう人かを忘れることはできない。ビリー・〝ベビー・フェイス〟・クルプティを殺した男。報道によると、とても残忍な殺人で、クルプティは海に投げ捨てられる前に、動物にかじられていたそうだ。それから、わたしたちの教区教会で、舌を切り取られた神父の死体が発見された。サウス・ボストンの人たちはみな、ふたりともトロイが殺したのだとわかっている。けれど、口をつぐんでいる。

それで彼がどういう人かよくわかるだろう。

ものすごく残酷で、血や銃やナイフや死体に触れたことがあるのだ。その手で体を撫でまわされると思うとぞっとするはずだ。でも、どういうわけか……。

「全然怖くないわ。わたしのことをなんにもわかっていないのね」彼に背を向け、膝を抱えて、やわらかい枕に顔をうずめた。

不意に、マットレスがきしんだ。バスルームへ向かう足音が聞こえたが、彼はドアを閉めなかった。わたしは耳を澄ました。彼が口笛を吹きながら用を足し、手を洗っている。戻ってくると、下着姿でベッドの脇に立った。股間がふくらんでいる。

「勃起したペニスを見たのは初めてか？」彼がからかった。

初めてだけど、本当のことを言いたくなかった。だから、ごくりと唾をのみこんで、彼の背後にある裸婦を描いたモダンアートに意識を集中した。「あなたのはたいしたことないわね」

「その意見は間違っていると証明してやる」ブレナンが獣のような笑みを浮かべた。

「それはありがたいけど、死んでもごめんだし、生理中なの」わたしは上掛けを目の下まで引きあげた。

「嘘つきめ」ブレナンが口をゆがめて笑った。「見せてみろ」

「えっ?」

「証拠を見せろ。ズボンを脱げ」

わたしはあわててうしろにさがり、周囲を見まわして考えをめぐらした。「冗談よね?」

「おれは冗談は言わない、スパロウ。それに、ここまでせっかく根性のあるところを見せてきたんだから、おれに怖気《おじけ》づいて台なしにしたくないだろ……奥さん」

「でも……」

「ケツもいいが」ブレナンが真剣な口調で言う。「それより、いまはおまえの血が見たい」

わたしは周囲を見まわして……何を探しているの? 彼に投げつける鋭利な物体? 彼ならわたしに息を吹きかけるだけで殺せるかもしれない。三歳児みたいに挑発したりしないで、本当のことを言えばよかった。

「怖気づいてなんかいないわ」

ブレナンが近づいてきた。「言葉より行動で示せ」

どうにでもなれだわ。彼はゆがんだゲームが好きなのだと、だんだんわかってきた。わたしは立ちあがり、ショートパンツをずりさげた。恥骨に指を滑らせながら、彼を憎んでいるにもかかわらず、自分が痩せすぎていることを気にしていた。彼がいつも寝ているグラマーな女性たちと比べると、わたしは華奢《きやしや》な体つきで、赤毛の青白い少年みたいだ。

でも挑まれて応じないのは、わたしの愚かなプライドが許さない。

「下着も脱げ」ベッドの端に腰かけたブレナンの前に立って、わたしはショートパンツをゆっくり引きおろした。

憎しみを抑えこんでいると、体が震えた。ブレナンがわたしの股間をじっと見ながら、ブリーフに手を入れてのんびりとさすり始めた。わたしは下着を脱ぎながら、嫌悪感とスリルを同時に覚えた。〝いったいどうしちゃったの、スパロウ？〟愕然《がくぜん》とし、彼を見つめながら唇をなめた。〝ハイになってるの？〟

「血を見せろ」ブレナンがかすれた声で言った。

わたしは怯《ひる》み、下唇を吸ったあとゆっくりと離した。恥ずかしさに震えながら人差し指を襞《ひだ》のあいだに滑りこませ、表面を撫でると、赤い血のついた指を彼に見せた。

実は、バスルームへ行ったとき、彼の剃刀《かみそり》で足を切り、その血を脚のあいだに塗りつけておいたのだ。剃刀の隣にあった止血ペンシルで傷口をふさぎ、念のため靴下を履いて隠した。異常な行為だとわかっているが、追いつめられて思いついた策だ。

初夜に彼がその気になったとしても、どうしても処女をあげたくなかった。

ブレナンは指についた血を調べたあと、わたしの目を見て唇をなめた。いまにも襲いかかってきそうだった。欲望のせいか憎しみのせいかはわからない。いずれにせよ、野性的で荒々しい。危険だわ。

「おれみたいな男が血くらいで怯むと思うか、レッド？」

「その反対でしょうね」わたしは度胸をかき集めて言った。「でも、レイプなんて卑劣なことはしないでしょ」

そうよね？

ブレナンが股間をさすっていた手を止めて、身を乗りだした。目を見つめたまま、血のついた指を口に含んだとき、わたしはどうにか脚の震えを抑えこんだ。彼は丸々一分もかけて血をなめ取ったあと、ポンと音をたてながら指を抜いた。それから、両手でわたしのヒップをつかんで引き寄せた。わたしはベッドの上に倒れこみ、彼にまたがった。彼がまた意地の悪い笑みを浮かべると、驚くほど端整な顔立ちが引きたつように見えた。目が血走っている。わたしは太腿がきゅっと締まるのを感じた。

もうっ。

こんなのだめ。止めなければならないとわかっていた。でも、体が言うことを聞かない。

「おまえがいやがることはしない」ブレナンがようやく答えた。「でも、これまでのところおまえはおれを止めなかった。どうしてだ？」

わたしは目を閉じ、深呼吸をした。

「わたしが止めなかったのは、あなたに傷つけられたくなかったからよ」彼の裸の胸に両手を置いて体を支える。彼の筋肉は収縮していてかたかった。彼の言ったことにいらだちを覚えた。わたしが指を吸われるのを楽しんでいたかのような口ぶりだったが、それは違う。たしかにいやではなかったけど――その理由は考えたくない――そうしてほしいとわたしが頼んだわけじゃない。

わたしたちは無言で見つめあった。わたしは懇願するような、彼は探るようなまなざしで。ボストンの夜の繁華街でクラクションが鳴らされる音と、床から天井まである窓に叩きつける雨音だけが聞こえた。

「あなたに魅力を感じない」声がかすれた。

嘘だ。

「おまえのプッシーの意見は違うみたいだぞ」彼は少しも気を悪くした様子はなかった。「おれのパンツがびしょびしょだ、ミセス・ブレナン」

わたしは真っ赤になり、彼のあそこに膝をぶつけながら彼の体からおりると、ベッドの端まで逃げた。彼は肘をついて体を起こし、目を細めてふたたび挑むようにわたしを見た。

「時間の無駄よ」わたしは両手で下半身を隠し、耳が真っ赤になるのを感じながらささやいた。「処女なの」

「そんな気がしていた」ブレナンが楽しそうに目を輝かせ、寝返りを打って近づいてくると、手を伸ばしてわたしの恥骨に円を描いた。「捨てられるぞ」

「捨てたくないわ」わたしは言い返した。恥ずかしくて、腹が立って……わたしったら何を言っているのだろう。トロイ・ブレナンは見た目はまあまあだ。アイスブルーの目の奥に潜むモンスターさえ見て見ぬふりをすれば、恋人候補としてそう悪くない。

そんなことは彼にも、誰に対しても死んでも認めないけれど。

「生理は……」ブレナンはわたしの発言を完全に無視し、唇をなめながら事務的な口調できいた。「いつ終わるんだ?」

「四、五年後……かしら」わたしは唇を震わせながら、たとえ五年後でも、彼と寝たらどんな感じがするだろうと考えていた。「まあ、なんて言うか、母なる自然ってときどき意地悪よね」

「意地悪なのは自然だけじゃない」ブレナンがわたしのおなかに手を当てた。Tシャツ越しに彼のぬくもりが伝わってくる。

主寝室は広々としていて、床は大理石を使っている。ベッドはヘッドボードが黒革張りで、グレーと白のサテンのカバーがかかっている。高価なベージュのラグが敷かれ、照明もオーダーメイドだろう。カタログに載っていそうな部屋だ。あたたかみがなく、くつろげない。

所有者と同じだ。信じられないほど魅力的だというのも。

普通じゃない。

めちゃくちゃだ。

特別なもの。嫌いになりたいのに、なれない。

「母なる自然が支配してるんなら、いま頃はジョッキーみたいにおれに馬乗りになってるはずじゃないのか」ブレナンが起きあがってわたしを引き寄せた。彼の息が肌にかかる。

　わたしはうめき声をもらし、彼にもたれかかりたくなるのをこらえた。

　彼が唇でわたしの手首をそっとかすめる。言葉は剃刀のように鋭いのに、声は驚くほど優しかった。「根性を見せろ、スパロウ。自分がしたことに向きあうんだ」ブリーフを見おろして彼が言った。

　わたしはどきどきしながら彼の股間にゆっくりと視線を向けた。白いブリーフは赤い血の染みがつき、わたしの愛液で濡れていた。

　わたしに見せつける彼が憎かった。彼にそんなことをした自分も。

「あなたとセックスする準備ができていないの、ブレナン。いまはまだ。一生無理かも」そう言いながらも、嘘だとわかっていた。たぶん彼も。

　一方で、彼に対する激しい憎しみと怒りを覚えた。

「スパロウ・ブレナン……」彼がその名前を舌の上で転がし、満足げに舌を鳴らした。

「いつかおまえをめちゃくちゃにしてやる。次の日、歩けなくなるくらい」

〝いつか。今夜じゃない〟

「おまえにもわかってるはずだ。どうしても自分をごまかすっていうんなら、そうすればいい。だが、おまえはもうおれのものだ。頭も……」ブレナンが手を伸ばして、わたしのこめかみをそっと撫でた。

背筋がぞくぞくした。

「体も……」彼の手が下へおりて右の乳房をまさぐり、親指でかたくなった乳首をいじった。

わたしはのけぞってされるがままになった。

「魂も……」ブレナンがTシャツの下に手を滑りこませて撫でまわす。

なんてこと。

「心も……」ブレナンは左の乳房に手を置くと、皮肉っぽく笑った。「まあ、心は取っておいてもいい」

突然、彼がのしかかってきた。わたしは彼の下で身をよじった。勇気を奮い起こして悪態をつく前に、彼が股間をすりつけてきた。ふたりを隔てるものは、彼の下着だけだ。

体がかっと熱くなる。はっと息をのみ、唇を嚙みしめてうめき声をこらえた。

「やめてほしいか？」ブレナンは股間をすりつけ続けた。

「や——やめて」声がつかえた。やめてほしい……そうでしょ？

ブレナンは動きを止めたものの、貪欲な笑みを浮かべた。頭をさげて唇を奪い、寝返りを打ってわたしの上からおりたあと、口元でささやいた。「いつか、このペントハウスから追いだされるぞ。おまえのあえぎ声がうるさすぎて」

わたしは眉をひそめた。「悪名高いあなたを追いだせる人なんていないでしょ」

ブレナンはのけぞって、心から楽しそうに笑った。わたしの発言を気に入ったのだ。恐れられることを喜んでいる。

「それもそうだな」彼の手がわたしの喉に触れ、見えない線をなぞった。「なあ、スパロウ、おれたちは案外うまくやれるかもしれないぞ。おまえは善良なだけじゃなくて、結構面白いみたいだから」

彼は邪悪なだけで面白さのかけらもない気がしたけど、黙っていた。

3

スパロウ

五日後

毎日に変化がなく、まだ開いていない新しい本のページのように時間がつながっている。トロイ・ブレナンの息苦しいペントハウスのなかで、わたしは退屈していた。結婚式の前に十日間閉じこめられていたときは、ブレナンがこの洗練された殺風景な部屋に帰ってきたのは一度だけで、それもわたしを妻にすると告げるためだった。そのときは、彼がわたしを怖がらせたいのか、この結婚を受け入れる時間を与えてくれているのかわからなかった。でも、彼が帰ってこなかったのはわたしとはなんの関係もなく、仕事のためだったのだといまではわかる。

このところブレナンは毎晩、わたしが眠ったふりをしてからずいぶん経った頃に、黒ビールと女物の香水と、甘酸っぱい男の汗のにおいをさせて帰ってくる。そして朝早く仕事に出かけるので、わたしが目を覚ましたときには、彼が寝る側のシーツは冷たくなっている。

あの日以来、彼はわたしに触れようとしなかった。それどころか、たまに顔を合わせても会話すらしようとしない。だからわたしは、おおむねこの契約に満足していた。

朝はジョギングをし、夕方は料理学校に通っている。実家のアパートメントに二回帰って、いつものようにパパのために料理と掃除をした。そのあいだずっと、コナーが忠犬よろしくついてきた。実家には入れたくなかったので、玄関前の廊下にキッチンチェアを運びだした。コナーはその椅子に座り、煙草をくわえながらじっと待っていたが、わたしの姿が一秒でも見えないことに耐えられないようだった。

夜遅くにペントハウスを出ようとすると（試みたのは最初の数日だけだが）、このがっしりしたボディーガードに、業務用冷蔵庫のような巨人に止められた。ゴリラのような胴体の前で腕を組んだ彼に、無言で行く手をさえぎられては、わたしはうなだれて部屋に戻るしかなかった。

十五歳を超えてから初めて門限ができた。わたしを束縛し、わたしの人生に関わろうともしないくせに干渉してくるブレナンが憎かった。

でも、一緒に時間を過ごせる人がいた。

マリアという名の家政婦で、白髪で褐色の肌をした、六十絡みの怒りっぽい小柄な女性だ。ブレナンが子どもの頃から勤めているらしく、一日置きに彼と彼の母親アンドレアの世話をしている。

あまり英語が話せないので、わたしたちは人類共通の方法でコミュニケーションを取った——料理を通じて。

わたしは特に誰のためでもなく、何時間も料理をして過ごす。おいしい料理を作って自画自賛したあと、使い捨てのタッパーに入れて近くのホームレス施設へ持っていくのだ。でもその前にマリアが少し試食して、スパイスや風味（だいたいスペイン風）についてすばらしいアドバイスをくれた。彼女のアイデアや褒め言葉がうれしくて、わたしは絶望の海に溺れかけていたところを救われた気分だった。

偽装結婚をしてから約一週間後、わたしは朝のジョギングを終えてペントハウスに戻ると、まっすぐ下の階のバスルームへ向かった。ブレナンのペントハウスは現代的な二階建てで、上の階に主寝室と書斎がある。わたしはいつも下の階の客用寝室の近くにあるバスルームを使っていた。そのほうが彼の家という感じがしないからだ。彼の私物、タオルや剃刀、男らしい香りに満ちていないから。

初夜の翌日からずっと、わたしは極力ブレナンとかちあわないようにし、テロリストに対するように警戒していた。

枕の下に、料理学校で使っている小型の骨スキナイフを忍ばせた。携帯電話の短縮ダイヤルには九一一を登録した。まさにガールスカウトの、〝備えよ常に〟の精神だ。

バスルームでひざまずき、浴槽に湯を張ると、バスソルトや、これまでその存在すら知らなかった贅沢品を投げ入れた。ランニングシューズを蹴るようにして脱いだあと、ヨガパンツと汗でびしょ濡れのシャツを、洗面台の横の隅に脱ぎ捨てた。

そのとき、玄関のドアが閉まる音がして、どきんとした。マリアはすでに出勤している。

ジョギングにつきあわされたコナーは、ブレナンの書斎のソファですやすやと居眠りをしていた（ボディーガードとしては失格だ）。

ブレナンがこんなに早く帰ってくることはない。妻の様子を見にふらりと立ち寄るタイプでもない。

つまり、緊急事態だ。敵が訪ねてきたのかもしれない。わたしは急いでバスローブを羽織り、戸棚や引き出しをあさった。爪切りばさみではたいした武器にならないが、小さくて鋭いし、目をつぶせる。ギャングの家ではさみで武装するなんて、キッチンのシンクで水泳を習うのと同じくらい役に立たないけれど、ないよりはましだ。

鼓動が速まるのを感じながら、広々とした玄関ホールにそっと足を踏み入れた。下の階全体――キッチンダイニングとリビングルームがオープンスペースになっているので、侵入者が隠れられるような死角がないのが救いだ。だが、キッチンのほうから静かな笑い声が聞こえて、肩の力が抜けた。

男の声でなんとなく聞き覚えはあるが、ブレナンではない。あんなに冷たい声じゃない。

「はさみでおれをやっつけるつもりだったのかい?」穏やかな声が尋ねた。

わたしはその男の前で立ちどまり、目を細めた。ブロック。彼がアイランド型のステンレスキッチンのカウンターで、エレガントな白い革張りのスツールに腰かけ、マリアに淹《い》れてもらったに違いないコーヒーを飲んでいた。マリアはにこやかに笑い、まるで癌《がん》とばかの治療法を一度に見つけた人を見るような憧れのまなざしで彼を見つめている。

わたしははさみをカウンターに置き、深呼吸をして胸の高鳴りを抑えようとした。

「へえ」ブロックがマグカップを持ちあげてわたしに乾杯した。「備えがいいな」

「あなたはもっと備えているでしょ」とがめるような目つきで彼を見た。犯罪すれすれの行為をする人たちの仲間なのだから、中規模程度の独裁国を征服できるくらいの武装はしているはずだ。

　ブロックが立ちあがり、降参するふりをして両手をあげたあと、ゆっくりと一回転して拳銃を持っていないことを示した。彼の美貌で部屋がぱっと明るくなり、それに気づいた自分がいやになる。きれいにひげを剃《そ》っているが、茶色の髪はぼさぼさだ。黒の細身のジーンズに、目の色と同じグレーのクルーネックのセーター、その下に白いコットンのシャツを着ている。『コスモポリタン』や『マリ・クレール』が読者に売りこむ理想の男性そのもの、洗練された服に包まれた贈り物のようだ。

　でも、彼は既婚者よ。わたしは自分に言い聞かせた。わたしもそうでしょう。

「ここで何をしているの？」息を切らしながら、強い口調で尋ねた。

「マリアに必要なものを届けに来たんだ」ブロックがふたたびスツールに腰かけて、コーヒーを口にした。「そしたら、いいものを勧められた。おれはカフェインに目がなくてね。中等のコカインのようなものだ、ありがとう《グラシアス》、マリア」マリアに向かってマグカップを傾け、ウインクをした。

「どういたしまして《デ・ナーダ》。そろそろ仕事に戻るわ」マリアが彼の頬にキスをした。

　わたしは驚きのあまりよろめきそうになった。マリアはいかにもお母さんという感じだ。キスをしたり、そわそわしたりするなんてらしくない。料理のおかげでわたしを気に入ってくれたが、ブレナンやコナーの話になると顔をしかめた。ふたりとも怪しい仕事をしていて、少なくとも警察を怒らせた過去がある。ブロックの職業は知らないが、このペントハウスに来るのを許されているのだから、真面目な警官や正義を求める検察官ではないだろう。彼もまた悪人なのだ。

けれど、マリアはブロックなら悪人でも気にならないらしい。湾曲した階段をあがって主寝室へ入っていく。いつものようにシーツを交換するのだろう。ブレナンとわたしは、シーツを汚すようなことはしていないけれど。

「薬か何かをのませたの？」わたしは親指でマリアのいるほうを指さした。

「必要に迫られない限り、誰かに薬をのませたりしない」ブロックがマグカップの縁越しに笑いかけた。「基本的に、人は人、自分は自分というタイプだ」

彼の笑顔に思わず見とれた。怖くないし、何をしでかすかわからない無口なソシオパスでもない。わたしの夫と違って。ブロックを嫌うのは難しかった。

わたしは鼻で笑った。この場を少しでも支配したかった。たとえ理由もなく意地悪くふるまうことになるとしても。「教えてくれてありがとう、ブッダ」

「本当は……」ブロックは周囲を見まわして誰もいないことを確かめてから、身を乗りだして小声で言った。「きみの様子を見に来たんだ。結婚式の日、動揺しているように見えたから」

　わたしは目をそらした。彼には関係ない。

　ブロックがわたしをじっと見た。「おれに話してごらん。おれは悪人じゃないから」

「善人でもないでしょ」

　ブロックは少し考えてから言った。「一応言っておくけど、おれはトロイのスパイじゃない。ただ……心配してるんだ。話してみろよ、スパロウ。結婚生活はどんな感じだ？」

「最悪よ」わたしは感情を込めずに答えた。「幸せな結婚生活の秘訣《ひけつ》は、一緒にいる人と結婚したいと思うことだって聞いたけど、無理みたい」

　無謀なくらい正直に答えたけれど、夫に告げ口されることを恐れてはいなかった。わたしが無理やり結婚させられたことを、ブロックは知っている。結婚式の日のサムとのやり取りから、そのことは明らかだ。それに、たとえ彼が告げ口したとしても、わたしが最悪だと思っていることを夫は知っている。

「そのうちよくなるよ」ブロックがうなじをさすりながら優しく言った。そんな仕草も魅力的だ。

　部屋の空気が濃くなったような気がした。

「そうかしら？」声がかすれて、わたしは咳払いをした。

「みんなそう言う」ブロックはウイスキーでも飲むようにコーヒーを飲み干し、マグカップを叩きつけるように置いた。立ちあがって、椅子の背にかけてあったジャケットをつかむと、わたしに微笑みかけた。真珠のような白い歯が見えて、わたしはうっとりした。

「お風呂があふれる前に確かめてきたほうがいいんじゃないか？」水音が聞こえてくるほうを、ブロックが顎で示した。

わたしは無言でうなずき、バスルームへ向かった。彼から離れられてよかった。彼に惹かれるのはいいことではないし、すでにめちゃくちゃな異性関係がますます複雑になるだけだ。

「スパロウ……」ブロックが呼びとめた。「毎日何をしているんだ？」

わたしは振り返らなかった。うろたえた顔を見られたくない。

「ここでだらだらしてる」苦しみで声が震えた。「わたしがどういう人間か思い出そうとして、次に何をするべきか考えてるわ」

「きみの夫はものすごく有能だよな」

わたしはバスローブの紐《ひも》を握りしめ、下唇を嚙みしめた。「みんなそう言うわね」

振り返って彼の目を見た。ふたりの距離は開いていたが、充分ではなかった。彼の体から発せられる熱を感じた。

「何が言いたいかっていうと……」ブロックが唇をなめたあと、わたしに一歩近づいた。「トレモント通りの外れにトロイが経営するレストランがある。ルージュ・ビスって店だ。おれはその店でマネージャーをしているんだ。そこを手伝ってみないか？」

わたしは驚きのあまり、思わず口に手を当てそうになった。ルージュ・ビスはボストン一ロマンティックな場所と世間で言われているのに、そのオーナーがニューイングランド一ロマンティックでない男だなんて、おかしな話だった。

「でも、どうしてわたしが料理人だとわかったの？」わたしは眉根を寄せた。

「きみがキッチンを汚してばかりだと、マリアから聞いたんだ。それに、冷蔵庫にめずらしい調味料がたくさんあった。これまでブレナン家ではそんなことはなかった。それに、その新聞」ブロックが顎でカウンターを示した。「学校のカフェテリアでの調理の仕事に丸がついていた。つまり、料理の腕があるってことだ。だったら、うちで働けると思うよ。トロイに頼んでみるといい」

「わたしがそばにいるのをいやがるんじゃない？」

「トロイはそんなに店に来ない」いくらかうれしそうに聞こえたので、ブロックもブレナンを煙たがっているのではないかと思えた。「トロイが賛成したら、あとはおれがなんとかすると約束する。ぶらぶらしていないで、自分が何者か思い出せ、スパロウ。おれが力になる」

わたしはうつむいて笑みをこらえ、胸の高鳴りを抑えようとした。

わたしをもてあそんでいるの？

本気なの？

感謝していいの？

「わかった」わたしはようやく言い、彼の目を見た。「頼んでみる。ありがとう」

「どういたしまして。コーヒーをごちそう様」

「よい一日を、ブロック」玄関へ向かう彼に声をかけた。

「きみもね、スイートハート」

その日の夜、わたしは窓の外の雷雨のようにひどい頭痛を抱えてベッドにもぐりこんだ。夏とは思えない。日が差さないのが、わたしの感情を反映しているような気がした。

一日じゅう、頭のなかでブロックの言葉がこだまし、ブレナンを説得する方法を考えていた。この二週間で初めて、かすかな希望がわいた。

実家から連れ去られてからずっと、手錠をかけられ、ブレーキのない車に閉じこめられて、猛スピードで下り坂を走っているような気分だった。

厨房《ちゅうぼう》で働くことは、中学生のときに『レミーのおいしいレストラン』を観て以来の夢だった。パパがクリスマスにくれたDVDを、わたしは何度も繰り返し観てすべての台詞《せりふ》を覚えた。夢を実現させるためにできる限り授業を受けて頑張ってきた。

そしていま、その夢が手の届くところにある。あいだに立ちはだかるのはブレナンだけだ。

料理が大好きだ。こってりした料理をふるまい、パパとその仲間たちが喜ぶ姿を見るのも。わが家のキッチンで小さな木のテーブルに着き、シャツのボタンを外して肌着の下の突きでたおなかをさらしながら、わたしの料理をかきこむのだ。アイリッシュシチューとか手作りのソースを絡めた自家製パスタとか、わたしの十八番のブルーベリーパンケーキとか。料理をしていると、ひとかどの人間になれた気がする。ただの人じゃなくなるのだ。

みんな何かしらのレッテルが貼られている。美人、スポーツマン、オタク、いやな女、会計士、ギャング。わたしは母親のいない子として知られていた。それを、おいしいブルーベリーパンケーキを作れる女の子に変えたかった。あるいは、シェフに。ベッドのなかでブレナンを待つ時間が、十年にも感じられた。ぐるぐる考えをめぐらすあいだ、時計の針の音がやけにゆっくりと聞こえた。

彼はいつものように最低な態度を取るだろうか。

意外と賛成してくれる？

そもそも、偽の夫の下で働くのはいいことなの？

午前二時頃、玄関のドアが開いてまた閉まる音が聞こえた。ほとんど家具を置いていないため、反響音が上の階まで届くのだ。わたしはしばらくベッドのなかで待っていたが、十五分が過ぎ、三十分経つと起きあがった。おろした長い髪が腰のくびれをくすぐるのを感じながら、階段をおりた。薄暗い玄関ホールにたどりつくと、忍び足で歩いた。ブレナンが近くにいるときは、常にそうしている。

ブレナンはわたしに背を向け、ウイスキーをがぶ飲みしながら、高層マンションの最上階から見渡せる街の景色を眺めていた。アルコールのにおいが鼻を突き、ソファで酔いつぶれるパパの姿を思い出した。

ただ、ブレナンは、苦労やブッシュミルズ（北アイルランド産のウイスキー）や酸っぱい汗のにおいはしなかった。

わたしはその場に立ち尽くし、この先どうすべきか考えた。きちんとアイロンのかかったまだ新しい黒いスーツが、彼の職業の実体を覆い隠していた。危険なオーラを醸しだしている。たまにそういうときがある。今夜は頼みごとをできる雰囲気じゃなさそうだ。どこか変だった。外の天気みたいに荒れている。部屋のなかは冷え冷えしているのに、彼の体から激しい熱が発散している。わたしは胃が締めつけられるような感じがして、ベッドに戻ろうかと考えた。もっと機嫌のいいときに頼めばいい。

「夜更かしだな」ブレナンが氷を嚙み砕く音がして、わたしは身震いした。とげとげしい、しわがれた声だった。

彼はソシオパスだから、感情を持たないのではないかと思っていた。一週間一緒に暮らしてみて、めったに感情を表すことはなく、表すときでさえ冷静だと知った。

「あなたを待っていたの」わたしは気づかれていたことに少し驚きながら言った。

ブレナンが振り向き、言葉の裏を読むような鋭いまなざしでわたしを見た。顎がこわばっている。グラスを握る手にも力がこもっていた。

「何かあったの？」ささやくようにきいた。

「いつもこんな感じだろ」ブレナンは茶化した。

「いつもはそんなに暗くない。ものすごく怖いだけで」彼の額にできた傷を見つめた。肩が丸まっていて、少しだけ気が緩んでいるように見えた。ブレナンはわたしに容赦なく切り返されるのが好きなのだ。彼に口答えする人なんてめったにいないから、新鮮なのかもしれない。それにわたしは無謀だ。

　彼の表情が変化したので、自信がわいた。彼に近づいて、手のひらを胸に置く。わざとらしいかもしれないけれど、必要なことだった。長年パパと暮らして、ひどいふるまいには慣れているが、彼に少しでもよく思われたかった。仕事を得るために。

「仕事でいやなことがあったの？」

「おれを侮辱するな」ブレナンが冷静に言った。「心配しているふりなんかしなくていい。もうおれのクレジットカードを手に入れたんだから」

「お金にしか興味がない女ばかりじゃないのよ、トロイ。それが汚れたお金ならなおさら」わたしはきっぱりと言った。

　彼をファーストネームで呼んだことに気づいて、かたい胸に手のひらを押し当てた。彼をなだめようとしたのか自分のためにしたのかははっきりしないが、親しい間柄のように、名前を呼んで触れあうことで慰められた。

「どんな仕事をしているの？」夫なのにそんなことも知らないのだ。

「金を作る仕事だ」

「そのために何をしているの？」わたしは問いつめた。

「スーパーマーケットとレストランと、会員制のポーカーハウスも何軒か経営している。おまえの父親はそこで用心棒をしている。知ってるだろ」

「ドーチェスターのスーパーマーケットは開店する前から赤字だったし、ポーカーハウスは小さな店で、客はあなたに借金している。それじゃあ、マセラティやフットボール場くらい広いペントハウスは買えないわ」

ブレナンが眉をつりあげ、淡いブルーの冷ややかな目でわたしをじろじろ見た。「賢いんだな」

「あなたの知らないことはたくさんあるわ」声がかすれた。

「おれを心底嫌っているのは知っている。だから、おれの話はしないんだ、レッド」

「嫌ってなんかいないわ」やっとのことで言った。彼の言うとおりだ。それができるからといって、わたしを妻にして閉じこめ、支配し、彼の恐ろしい人生に縛りつけたトロイ・ブレナンを憎んでいる。

「嘘が下手だって言われないか？」ブレナンは鼻孔をふくらませたものの、落ち着いていた。わたしを引き寄せ、うなじをつかんでささやいた。「おまえは嘘がつけない」

わたしは恐る恐る手をあげて、額の傷を撫でた。鼓動が速くなる。大胆な仕草だが、怖かった。彼がいらだちを募らせて、わたしを寝室に追い返すかもしれない。

恐怖にとらわれると、人は生き延びるために異なるルールに従う。

ブレナンが疑わしそうに目を細めてわたしの目を見た。冷酷そのものの、挑むような笑みが浮かんだ。「嫌ってないなら、態度で示してみろ」

わたしは言われたとおりにした。背伸びをして唇をそっと重ねたのだ。

彼にキスした。

大嫌いな夫に。

理性や論理や、心の声に逆らって。

キスをしたのは、欲しいものがあるからだ。仕事。幸せになるチャンス。いくらかの自由。

ブレナンがナイトシャツの裾をつかみ、わたしを近くの壁へと押しやった。わたしは壁にぶつかり、背中をそらして痛みをやわらげた。普通の痛みとは違う感じがした。なじみのないざわざわした感覚に襲われる。欲望が込みあげ、ふたたび彼の手の感触に夢中になった。

彼はいらだたしげに唇を奪い、片手でわたしの太腿をつかんで腰に巻きつけさせ、体を持ちあげた。股間のふくらみがスーツのズボンを押しあげていて、わたしは腰をすりつけたい衝動と闘った。両手でなめらかな髪に触れ、撫でつけた。

彼は詐欺師だ。

犯罪者。

人殺し。

それなのに……惹かれてしまう。

金のかごに閉じこめられたのだから、その特典を利用したほうがいい。

たくましい胸に貪欲に指を這《は》わせた。両手を腹筋へ滑らせると、彼の大きな手がわたしの細い手首をつかんで止めた。その理由に気づいて、わたしは悲鳴をあげた。

「気をつけろ、レッド」ブレナンはホルスターに触れたわたしの手を外すと、わたしの下唇を噛んだ。

信じられない。わたしはパニックを起こしそうだった。銃に触ってしまった。初めてのことだ。パパが銃を持っているのは知っていたが、近くで見たことはなかった。

「あら」どうにか心を落ち着かせて言った。「拳銃だったの？　違うものだと思ったわ」

ブレナンが心から笑い、わたしの両脚を体にしっかりと巻きつけて、革張りのソファへと運んだ。降りやまない冷たい夏の雨が窓に叩きつけているが、リビングルームは蒸し暑くて、熱気に満ちていた。

わたしたち、どうしちゃったの？　五分と会話が続かず、ペッティングするか、高校生みたいになじりあうくらいしかコミュニケーションを取っていない。それなのに、彼の腕のなかにいると神経が高ぶって、いまにも火がつきそうだった。

「トロイ……」うめくように名前を呼び、突然込みあげた欲望に身を任せ、ジョニー・ウォーカー・ブラックラベルの酒気を味わい、そのにおいにまつわる記憶を必死で抑えこもうとした。パパはそんな高いお酒を買えなかった。誰にも言えない、わたしを傷つけた男の記憶だ。

「まだ生理中か？」ブレナンが首を嚙み、髪を拳に巻きつけて、舌を胸の谷間に這わせた。もう一方の手で胸やヒップや脚をまさぐり、わたしの体の輪郭を記憶する。

わたしは硬直した。体は激しく反応しているけれど、わたしを無理やり妻にした男とベッドに飛びこむべきではないと、頭ではわかっていた。どうして彼にキスなんかしたのだろう。望んでいない生活ながらも公平なチャンスを与えたかったのかもしれない。あるいは仕事のためか。もしかしたら、わたしが人間だからというだけかもしれない。とはいえ、やめないと。

「ええ、生理中よ」

「くそっ」

ブレナンが怒ってジャケットを脱ぎ捨てた。体が離れると、わたしはがっかりした。彼の体はたくましくて、完璧だ。心のどこかで大胆なわたしが、昔、女子高生が話していた獣のようなセックスとやらを経験したがっている。

彼とのセックスは、夢にも悪夢にもなり得る。いずれにせよ、夢を見るわけにはいかない。

「いまのは間違いだったわ」胸を弾ませながら言った。

「くそったれ」ブレナンがソファから立ちあがり、黒い髪をかきあげた。

「ちょっと」わたしは彼の動きを目で追いながら、穏やかに言い返した。「わたしはこういうことに慣れてないのよ」

あなたにも。

「スパロウ……」ブレナンは、ばかな子だとでも言いたげに、首をゆっくりと横に振った。彼はいつもわたしをレッドと呼ぶ。彼に名前で呼ばれると、悪態のように聞こえた。「中学生じゃないんだから。おずおずとしたキスなんてしたくない」

わたしは彼を追いかけた。そんな言われ方をして、黙っていられなかった。「この結婚を望んだのはわたしじゃないから。威張らないで、うぬぼれ男」

「おまえがしたことじゃなくて、あの人たちがおれたちにしたことが問題なんだ、うざい女」ブレナンがネクタイをほどいて、ソファに放った。「話は終わりだ。寝室に戻ってまた眠ったふりをすればいい」

どういうこと？

「〝あの人たち〟って？」わたしは叫んだ。「その誰かが、わたしたちに何をしたの？何かを強制されたってこと？　爆弾発言をしておいて、なんでもないふりなんてできないわよ」彼を追って部屋を歩きまわり、目を合わせようとした。

彼もわたしと同じようにこの状況に閉じこめられているなんて、思いもしなかった。でも、それならつじつまが合う。

おおいに納得がいく。

彼はゴキブリを見るような目つきでわたしを見た。怒りの表情が、いつもの無表情に戻っていた。「笑わせるな」わたしに背を向け、また酒を飲んだ。「おれは時間の無駄になることはしない。もちろん、おれの意思でおまえと結婚したんだ」

「嘘よ」痛いところを突いたのだとわかって、苦笑いを浮かべた。彼も囚人なのだ。わたしたちを結びつけたものは、愛でも欲望でもない。「この結婚は、あなたにとってもつらいものなのね」

沈黙が流れ、ブレナンはバーに整然と並んだ高価な酒瓶に指を滑らせながら、ウイスキーをひと口飲んだ。

「覚えていないだろうが、おまえは子どもの頃、トリニティ教会の日曜ミサで、おれの二列前に座っていた。おまえの父親はいつも酔っ払っていて、おまえの小さな肩で眠っていたが、おまえはそんな父親の白髪まじりの髪を優しく撫でて、歩くときは支えてやっていた。同い年の子や年下の子どもたちを抱きしめて、誕生日の子にはいびつなカップケーキまで作ってやった。くそみたいな家庭で育ったのに——母親がいなくて、父親は飲んだくれなのに、思いやりがあった。学校を中退することも、ドラッグに溺れることも、暴走族の女になることもなかった。ちゃんと高校を卒業して、安っぽいダイナーで真面目に働いて、シェフになるために夜は学校に通っている。おまえは……」ブレナンがくるりと振り返り、グラスを持った手の人差し指を、わたしの胸に突きつけた。「立派だ。立派すぎる。おまえを遠くから見るたびに——おれの家族は下っ端であるおまえの父親とはつきあわなかったからな——将来のおれの子どもの母親はこういう立派な女がいいと、ひそかに思っていたんだ。母親の善良さが子どもに受け継がれればいいと。父親は悪人だから。ものすごい悪人だ」

　わたしはびっくりし、混乱して、ひそかに感動さえした。髪をいじりながら言う。

「わたしのことをいろいろ知ってたの？　気づかなかった……」

「おまえに目をつけていた。ただし、おれは花束やチョコレートを贈るタイプじゃない」ブレナンが襟元を緩め、わずかに見えた胸にわたしの視線が引き寄せられた。「みじめな人生を送りたくなかったら、慣れておいたほうがいい。それで、なんの用だ、スパロウ？　どうしておれの帰りを待っていた？　おれの一日の出来事や仕事の内容を聞きたかったわけじゃないだろ」

　わたしは下唇を噛み、うなじをさすった。甘い打ち明け話をされたあとでは、なぜか頼みごとをしにくくなった。外に働きに出たい、彼のレストランで働きたいというだけのことなのに。それに、働きに出ることは結婚式の日に許してくれた。

　早く自由になりたくてしかたがなかったけれど、辛抱強く微笑んだ。「急ぐ話じゃないの。明日話せる？　今日は大変な一日だったみたいだし、もう夜中の三時だし……それに、昼間のほうが大人らしく話しあえると思うの。盛りのついた犬みたいにならずに」

　ブレナンはわたしのほうをちらりとも見ずに、肩をかすめて通り過ぎた。「明日、まともな服を買ってこい。ディナーに連れていって、話を聞いてやる。なあ、スパロウ、おれはいい人じゃない」噛んで含めるように言う。「頼みごとがあるんなら、先にお礼をしたほうがいい。囚人じゃなく、妻らしくふるまうんだ。それから、おまえの不思議な生理があと何日も続くようなら、緊急治療室へ連れていって調べてもらう。失血死したくはないだろ?」

彼はそう言うなり、わたしを置き去りにして階段へ向かった。

まったく、なんて人なの。

4

トロイ

衝動的にディナーに誘ったことを、おれは後悔した。デートに連れだすなんて、どういうつもりだ？『プリティ・ウーマン』じゃあるまいし。レッドはジュリア・ロバーツとは似ても似つかない。

教会でのエピソードは作り話だ。おれは彼女に目を向けたことなどない。それどころか、いつか結婚しなければならないという考えを振り払い、その存在を必死で無視しようとしていた。ミサのあと、ティーンエイジャーにもならない彼女の友達たちがくすくす笑いながらおれに近づいてきたときも、彼女は脇に立って、ETを見るような目つきで恥ずかしそうにおれを眺めているだけだった。当時から、スパロウ・レインズはおれのタイプじゃないとわかっていた。物静かな態度が説教じみていた。母親に捨てられ、父親はアルコール依存症で、不幸だらけの人生なのは知っている。だが、おれが彼女に夢中になることは絶対にない。誰かに惹きつけられることはほとんどなく、これまで夢中になった女はひとりだけだ。

つまり、おれはスパロウ・レインズに対して、おれの心を傷つけたその女以外のすべての女に対するのと同じ気持ちを抱いている――なんとも思っていない。

用を足し、シャワーを浴びて、散々な一日の垢《あか》を洗い落とした。スパロウが寝室に戻ってきてもこなくても、どうでもよかった。

彼女のことを昔から意識していたかのような嘘をついて喜ばせたのは、彼女を黙らせたかったからだ。しつこく問いつめられ、過去におれに自分のことを理解させようとした愚かな勘違い女たちを思い出したのだ。

結婚式の夜、血を流してバスルームから出てきた彼女に少しばかりそそられたのはたしかだ。彼女が靴下を履き、足にとげが刺さったネズミみたいにかすかに足を引きずっていたのに気づいた。時間を稼ぐためにわざと体を傷つけたのだ。屈辱より痛みを選んだ。飲んだくれの父親と蒸発した母親のあいだに生まれた娘は、機転がきき、プライドを持っている。

予想できたことなのに、驚いた。

スパロウが近所の女の子たちと違い、自制心を失って悪道を行く金持ちの男になびかなかったことが、あの夜に判明した。

血を流してバスルームから出てくる前から、彼女はこれまでおれに股を開いてきた女たちとは違うとわかっていた。おれにレイプされると思っていて、死体のようにじっと横たわって我慢する彼女を想像していた。おれたちはこの状況を、そしてお互いのことも嫌っているが、うまくいけば彼女を妊娠させて、その後九カ月間はおとなしくさせられるかもしれないと、おれは考えていた。

だが、そうはならなかった。スパロウ・レインズには闘志があり、そこに興味をそそられた。だから、彼女の限界を試そうと脅かしてやった。ちょっとからかってみたくなったのだ。

セクシーな下着のプレゼントは、おれが考えたことじゃない。おれが選んだわけでもない。おれの愛人に、レッドをさっそく悲しませた報いを与えなければならない。

しかし、彼女が血を流したのはおれのせいだ。おれは足の血だとわかったうえでなめて、彼女の反応をうかがった。彼女はショックを受けたようだが、涙はこらえた。そして、おれのしたことをひそかに気に入っているのがわかった。おれと同じで、ゆがんだ心の持ち主なのだ。

スパロウは勇敢だから——おれが毎日相手にしなければならない一部の男たちより

もはるかに勇敢だから、処女を奪ってはいけないような気がした。スパロウとのセックスにはほとんど興味がなかった。彼女は興奮して濡れていたが。おれは欲望というものを知っている。彼女の体が敏感に激しく反応したから、おれは主張しなければならなかった。

彼女はおれのもので、その気になればいつでも奪えることを教えてやった。

あの夜以来、仕事に追われていた。忙しすぎてセックスする暇もなかった。本音を言うと、時間を割く価値があるとは思えなかった。彼女は処女で経験不足で、きれいだが青白い壁の花タイプだ。

おれのタイプはかわいい子じゃない。スパロウの服のセンスは最悪で、デザイナーズブランドの店に大勢のスタイリストと一緒に一年くらい閉じこめたくなる。ケッズのスニーカーを履き、黒のパーカーとマムジーンズを着ている。ランナー体型で、そういうズボンが似合う尻をしているが、少しくらい手間をかけたって損はないだろう。とはいえ、割と簡単にああいう格好に慣れるかもしれない。まともな服を買ってこいと言ったことに反発してほしい気持ちもあった。心の奥では、彼女の生意気な態度を受け入れていた。

たしかに、彼女がリビングルームでおれの前に立って話をしようとしたとき、おれは最悪な一日のことで頭がいっぱいだった。

今日は、ギャングの野心的な下っ端たちの膝の皿を打ち砕くことから始まった。クライアントである裕福な新進政治家は、荒っぽいのが好きなマゾヒストで、トランスジェンダーの女にその行為を盗撮され、五十万ドル要求された。いつもなら女に直接落とし前をつけさせるところだが、今回は厄介なことになった。

そのギャングの下っ端たちは女のアパートメントに押し入り、彼女の持ち物と一緒にビデオカメラも盗んだのだ。そして、録画データを消去して売り飛ばす代わりに、政治家とサド役がとんでもないことをしている映像を見つけた。彼のような尊敬すべき地域社会の指導者がするはずのない行為だ。ギャングのメンバーはたいていものすごくばかなのに、どういうわけかこのふたりは偶然手に入れたものの価値に気づいて、彼らもお上品なろくでなしを脅迫することにしたのだ。ただし、請求額は倍の百万ドルだった。おれはあいだに入ってダメージコントロールをしなければならなかった。

他人の問題を解決することでトラブルに巻きこまれるのは、おれの仕事の一部だ。これが初めてでもないが、最悪なことに変わりはない。ルージュ・ビスのオフィスに着いたときは、もうぼろぼろだった。

下っ端のひとりのせいで、額に野球ボール大のたんこぶができていた。

　おまけにあいつがデスクのパソコンの前にいた。

　ブロックはおれの合法的なビジネスの業務処理をしている。たいていは違法な仕事をさせるためにコナーのような男を雇うのだが、ブロックには、クソ政治家のようなクライアントから支払われた金を洗浄するための店の管理を任せている。ルージュ・ビスのほかに、スーパーマーケットと賭博場もある（厳密に言うと、賭博場は合法ではないが、適正料金なら警察も目をつぶってくれる）。ブロックには別の特技もある。おれが人の顔をぼこぼこにするプロなら、ブロックは麻薬常用者《ジャンキー》の解毒をするプロだ。

「面倒な仕事だったのか？」ブロックがエクセルのデータを見つめたままきいた。

おれはジャケットと血のついた黒いシャツを脱いで（仕事がある日は白いシャツは着ない）、ごみ箱に捨てた。そして、ファイリングキャビネットの引き出しを開け、アイスパックときれいなシャツを取りだした。

「キャロウェイのゴルフクラブで膝の皿を打ち砕いた」アイスパックを押しつぶして冷たくし、額のこぶに押し当てた。

　ブロックはキーボードを打ちながら、疑わしそうに尋ねた。「そいつが二度と歩けなくなったから、落ちこんでいるのか？」

「おれのクラブがだめになったからだ。気に入っていたのに」おれはぱりっとした黒のシャツを着た。

ブロックの表情が険しくなったものの、六年前、おれの下で働き始めた頃に比べるとはるかに嫌悪感が薄れていた。「あんたの残酷趣味を、新妻は知っているのか？」

非難するような口調だった。まだ顔をあげようとしない。

「脳みそが半分でもあれば、知っているだろう」おれは心のなかでつけ加えた。〝おまえの女房はよく知っているぞ〟

ブロックが手を止め、ようやく顔をあげた。「彼女につらく当たることはないんじゃないか」スパロウのことを言っているのだ。「彼女は何も悪いことをしていないし、あんたが彼女の母親にしたことだけでも最悪だ」

おれはアイスパックを握りしめた。ゆっくりと顎をあげ、見下すような笑みを浮かべる。「おまえには関係ない、グレイストーン」

ブロックが立ち直って何か言い返す前に、背を向けて部屋を出た。

あとで、ゴルフクラブを買い直すようメモを残そう。秘書のように扱ってやるのだ。フーターズのウェイトレスのように。そのあと、ビールを飲みに連れていく。なんだかんだ言っておれたちは友達だろ、という具合に。

友は近くに置け、敵はさらに近くに置けと言うだろう。ブロックはすぐ近くに置いておき、おれが常に三歩先を行くようにしている。
おれが常に優位に立つように。

散々な一日の終わりに、キャットに会いに行った。憂さを晴らし、スパロウにおかしな結婚祝いを贈ったことをとがめるためだ。

キャットは金曜日の女で、唯一長く続いている愛人だ。今夜は訪ねる予定ではなかった。

危険な行為だが、その価値はある。ブロックは、金曜日はレストランで遅くまで働いている。彼の女房をもてあそぶために、ことさら忙しくさせているのだが、浮気に気づいてほしい気持ちもあった。

今夜はセックスをする気分じゃない。ゴルフクラブのせいかもしれないし、スパロウ――よく知りもしないし好きでもない娘のいるペントハウスに帰らなければならないとわかっているせいかもしれない。愛人の奇行に飽きただけかもしれないが。

キャットはセクシーなドレスを着たウイルスだ。たやすく広がるが、害がある。昔は、助けを必要としている罪のない子羊だと思いこまされていた。いまでは、彼女こそ危険人物だとわかっている。

とにかく、おれはよこしまな気持ちになっていた。「ひざまずけ」彼女が暗い寝室に入ってくると、冷たく命じた。

キャットはおれがいたことに驚いてはっとしたものの、すぐにひざまずいた。すでに息が荒くなっている。おれは寄りかかっていた窓枠から離れて彼女に近づくと、サムに聞こえないようドアを閉めた。彼女の胸が波打っている。喜んでいるのがわかって、萎えそうになった。

彼女を見おろし、ズボンのファスナーをおろした。「しゃぶれ」

キャットは動こうとしなかったが、駆け引きする気分じゃなかった。おれはもう一度命じた。

「いやよ。先に抱いて」

おれは顎を引きつらせた。こんなことをしている暇はない。うなじの髪をつかんで引き寄せた。「おまえがやらないなら、スパロウにやらせる。あいつに試乗してみようと思っていたんだ」

キャットが唇を引き結んだ。そして、深く息を吸いこんでから、股間に顔を近づけ、震える手で竿《さお》を握った。

脅しがきいた。キャットは問題を抱えている。おれのことだ。彼女の冷たい心は、おれに対する渇望や愛憎といったさまざまな感情で占められている。悲しい事実だ。

おれは射精すると、彼女が手の甲で口をぬぐうよりも早くファスナーをあげた。彼女は床にくずおれ、お返しを期待するようなまなざしでおれを見あげた。

おれはいい愛人じゃない。常に自分を優先し、相手をないがしろにする。おれが逆らうチャンスを与えないことをわかっているから、女たちはおれの不機嫌な態度や至らないところに目をつぶる。キャットはというと、おれの残酷さを生きがいにしている。そこを愛し、そこに欲情する。おれが残酷になればなるほど、興奮する。

だから、おれはこの女にとって最高の男なのだ。

今日はセックスする気になれなかった。ましてや口でするなんて。そんなことはもう何年もしていない。

ドアへ向かおうとすると、キャットは床を這っておれの脚にしがみついた。「あの女のところへ帰らないで」ホラー映画の登場人物のごとく泣きわめいた。

ふっくらした下唇から精液がしたたり、ブロックの絨毯を汚した。キャットは階下にいる息子に聞こえても平気なようで、むしろ聞かせているように思えた。おれは肩をすぼめ、足元で身もだえする女を見つめた。最近泣くようになった。しょっちゅう。セックス中に泣き、セックスしていないときも泣く。おれが帰るときは必ず泣いた。

意外にも、そんな姿を見ても楽しくなかった。弱い人間のみじめな姿は楽しめない。強い人間こそひざまずかせたくなる。

つまようじを吐き捨て、それがベッドの下へ転がりこむのを見ながら、首を横に振った。「無様だな」

キャットははなをすすり、うなだれた。「あなたがあの小娘といるのが耐えられないの」

「おれの生活に干渉するな、キャット。おまえには面倒を見なきゃならない子どもがいる。こんなお気楽な関係とは別の人生がある。この関係がおまえの手に負えなくなってきたんなら、もうやめよう。この世でペニスがあるのはおれだけじゃない。おまえの夫にもついている」

「いやよ」キャットが膝で立った。マスカラが流れ落ちて、アリス・クーパーみたいになっている。膝で歩いておれについてきた。

このめちゃくちゃな状態が好きでたまらないのだ。彼女がこの不倫を、芝居がかった関係をやめるはずがない。おれと別れるなどあり得ない。

「わたしなら大丈夫。ただ……ほら、あなたが結婚して……」キャットが目を閉じてため息をついた。「あなたの言うとおりよ」肩をすくめ、無理やりずるそうな笑みを浮かべて立ちあがった。「慣れないとね」

あの下品なプレゼントのことで叱りつけるのは、また今度にしよう。

下へおりると、サムが暗いリビングルームで、テディベアを脇に抱えながらアニメを観ていた。「バイバイ、トロイさん」バッグス・バニーとロード・ランナーに目を釘付《くぎづ》けにしたまま、つぶやくように言った。

おれはうめき声で応えた。

おれはクズだ。

世界一のクズ。

だが、どうにもならない。

家に帰って酒を注《つ》いだとき、階段をおりてくるスパロウの小さな足音が聞こえた。今日はもう充分人を痛めつけたから、おれたちの結婚に関する真実は話さないことにした。

彼女は愛想よくふるまおうとし、おれは彼女に腹を立てないよう努力した。

本当は、この結婚をやめたくてたまらない。だが、エイブラハム・レインズの娘と結婚すると、親父に約束させられたのだ。

親父が殺されるまで、その理由がさっぱりわからなかった。

エイブは飲んだくれの負け犬で、なんの展望もなく、無学の役立たずがみな正真正銘のギャングだった時代にも、本物にはなれなかった。組織のなかで一番どうでもいい仕事を与えられた。親父はエイブを新人と一緒に働かせた。エイブはおれたちに借金がある人間を脅し、ティーンエイジャーのように金を巻きあげた。用心棒の仕事や、使い走りが病気になったときはその代わりもした。

親父はエイブの娘、スパロウ・レインズのことをいつも褒めていた。でもそれは、おれが十八歳になったときに親父のオフィスに呼びだされ（仲がよかったのに、めったにないことだった）、いつか彼女と結婚すると約束させられた理由の説明にはならなかった。

スパロウ・レインズと結婚。まったく眼中になかったので、聞き間違えたのではないかと思った。

だが、おれは親父を心底愛し、崇拝していた。親父のためなら死ねただろう。だから、その計画を受け入れた。おれは十八歳で、スパロウは八歳だった。ゆがんだ野蛮な考えで、おれは人生の不公平さを初めて経験した。とはいえ、まだ先の話だった。おれはその計画をあとまわしにした。

言うまでもなく、年を取るにつれて、いつか平凡な女と結婚することが、ハリネズミとファックするのと同じに思えてきた。おれはスパロウの周りにいる男たちに、彼女に近づかないよう警告した――彼女に目を向けたり、興味を持ったり、手を出したりしないように。悪い連中が近づかないようにした――彼女がそういう連中に惹かれたわけではないが。

そして、どうしてあの赤毛の娘と結婚しなきゃならないのか、親父にしつこくきいた。だが、親父は答えてくれなかった。

親父が死んだ日に、ようやくその理由がわかった。

親父に愛人がいることは知っていたが、それがロビン・レインズ――スパロウの蒸発した母親だったとわかって、謎が解けた。

その頃には、おれは手痛い失恋を経験したあとで、世慣れた冷酷な人間になっていた。成功への道のりには、犠牲が伴うものだと理解していた。

スパロウ・レインズはおれが払う犠牲だ。おれは彼女と結婚すると約束し、その約束を果たした。

実を言うと、あと数年くらい喜んで待つつもりだったのだが、スパロウと結婚しない限り遺産が手に入らないことを、親父の弁護士が明らかにしたのだ。

さらに、親父は結婚の誓いの〝生涯〟という文言を重視した。遺言書の一〇三条b項で、離婚した場合おれは相続財産の大部分をスパロウに渡すことになっていた。大部分を。まったく信じられない。

おれは三十二歳で、自分のものを受け取る準備ができていた。ずっとおれのものだった、親父が苦労して築いた財産を。

特に現金が必要だった。母親がボストンを離れてフランスのニースへ引っ越すことに決めたのだ。普通の人はフロリダやアリゾナに隠居する。だが、アンドレア・ブレナンは年下の恋人と世界一金のかかる場所——コート・ダジュールへ行くつもりらしい。引退するような仕事もしていなかったくせに。

誰かがそのための金を支払わなければならない。お袋は怠惰な仲間をときどき自宅に泊めるので、マリアを週に三回通わせ続ける必要もある。お袋は贅沢な生活を送っているにもかかわらず、自由になる現金があまりない。節税のために、一家の金のほとんどを株や不動産に投資しているせいだ。

お袋とキャットには共通点がたくさんあると思わざるを得ない。

とにかく、レッドが真実——親父がおれに彼女と結婚させた理由や、彼女の処女を守るためにおれがずっと男たちを追い払っていたこと——を知れば、おれを殺そうとするだけでなく、警察に通報しておれを一生刑務所に入れることもできるのだ。

だから、おれは新妻に礼儀正しく接しようとしている。

だがしかし、彼女をどう扱ったらいいのかわからない。機嫌を取るか、無視するか、無理やりセックスするか。ひとつ目と三つ目は、おれの流儀に反する。一週間は無視することでやり過ごせたが、いまや途方に暮れていた。一日じゅう家でぶらぶらし、夜になりおれが帰ってくると必ず眠ったふりをする彼女にうんざりしている。

そんなとき、リビングルームに彼女がおりてきて、その姿があまりにもみじめで弱々しく見えたので、教会で彼女を見ていたという過去をでっちあげ、おまけにディナーに誘ってしまったのだ。

ディナーデートとは。あの女を連れていって以来だ。デートはセックスと同じだと、自分に言い聞かせた。やり方を忘れることはない。

おれがシャワーをすませたときにはスパロウはすでに眠っていて、今度はふりじゃなかった。おれは隣にもぐりこみ、上下する胸を見守った。安らかな眠りとは言いがたい。彼女が枕の下にナイフを忍ばせていることは知っている。おれはそれを面白がり、感心した。ナイフでおれに立ち向かったところでどうすることもできないだろうが、その意気込みを気に入った。

彼女は父親とは全然似ていない。

結婚後、彼女は部屋に閉じこもって、男嫌いのテイラー・スウィフトの曲を聴きながら泣きはらすだろうという予想は外れた。彼女は純粋かもしれないが、ばかではない。育った環境と、近所の人々によって鍛えられた。レッドはちょろい相手なんかじゃない。

おれは彼女に背を向け枕元のランプをつけて、ナイトテーブルの引き出しからｉＰａｄを取りだすと、翌日の予定を確認した――敵意を持つ義理の娘を探しだして、親の悪口を言わないよう説得しなければならないのに、知事に立候補した間抜けとのミーティング、見かじめ料の支払いを拒み、アルメニアのギャングと揉《も》めている地元の資産家との面会。

近頃では、アルメニア人がボストンの暗黒街を支配していて、親父がもっと家業に気を配っていれば、おれが手にしていたかもしれないものを思い出させられる。

ブレナン家がボストンで名を馳《は》せているのは、犯罪者一族だからというだけでなく、地元の学校や教会や慈善団体に寄付したからだ。病院の翼棟やバーや赤ん坊におれたちにちなんだ名前がつけられるくらいの額をばらまいている。おれたちが人々に好かれているのは、昔は気前がよくて、街から売春やドラッグといった不道徳なものを極力排除したからだ。

おれたちは犯罪者だが、罪のない人々を傷つけるようなまねは絶対にしない。高利貸しやゆすりや違法賭博やマネーロンダリングは、実にうまくやるが。

いまでは、アルメニア人と地元の組織化されていないギャングがボストンの暗黒街を支配していて、無秩序状態だ。モラルも敬意も名誉もあったもんじゃない。未登録の銃を扱うただのごろつきどもだ。

別のクライアントからのメールを読み返し、ふたたびアルメニア人を呪ってからiPadを引き出しに戻した。最後にもう一度レッドを見やると、彼女の側のナイトテーブルに置かれた彼女の携帯電話が新しいメッセージを受信して光っているのに気づいた。時刻は午前四時だ。こんな時間にいったい誰が送ってきたんだ?

彼女の顔をちらっと見たあと、携帯電話に視線を戻した。

見るな。

見ろ。

見るな。

くそっ。

彼女が汚いガキどもと缶蹴りをし、おれは女をばかにしたり、煙草を吸ったり、おれのじゃないマッスルカーにもたれかかったりしていた頃、たまにしか彼女を見たことがなかった。ひょっとすると、レッドは垂れ込み屋かもしれない。警察に協力しているのかも。連続殺人犯の可能性もある。

まさか。

おれは彼女の鼻の上に腕を伸ばし、携帯電話をつかんだ。

そして、調べ始めた。隅々まで。

スパロウ・レインズは友達が少ない。変わり者だから、友達ができにくいのだろう。受信メッセージを読んだ限りでは、ルーシーという女の子が親友のようだ（とはいえ、結婚式に招待するほど親しくはない）。ボリスという男は料理学校の講師で、すでに彼女に近づくなと警告してある。もうひとり、デイジーというのは地元の子だ。

おかしいと思ったのは、ルーシーとの最新のやり取りのタイミングだ。タイムスタンプによると、おれとスパロウがリビングルームで話したあとのことだった。おれがシャワーを浴びているあいだ、スパロウは携帯電話を使っていた。先ほど届いたのは、スパロウの最後のメッセージに対する返信だった。

ルーシー〈明日お茶しない？　いつもの場所で。ちょうどお給料をもらったところなの。おごるわ〉
スパロウ〈行きたいけど、仕事の面接があるの〉
ルーシー〈えっ？　いつ？　どこで？　どうして早く話してくれなかったの？　教えてよ！〉
スパロウ〈ルージュ・ビスよ。食い逃げしに行こうって約束してた、あの超高級フレンチレストラン〉
ルーシー〈嘘でしょ。オーナーはトロイ・ブレナンよね？　生き残っていて、刑務所に入ってもいない唯一のブレナン。ハハ〉
スパロウ〈そうね、まだ捕まってないみたい。逮捕するのは、わたしの面接のあとにしてほしいわ。また連絡する。うまくいくよう祈っていてね〉
ルーシー〈彼と親しくなっちゃだめよ。伊達《だて》にフィクサーと呼ばれているわけじゃないんだから〉
スパロウ〈うさんくさい男だってわかってる。パパのボスだもの〉
ルーシー〈そうよね、念のために言っただけ〉
スパロウ〈大好きよ〉

ルーシー〈わたしも〉

その次が、先ほど届いた最後のメッセージだ。

ルーシー〈追伸：落ちたとしてもくよくよしないで。彼は最高にいやなやつだって噂だから〉

これで思い知らされた。スパロウはおれを嫌っていて、おれを利用しようとしていて、おれのことをおれの父親同様、クズだと思っている。

そのとき、彼女の人生を少しでもましなものにしてやろうという決意は消え失《う》せた。

5

スパロウ

夜明けに急いでキッチンへ行った。昨夜、ブレナンと話したことでまだ混乱していて、どうしても彼に気に入られたかった。

つまり、仕事が欲しかった。

素直に認めると、彼が教会でわたしを見ていたという話に心を動かされた。わたしに目を留めていたのだ。だから、トロイ・ブレナンに最高にいやなやつにならないチャンスを与えることにした。

メープルシロップをかけたふわふわのブルーベリーパンケーキと、わたしの大好きなホットチョコレートの朝食を作った。そして、階段をおりてきて、朝の光に目を細めた彼ににっこり微笑みかけた。彼はまだ下着姿で、股間がもっこりふくらんでいた。

わたしは好奇心に負けて、カウンターのナイフやフォークやナプキンを並べ直すふりをしながら、あそこのサイズを見積もった。

詳しいほうじゃないけど、わたしのヴァギナよりも、トラックの排気管にぴったりおさまるサイズに見えた。三秒ほど見つめるうちに、わたしの目に好奇心と恐怖の色が浮かんだのだろう。

「心配するな、レッド。噛みつきやしないから」ブレナンが二の腕を口に押し当ててあくびをし、わたしを押しのけてカウンターの上のコーヒーポットに手を伸ばした。

「でも、唾を吐くわ」わたしはははにかんで言った。

ブレナンがゆがんだ笑みを浮かべた。「おまえには吐かない。そんな接し方じゃ」またいやなやつに戻っている。でも、わたしはぐっとこらえ、カウンターの上の大皿を指さした。「パンケーキよ。ふわふわの焼きたて。ホットチョコレートもあるわ。ホイップクリームをのせる?」

彼が結婚したいと思った女の子を思い出してほしかった。わたしは彼がパパのボスだということを忘れようとした。愚かでうぶかもしれないが、努力してみたかった。

「甘ったるいもんは食わない」ブレナンが全然すまなそうでない口調で言った。「それに、ホットチョコレートなんて絶対に飲まない。でも、今度ティーパーティーを開くときはチュチュを借りてくるよ。カップケーキを作るのを手伝ってくれ」

わたしは耳を真っ赤にしながら、テーブルマットの上のパンケーキの皿を持ちあげ、喉に込みあげる苦いものをのみこんだ。そしてシンクにガチャンと投げ入れ、たぶん高価な皿を割ってやった。ざまみろ。

ブレナンは無言でカウンターの上のワイヤーボウルからバナナをもぎ取った。それから、冷蔵庫を開けてオレンジジュースとプレーンヨーグルトを取りだすと、足で閉めた。

ブリーフ一丁で。あそこをかたくしたまま。

「上の書斎にいる。今夜のディナーの約束を忘れるな」ブレナンが歩み去りながら言った。「ナイトテーブルにもう一枚クレジットカードを置いておいた。まともな格好をしろ。ケッズも黒いパーカーもなしだ。わかったか？」

「まったくもう」わたしは顔をしかめた。「性差別主義者なの？」

「違う。妻に女らしい格好をしてほしいだけだ。ホット・トピックで買い物する十二歳の少年みたいな格好じゃなくて」

彼にいやなやつと言ってやりたかったけど、そんなことをしたら就職のチャンスを失ってしまうかもしれない。だから、その代わりに拳を握りしめ、歯を食いしばり、部屋を飛びだしてドアをバタンと閉めた。

エレベーターのボタンを乱暴に押したものの、しびれを切らして——怒りのあまりじっとしていられなかった——階段を一段抜かしでおりた。十四階からロビーまで。ランニングシューズも履かずに、朝のジョギングを始めた。ケッズで。本当に腹が立つ。あり余るほどのエネルギーしかない。

それで充分だ。

冷たい湿った歩道に足を踏みだし、呼吸を整える。ささやかな幸福。

イヤホンをつけてパパ・ローチの『ラスト・リゾート』を聴きながら走った——いまの気分に合わせて怒りに満ちた曲を選んだ。さっそくコナーが必死でついてくる気配を感じた。日中はずっと、ディナーの席で夫の胸にフォークを突き刺す場面を想像するつもりだ。彼の命令に従って、ドレスを着たかわいい妻を演じるつもりはない。

押しつけられたら、押し返すまでだ。

わたしはブレナンに言われたとおり、ディナーのために魅惑的なドレスを買ったりしなかった。キッチンに閉じこもり、料理をすることでストレスを発散した。食器棚や冷蔵庫のなかの材料を使いきり、シェルターに持っていく料理を作りまくった。

何時間もひとりで料理をしていると、この状況の深刻さをようやく認識できた。昨夜まで、何が起こっているのかはっきりとはわかっていなかった。あの男と結婚したという事実を充分に理解していなかった。

でもいま、現実に直面した。

そして、死ぬほど怖くなった。

コナーはリビングルームをうろうろ歩きまわりながら電話で話している。わたしはその隙に逃げだしたい気持ちになった。でも、どこへ行くというの？　パパはボスに逆らったらどうなるかを恐れて、すぐにわたしを追い返すだろう。ルーシーに迷惑をかけたくないし、高利貸しはみなトロイかブレナン家の誰かを知っていて、楯突《たてつ》きたくはないから、わたしに街を出るお金なんて貸してはくれないだろう。

午後四時、マリアが怒った顔つきでキッチンに飛びこんできて、わたしが散らかした場所を片づけるから、髪をつかんで引きずりだされる前にここから立ちのくように言った（文字どおりそう言ったわけではないが、スペイン語の叫び声と手を振る仕草で、その意味は伝わった）。マリアはアンドレアとトロイの家の両方に行かなければならないせいで、とりわけ機嫌が悪かった。今朝、トロイが書斎でオレンジジュースをこぼしたらしいが、もちろん、彼が掃除なんかに自分の手をわずらわせるわけがない。そのうえ、今度はわたしの後始末をしなければならないのだ。

ブレナンさんは午後八時にロビーまで迎えに来るから、イブニングドレスを着て待っているようにと、マリアが伝えた。わたしは鼻を鳴らし、ふた皿分のマカロニチーズをタッパーに詰める作業に集中した。軍の中隊をまかなえるくらい大量に作った。料理には治療効果があるし、現実から、彼から目をそむける手段にもなる。

「イブニングドレスなんて持ってない」わたしはオーブンからココナッツパイを取りだしながらぶつぶつ言った。クローゼットにあるのはリトルブラックドレス一枚だけだ。結婚式や葬式で着ているそのドレスを、今夜の初デートにも着ていくつもりだ。そのほかにおしゃれ着なんて必要ない。わたしの考えでは。

「買いに行く時間はもうない」マリアは夫の簡単な指示にも従えないわたしに失望し、怒鳴った。「どうする？　ブレナンさんに怒られる！」

「いつも怒ってるじゃない」

マリアはいらだたしげにため息をつくと、エプロンから携帯電話を取りだして、わたしをにらみつけた。電話がつながるなり、スペイン語で生き生きとしゃべりだした。わたしは事態の展開に興味を引かれながら、ズボンで手を拭いた。

数分後、電話を切ったマリアは、わたしに向かって指を振り動かした。「あたしの娘がきれいなドレスを貸してくれる。サイズは同じ。汚さないで、クリーニングしてから返す。わかった《コンプレンデ》？」

わたしは少し驚き、心からほっとしてうなずいた。どうしてマリアが助けてくれるのかはさっぱりわからないが、とにかく、わたしがちゃんとした格好をしていれば、ブレナンも仕事を与えてくれる気になるかもしれない。

「ありがとう」キッチンの掃除を始めたマリアのあとを追って言った。

「あなた」マリアはものすごい勢いで鍋を洗い、手伝おうとするわたしを肩で押しのけた。「女の子。彼」顎で上の階の寝室を示す。「力のある男。怒らせたら、捨てられる《ダンプ・ユア・アス》」

マリアが英語のスラングを使ったので、わたしは思わず噴きだした。

首を横に振って言った。「そうね。わたしの後始末なんてしなくていいのよ。自分でやるから」マリアの手から汚れた鍋をそっと取りあげようとした。

マリアは目をぐるりとまわし、わたしを肘で押しのけた。「あたしの仕事だよ、おばかさん」

わたしは料理を詰め終えると、タクシーの運転手にチップを弾んでホームレス施設に届けさせた。わたしが自分で届けることを、コナーが許さなかったのだ。

マリアの娘に会うことはできなかった。わたしがシャワーを浴びているあいだに、ロビーでコナーがカクテルドレスとハイヒールを受け取っていた。ドレスも靴も、サイズはぴったりだった。わたしが寝室へ入ったときには、ドレスがブレナンの大きなベッドの上に広げられていた。ピーチ色のノースリーブで、ハート形のネックラインに、細い金のベルトがついている。

午後七時四十五分、わたしはそのドレスを着て薄化粧をしたあと（そばかすと自己憐憫を消すためのマスカラとリップグロスを塗っただけ）、エレベーターでロビーに降りた。

意外でもなんでもないことに、ブレナンは遅刻した。わたしは待つあいだ、クリーム色の革椅子に腰かけ、ルーシーとデイジーにメッセージを送った。あたたかい友情に包まれたい衝動に駆られたのだ。それに、突然わたしの姿を見かけなくなったことを、彼女たちが不審に思っているのは明らかだった。

わたし〈ねえ、来週お茶しない？〉

ルーシー〈説明して〉

わたし〈？〉

デイジー〈あなたの家に行ったら、引っ越したっていうじゃない。なんか隠しているんでしょ、バーディー？〉

しまった。安心させるようなメッセージを送ったが、効果はなかったようだ。

わたし〈誤解よ。何も隠してなんかいないわ。ちょっと忙しかっただけ。ところで、あと数分で面接なの〉

ルーシー〈あなたはダイナーで働いて、料理学校に通っていた。それが突然、ルージュ・ビスで面接だなんて。わたしたちのこと、十段階でどれくらいばかだと思ってる？〉

わたし〈ええと……五？〉

わたし〈冗談よ。ちゃんと説明するから〉

無理だ。それだけはできない。いつかはばれるとわかっていても、話したくなかった。

デイジー〈当然よ。いつもの場所で待ってるから。面接頑張ってね〉

さらにメッセージを送ろうとしたとき、足音が聞こえて、顔をあげた。彼の歩き方はわかる。優雅で自信に満ちあふれていて、その場を支配する。ブレナンは薄いグレーのスーツを着ていて、なぜかいつもよりさらに背が高く、肩幅が広く見えた。わたしは立ちあがり、ドレスを撫でつけ、いたずらが見つかった子どものようなまなざしで彼を見つめた。

「パンケーキはどうだった？」ブレナンが頬に儀礼的なキスをした。

うるさいおばにするように。わたしがパンケーキをシンクに捨てたことは忘れている（あるいは気づかなかった）ようだ。なんてすてきな夫。わたしってついてる。

「甘ったるくておいしかったわ」わたしはつんと顎をあげたあと、態度を改めた。仕事のためだ。「わたしのドレスはどう？」

ブレナンは眉をひそめたが、怒っているというよりとまどっている様子だった。

「おまえが選んだのか？」一歩さがってじろじろ眺めた。しかめっ面もすてきだ。

それどころか、冷ややかなまなざしを別にすれば、どの表情にも胸がときめいた。彼は魅力的な男で、それがわたしをおおいに悩ませた。

「ショッピングは苦手なの」わたしは充分な距離を保つよう気をつけた。ブレナンは熱い。比喩的な意味だけじゃなくて、実際に熱を発している。「マリアが娘さんに電話して、ドレスを借りてくれたのよ」

「マリアの娘？」ロビーから出ながら、ブレナンが信じられないと言いたげな表情でわたしの顔を見た。

「そうよ。何？　ちょっとかわいすぎた？　結婚祝いにくれた革のＴバックみたいなのを期待してた？」わたしは眉をつりあげ、夜の冷たい霧雨に身震いした。

ブレナンはわたしの腰のくびれにわがもの顔で手を当て、日よけに覆われた歩道へ導いた。わたしは欲望がわき起こるのに気づかないふりをした。彼のぬくもりに包まれたかった。異性に免疫がないせいだ。この男を嫌っているのに、わたしの体は違う考えを持っている。

「いいね」ブレナンはそう言ったが、彼の褒め言葉はいつも、含みがあるように聞こえた。

「ありがとう」

通りは歩行者や車でごった返していた。彼の車は地元でよく見かけたので知っている。白のマセラティ——ギャングの愛車である黒のメルセデス・ベンツとは対照的な車だ——が、マンションの前の一方通行の通りの真ん中に二重駐車してあった。何台もの車の通行をさえぎり、交通渋滞を引き起こしている。ドライバーたちはクラクションを鳴らしながらののしり、雨が降っているにもかかわらず窓を開けて身を乗りだし、拳を振りまわしていた。

だが、ピカピカのグラントゥーリズモに近づいてくるトロイ・ブレナンの姿を見たとたんに、ドライバーたちはいっせいに頭を引っこめて窓を閉めた。ドアに鍵をかける音まで聞こえた。

夫の傲慢さに言葉も出ないほど恥ずかしくなり、ショックを受けたわたしは、彼の手を振り払って足を速めた。彼は傘を持っていたが、濡れないようにと急ぐわたしを追いかけもせず、目もくれなかった。六月なのにこんなに寒いなんて信じられない。全世界がスパロウ・レインズに意地悪をしているような気がした。この男につきあうだけでも最悪なのに、自然が雲を使ってわたしをばかにする。

「みんなの邪魔をする必要があったの?」シートベルトを締めながらきいた。

「別に」ブレナンはわたしの目を見ながら、運転席に乗りこんだ。「邪魔しないよう気を遣わなかっただけだ」

車がボストンの金曜の夜の混雑した道路を走り始めた。わたしは唇を引き結び、怒った目つきで窓の外を見つめ、冷たい革のシートにもたれて怒りを鎮めようとした。ラジオからザック・ブラウン・バンドとクリス・コーネルの『ヘヴィ・イズ・ザ・

ヘッド』（「ヘヴィ・イズ・ザ・ヘッド・ザット・ウェアズ・ザ・クラウン」は、王冠を戴く者には心安まるときはないという意味）が流れてきた。皮肉なものだわ。

「したり顔はやめて」わたしは呼吸を落ち着かせてから言った。視界の端に彼の満足げな表情が映っていた。「非常識な行為には感心しないわ。強面《こわもて》の魅力はわたしにはわからないから、あなたみたいな人は絶対に好きにならない」

「トロイ・ブレナンっていうんだ。初めまして。何事にもはじめがあるものさ」

「この場合は……」わたしは指で自分と彼を指し示した。「世の中には、これまでつきあってきたようなお金目当ての薄っぺらで月並みな女ばかりじゃないって、あなたが初めて気づくのよ」

「おれがおまえなら、わざわざおれに嫌われるようなまねはしない」ブレナンがにやにや笑いながら言う。「今夜、おれに頼みたいことがあるんだろ、レッド」

「どうしてわかるの？」

ブレナンはわたしをちらっと見たあと、面白がっている目つきでまた前を見た。

「おれと食事に行くのを断らなかったからだ」

わたしは息を吐きだし、むきだしの腕をさすった。ブレナンがそれに気づいて、暖房をつけた。悲しいことに、彼がいままでわたしにしてくれたなかで一番親切な行為だった。

「わかった、そのとおりよ。あなたに頼みがあるの」声がかすれた。

「あとで聞く」ブレナンがそう言ったので、わたしはいったん引きさがった。

沈黙が流れた。わたしはドレスを直し、足を締めつけるハイヒールを脱いだ。

「足の具合はどうだ？」出し抜けに、彼がきいた。

「よくなったわ」わたしは反射的に答えたあとで、自分が何を言ったかに気づいて頰の内側を嚙んだ。しまった。

今夜はしまったと思うことだらけだ。

ブレナンが唇を引き結んだ。「おれには悪い面がたくさんあるが、ばかではない。結婚式の日の夜、おまえがセックスを避けるために自分で足を切ったことは見抜いていた。おれの靴下を履いてたし、おれの剃刀についてた血が何よりの証拠だ。おれはレイプはしないぞ、スパロウ」

わたしは頰が熱くなるのを感じ、額をさすった。「お言葉を返すようだけど、ブレナン、あなたの経歴を考えたら、大事を取ったほうがいいと思ったの」

「おれの経歴だと？」ブレナンが鋭く息を吐きだした。「いったいどういう意味だ？それから、ブレナンと呼ぶのはやめろ。おれはおまえの夫だ。上司じゃない」

前言を撤回しなければならない。なんて言えばいいの？〝ビリー・クルプティを殺したのはあなただとみんな知っている〟とか？〝あなたは骨を折って生計を立てている〟？〝あなたが怖くて足がすくむ〟？

「わたしが言いたいのは、女性をセックスで怖がらせるのは最低だってこと。あなたに触れてほしくなかったの」腕組みをし、ふたたび呼吸を整えようとした。

彼のそばにいると、しょっちゅう息が乱れる。何時間もぶっ続けで走りながらでも音程を外さずに歌えるのに、彼と数秒間話しただけで酸素マスクが欲しくなるのだ。

「嘘つけ、レッド。おれのパンツをびしょびしょにしたくせに」

あまりにもむかついて、ときどき痛めつけたい衝動に駆られる。

「それでも、あなたとはセックスしたくないの」

「嘘だ」ブレナンは前の車を見据えたまま、魅惑的な笑みを浮かべた。「おまえは朝立ちした股間を見ていた。チャンスがあれば、おれに体をすりつけたかったんだろ。おれがおまえの血を吸ったときだって、乳首がかたくなって、シャツを突き破りそうになっていた」ギアに置いていた手がわたしの太腿の上に移動したが、触れようとはしなかった。「それにゆうべは、キスしておれの名前をうめいていた。おまえのほうから」

ドレス越しに彼のぬくもりが伝わってくる。

「おまえは女盛りだ、レッド。セックスしたがっている。その相手が嫌いな男だっていうのは残念だな」

わたしは首を横に振った。「まさか」

ブレナンは片手でハンドルを握ったまま肩をすくめ、もう一方の手をギアに戻してトントン叩いた。「愛と憎しみはよく似ている」

「あなたを愛していながら避けるなんてことある？」

「いや、でも、憎しみを込めてセックスすることはできる」

わたしは真っ赤になり、脚のあいだが熱くなるのを感じた。トロイ・ブレナンは卑《ひ》猥《わい》な会話を楽しんでいるようだけど、わたしはセックスについて考えただけで恥ずかしくなる。何も言い返せない。

背筋を伸ばした。渋滞に巻きこまれていて、九時に予約していたとしても、間に合わない気がした。

話題を変えた。「この調子だと、予約の時間に遅れるでしょ。キャンセルしたほうがいいんじゃない？」一緒にいる時間が少なければ少ないほどいい。

「予約する必要はない。おれのレストランだ。おれがそうしたいと言えば、午前四時でも食事できる」

突然、車の流れに切れ間ができた。ブレナンが加速して信号を走り抜け、わたしの鼓動も速度を増した。ルージュ・ビスへ向かっているのだ。わたしが働きたいと思っている場所へ。これはチャンスだ。わたしは希望がわき、笑みをこらえた。

プランAに戻ろう。

感じよくふるまうのだ。

気に入られるように。

まずは、ファーストネームで呼ぶことにした。

「どうしてわたしと結婚することにしたのか、もう少し話を聞かせてくれないかしら、トロイ?」彼にきついことを言われても傷つかないよう、まっすぐ前を向いたままきいた。

彼は、まるで火を吹くモンスターに追いかけられているかのような運転をし、あらゆる道路交通法に違反して、新たな法律を勝手に作った。

「おまえが九つで、おれが十九だったとき……」そこで言葉を切り、年の差の大きささを実感させた。「結婚式があった。パディ・ローワンとショーナの。覚えてるか？たしか三人目の妻だ」

わたしはごくりと唾をのみ、うなずいた。パパが招待された唯一のギャング構成員の結婚式で、あきれたことに、パパはそれを誇りに思っていた。新郎は、仲間が刑務所に入れられたあと、不動産や麻薬の密輸に手を出した男だ。パパのような田舎者とつきあうのをいやがらなかった。

結婚式の日に、その理由がわかった。

パディ・ローワンはわたしの嫌いな人間リストの上位二名のうちのひとりだ。もうひとりは、いま隣に座っている男。ただ、トロイ・ブレナンには関わりたくないと思っているだけだが、パディには死んでほしいと思っている。

「覚えてるわ」みぞおちの辺りがうずいた。「『すべてをあなたに』」

「なんだって?」彼が面白がっているような口調できき返した。

「曲名よ……ほら」顔が燃えるように熱くなった。覚えていることを認めるのが恥ずかしかった。「わたしたちがダンスした曲。ホイットニー・ヒューストンがカバーした『すべてをあなたに』」

「ああ」彼が肩をすくめた。「とにかく、おれの家族はおまえたちと一緒のテーブルに着かされた。みんなびっくりしていた」

わたしが下層階級の生まれだということを、いちいち思い知らせてくれなくてもいいのに。

彼が話し続けた。「パディは無知で愚かなやつだったからな。それで、おまえはおれの向かいに座っていた。おれはおまえのことをあまり気に留めていなかった。まだ九歳で、おれにとってはそれだけで最悪だ」うんざりしたようにかぶりを振る。「おまえはものすごくかわいくて礼儀正しい子どもだった。おれの母親を質問攻めにしていた。その歯は本物か、とか。それから、一緒に踊りたいっておれに言ったんだ」

「あなたは受け入れてくれた」あの日の記憶が次々とよみがえり、わたしは手をぎゅっと握りしめて、拳を太腿に押し当てた。ずっと年上の男性とダンスした楽しい思い出を、なぜかいままで忘れていた思い出のことだけを考えようとした。

「ああ」彼が片方の眉をつりあげた。「おまえはチークダンスを踊ると言って聞かなかった」笑いをこらえる。「それについても、おれが初めての男だな」

わたしは拳を握りしめたまま窓の外を見つめ続けた。彼が初めてチークダンスを踊った相手だということが恥ずかしくて動揺しているわけじゃない。そのダンスのあとに起こった出来事のせいで、あの日は生涯最悪の日になった。ママが出ていったことが些細《ささい》なことに思えるくらい最悪だった。

無防備になっているのに気づいて、咳払いをした。「駐車係まで二ブロック列ができてる。わたしが降りて、着いたことを知らせてくるわ」

「おれはオーナーだ」ブレナン――じゃなくてトロイが笑い声をあげた。「見てろ」

トロイは混雑した道の真ん中で急停止して車から降りると、路地の壁に寄りかかって煙草を吸っていた制服姿の駐車係にキーを投げた。わたしと同じくらいの年の駐車係はキーを受け取ると、トロイに向かってぶんぶんうなずき、煙草を時限爆弾よろしく投げ捨てて、マセラティに駆け寄った。

マセラティのうしろでまた渋滞ができている。ボストンの道路が混雑するのは、もっぱらトロイが原因なのかもしれない。彼がいなくなれば、マリファナは必要なくなるんじゃないかしら。

「今度勤務中に煙草を吸ったらクビだ。おれの車を傷つけたら死んでもらう。わかったか？」トロイが怒鳴った。

トロイが助手席のドアを開けた。わたしは彼の手を取って車から降り、腰に手をまわされてきらびやかなレストランへ向かった。レストランの従業員ふたりが、ドアを開けて待っていた。ＢＧＭがかすかに聞こえ、砂色の薄暗い明かりがもれ、おいしそうなにおいが漂ってくる。

「おまえはもう九歳じゃない」軽快な足取りで店に入りながら、トロイがぶっきらぼうに言った。

「ありがたいことだわ」わたしはつぶやきながら、またパディ・ローワンのことを思い出していた。

思い出しちゃだめ。いつものように自分に命じた。そうやっていろんなことを考えないようにするのだ。

6

トロイ

キャットはおれを混乱させるために、ドレスとハイヒールをレッドに貸したのだ。効果はあった。レッドがそのドレスを着ると、キャットとは違って、包み紙を開けられるのを待っているキャンディに見えた。悪い狼に純潔を奪われそうになっている、かわいいお姫様みたいだ。

おれはおれの赤ずきんちゃんを喜ばせるため、また甘い思い出話を聞かせてやった。おれの言葉は、疑うことを知らない彼女の耳に心地よく響いた。

罪悪感は泥棒だ。人の心を盗み、優先順位をめちゃくちゃにして、しまいにはもともとの計画を狂わせる。おれの人生にそんなものを受け入れる余地はないから、おれは罪悪感を押しのけ、これもまったくの嘘ではないと自分に言い聞かせた。半分は本当だ。

おれたちは結婚式でチークダンスを踊った。

だが、彼女のことをかわいいなんてこれっぽっちも思わなかった。

おれは十九歳の時点でもう、彼女がおれの妻になる運命だと知っていた。九歳のスパロウと踊ったとき、おれが感じたのは怒りだった。自分に対する怒りに、彼女に対する怒りもほんの少しまじっていた。

問題は、スパロウがその嘘を信じて、態度を軟化させたことだ。彼女の防御壁に光が差しこんだ。そのぬくもりは悪くないが、おれは彼女に希望を与えすぎないよう気をつけていた。おれたちは本物の夫婦じゃないし、これはラブストーリーじゃない。

ウェイターは一番いい席にふたりを案内した。スパロウは目を丸くして店内を見まわしている。当然だ。おれと結婚する前は、マクドナルドのハッピーセットがせいぜいだったのだから。真鍮《しんちゅう》のカウンターや、ブロンズ色のコンクリートのテーブルのあいだの水が流れる壁に見とれていた。ここの照明だけでも、彼女の父親の年収より金がかかっている。

値段の高すぎる料理を食べている客が、おれたちを振り向いてひそひそ話を始めた。このおれがどうして身を固めたのか——しかもカトリック教徒の平凡な娘と——あれこれ考えているのだろう。おぼつかない足取りで歩くスパロウをなめるように見ている。まるで緑色の無邪気な目と真っ赤な髪の陰に秘密が隠れているとでもいうように。

おれは背筋を伸ばし、おれより三十センチ低い妻の細いウエストに手を当てて、テーブルへ向かった。

「みんながわたしたちを見てる。わたしたちの噂をしてる」スパロウが小声で言った。

「気になるか？」

スパロウは口ごもり、ふらつくハイヒールを見おろしたあと、顔をあげて毅然《きぜん》とした表情を浮かべた。「いいえ」

「よかった。意見なんてケツの穴と同じだ。みんな持っていて、たいていくさい」

「それはあなたの意見ね」スパロウが気のきいた返しをした。

おれは笑みをこらえた。彼女と一緒にいるところを見られるのが、少しだけいやじゃなくなった。彼女はスーパーモデル系ではないが、なめたり吸ったりすること以外にも口が使えて、それが新鮮だった。

スパロウはキール・ロワイヤルを飲むあいだに、頼みごとを白状した。このカクテル一杯が百二十五ドルすることを知っていたら、ルージュ・ビスで働きたいと頼む勇気を振り絞るためだけに、立て続けに三杯も飲み干さなかっただろう。

彼女のそんなところが好きかもしれない。貧乏なのに、おれの金に興味がない。そういう性格なのか、底抜けのばかなのか。前者のような気がする。

おれはグラスを手に、そ知らぬふりをしていた。昨夜、彼女の携帯電話をのぞいたので、すでに見抜いていたのだが。彼女が長々と自分を売りこむあいだ、店内を見まわして点検した。

彼女はテーブルの下で貧乏揺すりしながら、おれの反応をうかがっていた。おれの考えを見抜くことに集中していて、周りの客の視線に気づいていなかった。スパロウは注意深いほうだが、おれの周りにいる〝月並みな〟女たちと違って、他人がどう思うかを気にすることはあまりないようだ。

女にはめずらしい性質だ。

「ここで働きたいのか」スパロウがようやく話すのをやめてひと息ついたとき、おれは首のうしろで手を組み、ふんぞり返って言った。別にいやではなかった。彼女がここで働けば、家にいるときに神経を逆撫でされることもなくなるかもしれない。ちょうど彼女から解放されたいと思っていたところだ。

スパロウがうなずいた。「なんでもやるわ。はじめは雑用係でもかまわない。ダイナーではコックとして働いていたの。たいした経験じゃないかもしれないけど、皿洗いでもウェイトレスでも……」

ふたたびべらべらしゃべりだした彼女を、おれは片手をあげてさえぎった。「率直に言う。ボストン一のレストランに自分がふさわしいと、なんで思えるんだ？」

スパロウがうつむいた。おれみたいないやなやつと結婚したことに同情しそうになったが、彼女は親父から押しつけられた悩みの種であるのを思い出して、気を引きしめた。

彼女は胸を張り、深呼吸した。「わたしは腕のいいコックよ、トロイ。使ってみて」おれをファーストネームで呼ぶのは感じよくふるまおうとするときだけで、めったにないことだ。懇願するようなまなざしだが、口調にその響きはなかった。

おれはゆっくりと微笑んだ。ふたたび彼女の目に闘志の炎が揺らめいたのを見て、立ちあがって手を差しだした。

「何？」スパロウはとまどいながらもおれの手を取り、椅子を引いた。

「おまえの言ったことが本当かどうか確かめる」

おれはレストランの奥へ彼女を連れていき、自信に満ちた足取りでスイングドアを通り抜けた。おれが足を踏み入れた瞬間、大忙しだったはずの厨房が静まり返った。みな料理越しに叫ぶのをやめた。調理場を飛びまわっていた従業員が、立ちどまっておれをじっと見た。全員が目を見開き、口をぽかんと開け、皿が床に落ちて割れた。

な反応だ。
まるでおれが怯えた小娘を連れてきたのではなく、機関銃を手に入ってきたかのよう

従業員たちはおれが現れたことに驚いているのだろう。おれは短気で横柄なくそったれで通っている。わざわざ従業員に会いに来るようないい上司ではない。彼らはおれが何をするつもりなのか見守っている。おれはケーススタディーだ。サイコパスだ。自分が作った伝説にかなう生き方をしなければならない。たとえそれが百パーセント真実ではないとしても。

厨房はかまどのように暑く、おれは額をぬぐいながらうなり声をあげた。背後に立っているスパロウが、おれの手をきつく握りしめた。死ぬほど怯えているのだ。おれはなんとなくうれしかった。

「料理長は誰だ？」おれが尋ねると、みんな身をすくめた。誰も口を開こうとしない。息を凝らし、身動きひとつしなかった。怯えきっている。

しばらく経って、黒い口ひげを生やし、染みのついたシェフコートを着た太った男が布巾で手を拭きながら進みでると、まな板の上に布巾を放り投げてから、ソーセージのように太い指を差しだした。

「わたしです、ピエールと申します」

おれは握手をするどころか、その手に目を向けもしなかった。「名前はどうでもいい。この娘なんだが……」おれは振り返り、目を丸くしているスパロウを指さした。「ここで働きたいと言っている」

「いまは手が足りているので、今日のところは連絡先を聞いておいて――」

「おまえを採用担当者にした覚えはない」おれは怒鳴った。「いますぐテストしろ」

息をのむ音が聞こえ、厨房の隅にいる女たちは悲鳴をあげた。みなスパロウを見つめ、おれがこの平凡な娘をボストン一のレストランで働かせようとしている理由を突きとめようとしている。結婚の噂を耳にしていないのだろう。フライパンのジュージューいう音だけが響き渡った。何かが焦げている。

「おまえたちはさっさと仕事に戻れ。おれの店を火事にする気か」おれは怒鳴った。

料理長以外の従業員はあわてて持ち場に戻った。料理長は、彼の家族を銃で脅して誘拐し、毒蛇だらけの地下室に閉じこめた犯人を見るような目つきで、スパロウをにらんでいる。おれは振り返って妻を見た。彼女はうろたえているものの、怖気づくことなく料理長をにらみ返していた。

その調子だ。

おれは、上唇を噛んでいらだちをどうにかこらえている、なんとかという男を見据えたまま、彼女の手を握りしめ、もっと奥へ進むよう合図した。

「さあ」しかめっ面で言った。「テストしろ」

料理長は目をしばたたいて、状況をのみこもうとした。やがてため息をつき、助けを求めて周囲を見まわした。誰もこちらに目を向けさえしなかった。

「こっちに来い」料理長がスパロウに命じた。

おれはふたりのあとについていった。ピエール――おれに〝コック〟と呼ばれ、もう一度自己紹介したのだ――が、コンロ脇にあったメニューをつかんで、スパロウの手に押しつけた。おれの妻だとは知る由もないのだし、おれはそのままにしておいた。彼女の腕前が本物かどうか知りたかった。

彼女が外へ働きに出るのには賛成だが、食中毒でも引き起こされたら困る。

メニューに載っているある料理に、ピエールが油で汚れた指を突きつけた。最も高価で、最も長い名前がついているメイン料理だ。明らかに落とすためのテストだ。おれはいらだって目を細めたが、何も言わなかった。胸ポケットからつまようじを取りだしてくわえると、舌で転がした。

「シカの腰肉のロースト、グレイン、パースニップのピューレ、ポワヴラードソース」ピエールは勝ち誇った笑みを浮かべた。

スパロウはそばかすだらけの丸い顔を引きつらせることなく、ピエールを見返した。

「作るのに三時間半はかかります」冷静に言った。

「時間はある」ピエールは鼻孔をふくらませ、鋭い声で言った。

おれは不意に、このくそったれをずたずたにしてやりたい衝動に駆られたものの、退屈そうにも満足そうにも見える表情を浮かべて、スチールのカウンターに寄りかかった。「おれもだ」

スパロウは共謀を疑うようなまなざしでおれたちを交互に見たものの、赤い髪を払いのけて言った。「なら、始めましょう」

スパロウはすぐに作業に取りかかった。いやみったらしくエプロンを差しだしたピエールに、中指を突きたてそうな勢いだった。ピエールから割り当てられた場所ですばやく自信たっぷりに動き、必要なものを見つけていく。彼女が失敗するのを期待して、ピエールが無理難題を吹っかけたのは明らかだ。だが、ニンジンやビーフストックやローリエを持って端から端へと動きまわるスパロウを見る表情からすると、彼にとっては残念なことに、彼女は厨房の勝手をよく知っているようだ。

おれは料理をする彼女を見ているうちに、これはアートなのだと気づいた。鍋がキャンバスで、材料が絵の具だ。情熱と愛で料理するのだ。

彼女はときどき白い手で額をぬぐいながら、詫《わ》びるように微笑んだ。ひどいありさまだと思っているのだろう。

それは違う。レッドには独特の魅力があると、ようやく気づかされた。

集中するときに舌を丸めて上唇につける仕草。おれはそれを見ると興奮し、彼女をコンロに押しつけてお互いに楽しめることを証明したくなった。壁の花が突然、アピールすることなく仕事を頑張ることで、部屋の真ん中へと躍りでたのだ。彼女は光り輝いていた。陳腐な言い方だが、まさに光り輝いていた。

「ねえ、そこの赤ワインを取ってくれる?」スパロウが厨房を駆けまわりながら頼んだ。おれは不意をつかれ、むっとした。

「だめだ」そっけなく言った。「自分でやれ。試験中だぞ」

「いらいらしちゃって、あの日なの?」スパロウがワインのボトルをつかんで、にやりとした。

「集中しろ、レッド」

「わかりました」スパロウは頭のなかの音楽に合わせて腰を振りながら、わざとらしくゆっくりと言った。「じゃあ、わたしが栓抜きを取ってくるあいだ、オリーブオイルが熱くなりすぎないよう、鍋を見ていて」

レストランの閉店時間を少し過ぎた頃に料理が完成した。彼女の赤い髪は乱れて首や額に張りつき、キャットのドレスは食べ物の投げ合いで負けたあとのようなありさまだった。だが、彼女はうれしそうで、そんな顔をおれは初めて見た。

おれは黒革の長椅子に移動するようピエールに命じ、赤ワインを注がせた。

「さあ」スパロウはこらえきれずにっこり笑い、料理の名前を言いながら皿を並べたあと、軽くお辞儀をした。「召しあがれ」

ピエールとおれはフォークを取って料理に突き刺した。口に入れた瞬間にわかった。合格だ。

ピエールもそう思ったようだ。嚙んでいる途中で口をぽかんと開け、憎しみに満ちた目で彼女を見あげた。

「しょっぱすぎる」ピエールが歯を食いしばって言った。

「嘘つくな」おれは鼻であしらった。「上出来だ」

スパロウがさっとおれを見て、打ち解けた表情を浮かべた。おれに褒められて、おれと同じくらい驚いていた。「本当にそう思う？」

「ああ」おれはナプキンをテーブルに放って立ちあがった。「もう通えなくなると、料理学校の友達に言っておけ。再来週の月曜から出勤だ。ブロックに書類の準備をさせる」ピエールに言う。「週に五日以上は働かせるな。重要な仕事を任せろ。野菜を切るような見習いの仕事じゃなくて。何か問題が生じたら、ブロックに報告しろ。それから、おまえは……」スパロウのほうへ顎をしゃくった。「ドレスが台なしだ。無理もないが。さあ、家に帰るぞ」

ピエールが心臓発作に見舞われたかのようにぱっと立ちあがった。困惑の表情を浮かべ、頭のなかをいくつもの疑問が駆けめぐっているようだが、ようやくひと言だけ言った。「い――家？」

スパロウの肩に腕をまわすと、髪から玉ねぎとニンニクのにおいが漂ってきた。ピエールの顔から血の気が引くのを見たくてしたことだが、驚いたことに、スパロウは本物の夫婦みたいにおれの腰に腕をまわしてきた。レストランを出ると、彼女はきらきらした目でおれを見あげた。

「おれに微笑みかけるな」

スパロウが笑いだした。

「やめろ」おれはうめいた。生まれつきの人殺しを好意的に見るのは、命取りの行為だ。どう対処していいかわからない。

「無理よ！」スパロウがくすくす笑う。「ごめんなさい。ルーシーに話したら、きっとびっくりするわ」

彼女の顔を見ても苦痛を感じないのは、結婚してから初めてのことだった。彼女がそばにいるときに耐えなければならない苦しみだ。

肌寒い夏の夜で、おれは彼女から離れた。先ほどの駐車係が、マセラティを止めてある通りへ向かって走りだした。おれは残業代としてたっぷりチップを渡し、スパロウを車に乗せた。彼女は酔っ払いみたいにまだ笑っていた。

彼女の笑い声は悪くないと、おれはひそかに思った。

気が触れたのはスパロウだけじゃない。彼女の笑い声はいやじゃなかった。全然。

7

スパロウ

幸福感に酔いしれ、ハイになっていたわたしは、家に帰るまでずっと興奮していた。高級レストランの厨房で働くのだと思うと、道の真ん中で踊りだしたい気分だった。週五日働くのだから、もう料理学校は卒業だ。でも、わたしの本物のキャリアはまだ始まったばかりだ。

スパロウ・レインズ。ランナー。夏の空気と、ボーイフレンドジーンズの愛好家。シェフ。聞こえる、ママ？　あなたの娘が、あなたが空き缶みたいにぽいと捨てた娘が、一人前になったのよ。

一人前にきっとなるわ。

想像がふくらんでいく。経験を積めば、自分の好きなことができる。本音を言うと、わたしは高級料理向きじゃない。フードトラックを買って、ボストンのオフィス街で働く人たちにブルーベリーパンケーキを出すのが夢だ。灰色の平日に彩りを添えたい。ルーシーと一緒にやろう。デイジーも雇おうか。彼女は料理は苦手だけど、接客が得意だから。

トロイの隣で、うれしくてじっとしていられなかった。トロイはかぶりを振り、ほとんどわたしを無視していたけれど、ときどき横目で見ると、にやにやしていた。

彼のかたい殻にひびが入ったのだ。自分を守るためには距離を置くべきだとわかっているのに、わたしは心を動かされた。彼も同じ気持ちなの？　わたしのことを好きになった？

エレベーターのなかで、彼の表情をじっくり観察した。

「わたしのこと、好きでしょ」

「ばかなことを言うな」

やっぱり、好きみたい。

疲れていなかったけど、踊りながらまっすぐ寝室へ向かった。トロイは一階に残って玄関に鍵をかけ、ウイスキーを飲んでいる。彼には毎晩寝る前に、何を探しているのかすべての部屋を調べる習慣がある。眠っているふりをしているあいだに、その音が聞こえてきた。

わたしも身の安全にもっと気をつけるべきなのだろうが、彼の防犯対策にはいらいらさせられる。

特に、コナーがわたしの番犬であることに。

数分後、トロイが寝室に入ってくる気配を背中で感じた。わたしは引き出しからパジャマを取りだして、バスルームで着替えようとしていたところだった。

彼はいつも、意味深長な雰囲気を漂わせて部屋に入ってくる。人間サーモスタットみたいに、どんな状況も支配するだけでなく、自分の雰囲気までコントロールする。怒りや憂鬱や恐ろしさ。めったにないが、明るい感じがするときもある。

今夜は、欲望をみなぎらせていた。

わたしに一歩、また一歩と近づいてくる。

体がかっと熱くなった。アドレナリンとアルコールのせいだ――トロイとピエールがわたしの料理を試食しているあいだに、さらに三杯飲んでいた。お酒と新しい仕事を得た興奮が組みあわさった結果だ。わたしはぞくぞくし、太腿の内側が震え、子宮がじんわりと熱くなるのを感じた。

彼を受け入れたら、泣くはめになる。わかりきっていることだ。〝近づいちゃだめ、スパロウ。好奇心に負けないで〟

床から天井まである窓は結露で曇っていて、わたしは息が荒くなった。まだ彼に背を向けたままだが、振り向けば屈してしまう。いまいましいハイヒールを履いたまま、引き出しが六段ある高級ドレッサーの天板をつかんだ。彼が背後で立ちどまり、その体から発せられる熱が伝わってきた。

彼はわたしに触れようとしなかった。どういうわけか、わたしはさらに彼が欲しくなった。

体をこわばらせ、脚を思わず閉じたのは恐怖と……だめ。彼は悪人で、モンスターなんだから。だめよ。

頭を働かせ、自分の気持ちを読み取ろうとした。わたしはお礼をしなければならないと、彼は言っていた。でも、彼はレイプはしない。わたしは抱かれたかった。それは正しいのか、間違っているのか。目を閉じて、深呼吸をした。

「身をかがめろ」彼が耳元でささやいた。背骨をかすめながら、ドレスのファスナーをゆっくりとおろす。わたしがハイヒールを脱ごうとすると、彼はウエストをつかんで引き寄せ、ヒップを股間に押しつけた。「脱がなくていい」

ドレスが床に落ち、シンプルな白い綿の下着と、そろいのストラップレスブラがあらわになった。わたしがスカートから足を抜くと、彼はドレスを蹴飛ばし、長い指で鎖骨をなぞった。わたしはぞくぞくし、鳥肌が立つのを感じた。

「脚を広げろ」

言われたとおりにした。

彼がわたしから離れた。わたしは期待に胸を高鳴らせ、手のひらを天板に押し当てて腰を突きだした。彼の手が背後から伸びてきて、天板に銃を置いた。ホルスターがドサッと落ちる音がした。彼は一分の隙もない格好をしたまま、唇でうなじをかすめた。

肌が燃えるように熱くなり、わたしは頭をさげて足元を見つめた。切望のあまりくずおれてしまいそうだった。

「唇を傷つけたくないなら、ドレッサーにしっかりつかまってろ。ぶつけるといけないから」彼の手がわたしの喉をつかんで引き寄せた。

わたしにはたいした性体験がない。だから、これから何が起きるのかわからなかった。でも正直に言うと、期待していた。今夜こそ、彼に抱かれるのにうってつけの夜だ。みんながしていることを、わたしも経験したかった。

天板の端を握りしめ、下唇を吸った。

「今夜は生理じゃないのか？」トロイが耳元でからかった。

わたしはうめき声をもらし、背中をそらした。彼のあたたかい大きな手がブラジャーにもぐりこんできて、乳首を引っ張る。わたしは言葉が出なくなった。

「やりたくないか?」彼が耳たぶをなめながら、ざらざらした指で腹部を撫でおろした。唇が顎のラインをたどり、唇のすぐ近くで止まった。「まだ準備ができていないか? やめてほしいか?」顎の先を嚙まれ、わたしは頭を彼の肩に押しつけた。

突然、部屋のなかが暑くなった感じがして、息が苦しくなった。

わたしは咳払いをした。「答える必要ある?」

彼がわたしの肩の上でうなずき、かたい体を押しつけてきた。やめてほしくなかった。いま手を離されたら死んでしまう。でも、認めたくなかった。彼が大嫌いなのに、彼に触れられるのは大好きだとは。

「やめないで」自制心を失い、ささやくように言った。

トロイは乳首をいじるのをやめて、膝をついた。そして、太腿のあいだに頭を入れると、上を向いて下着に唇を押し当てた。下着越しに割れ目にキスをする。頭からつま先までぞくぞくし、わたしは天板をさらに強く握りしめた。

「口でされるのは初めてだろう」なめらかな声が、太腿から脚のあいだまでの短い距離を伝わった。

それは質問ではなかったので、わたしは黙っていた。こんなふうにわたしの下にいる彼を見ると、興奮する。力のある男が、わたしのためにひざまずいているのだ。「なら、これは……」長い指が下着の上から襞をなぞった。「ずっとおれを待っていたんだな。誰かに触られたことはあるか？」

触られたあの恐ろしい日を、その後、やめてと言っても同じことが何度も繰り返された日々を思い出した。わたしは吐き気をこらえ、首を横に振った。彼は気にかけないだろうし、こんな個人的なことは打ち明けられない。

「嘘だな」彼が人差し指を下着の両側に引っかけた。声が突然とげとげしくなった。

彼の唇がふたたび腿のあいだに押しつけられた。わたしは目をつぶり、脚が震えるのを感じた。このゆがんだ男への欲情を抑えられない。股間を彼の顔にすりつけてしまいそうだった。

「おれに嘘をついても無駄だ。誰だ？」あたたかい息の感触が心地よかった。彼の顔が見えず、いつ吹きかかるかわからないからなおさらだ。「おまえに手を出したばかは誰だ？」

おかしな言い方で、侮辱的ですらあった。わたしに手を出した男がどうしてばかなの？　でもいまは、まともに考えることができない。わたしは頭を低くさげて、いつものように目の奥が熱くなり、喉が締めつけられる感覚を味わった。

「パディよ」声がかすれた。「彼の結婚式で。お手洗いに行ったときに。そこでパディ・ローワンに触られたの。そのあとも何度も。それがあいつの趣味になった」喉に込みあげた苦い塊をのみこむ。「わたしはたった九歳だった」

涙は流さなかった。他人の問題、他人が受けた性的虐待について話すように、情報を伝えた。長いあいだ隠してきたので、現実に起きたことだという実感が薄れているのかもしれない。

このことは誰も知らない。一年近く続いたのに、誰も知らなかった。パパには言えなかった。当時、パパはパディとキリアンの下で働いていて、ふたりをものすごく恐れていたし、彼らがくれる給料を必要としていた。わたしは真実か、食卓に並ぶ食べ物のどちらかを選ばなければならなかった。だから、胸に秘めていた。いままで。

トロイに打ち明けたことで、心がむきだしになった気がした。目に見えない防弾チョッキを脱ぎ捨てたような感じだ。これで彼が興味を失うかどうか、確かめたい気持ちもあった。わたしは結局、傷物なのだから。彼の父親の右腕だった男に汚された。トロイの新しいおもちゃには、壊れてひびが入っていた。彼はためらう？　嫌悪感を抱く？　鎧《よろい》を脱いだら、痛いところを突かれるのかどうか知りたかった。

下をのぞくと、彼はまだ脚のあいだにいた。

「具体的に何をされたんだ」彼が下着に顔を押し当て、そっと息を吸いこんだ。気遣うような落ち着いた声だが、ぶっきらぼうに聞こえる。だが、わたしの下腹を撫でる手が突然引きつり、感情をあらわにした。わたしが言ったことに動揺はしているけど、わたしに嫌悪感を抱いてはいない。

トロイが軽蔑することも冷たい態度を取ることもないとわかると、わたしはほっと息を吐いた。

彼も人間なのだ。

「あいつは……」詳しい話はしたくなかったけど、彼の顔を見ずに話せるのは楽だった。秘密を打ち明けると、心が解放された気がした。「レイプはしなかった。でも、乱暴だった。無理やりわたしに指を突っこんだの。あいつは酔っ払っていたし、わたしは小さかった。それにパディはパパのボスだから、揉めたくなかった」

沈黙が流れたが、わたしを非難するようなものではなかった。

わたしは息を吐きだし、首を横に振った。「少し酔ってるみたい。いつものわたしなら、こんな話をあなたに打ち明けたりしなかった。この話はもうやめましょう。今夜ははめを外したいの」

トロイがわたしの腰をまわして振り向かせた。ひざまずき、腰をしっかりつかんだまま、恥骨のひとつひとつにキスをする。その瞬間、彼を愛しているかもしれないと思った。一瞬だけ。話を聞いてくれたから。そばにいてくれたから。いまだけはいやなやつじゃなかった。生まれつきいやなやつなのに。

「だから、誰とも寝なかったのか?」トロイがきいた。

わたしはかぶりを振った。「そうじゃないと思う。ただ……チャンスがなかっただけ」これは、ベッドのなかでするセクシーな話とは少し違う。夫にいい印象を与えたいという気持ちがなくてよかった。

彼はわたしをじっと見て、わたしが動揺しているかどうか見きわめようとした。大丈夫なのに。パディの話は昔のことで、わたしはもう準備ができている。体じゅうの敏感な場所に、もっとキスしてほしかった。

「おまえがしたくないことはさせない、レッド」トロイが重々しい声で言う。「だが、セックスはすばらしいものになり得るとおまえに教えるのが、夫としての、人間としてのおれの義務だという気がする。たったひとりのろくでなしのせいで……」わたしのおなかに顔を押し当て、目を閉じた。「おれたちの気持ちが通いあっていないからって、セックスをあきらめるのは――大きな間違いだ。おれを憎んでいたって、おれとのセックスを好きになることはできる」

彼は白い下着に視線を戻すと、膝までおろしてあそこのすぐ上にキスをした。それから両手の親指でそっと広げ、身を乗りだすと、目を閉じてにおいを嗅いだ。ちょっぴり恥ずかしいけれど……ものすごく興奮する。

わたしは目を合わせ、彼の髪に指を通した。タフな性格に似合わず、とてもやわらかい。下着から足を抜いた。「ねえ、あなたがいましていることを、やめてほしくないわ」

彼が脚のあいだに唇をつけた。舌を突きだし、隅々までまさぐって期待をあおる。わたしはすっかり濡れて、なんとか立っていようとドレッサーにもたれた。そのとき、彼の口が最も敏感な場所を探り当ててしゃぶりつき、わたしはドラッグを注入されたかのように、緊張が高まり、解き放たれるのを感じた。

うめき声をもらし、彼の髪をつかんで引っ張ってうながした。全身がぞくぞくする。つま先を丸め、腰を突きだした。

トロイがクリトリスを歯で挟んで引っ張った。「じっとしてろ」両手で体じゅうをまさぐられる。

おなか、ヒップ、内腿……。

「ああ、ここを味わうのは久しぶりだ」彼が吐息まじりに言った。「おまえはきつくて、すごくおいしい」

わたしは赤面し、微笑んだ。彼はどの女にもこれをするわけじゃないのだ。ばかみたいだけど、自分は特別なのだと思えた。

トロイはうれしそうな音をたてながら、わたしをむさぼった。かすかなうなり声やうめき声で、彼も楽しんでいるのだとわかった。彼のうれしそうな姿を見たのは初めてかもしれない。端から端までなめ、敏感な部分を吸って、舌を出し入れする。片方の太腿を肩にのせ、脚のあいだにさらに深く顔をうずめた。わたしはのけぞって彼の名前を叫んだ。

トロイがなめるのをやめて、舌を繰り返し出し入れし始めた。わたしは視界がぼんやりし、全身が震えた。ものすごい感覚だけど、彼はわたしの体をもてあそび、のぼりつめる寸前で引きとめているような気がした。わたしがいきそうになるたびに、彼はわざとペースを緩めた。

「お願い」わたしは息を切らしながら、思わず言った。

「どうしてほしい？」彼が問いつめた。

わからない。目の前で天国の門が開いているのに、トロイは通してくれない。

言葉が見つからず、彼の髪を荒々しく引っ張り続けた。舌の動きが速まると、文字どおり星が見えた。とうとう立っていられなくなり、彼の上にくずおれ、ベージュの絨毯にドサッと倒れこんだ。

「こっちのほうがいい」トロイが両手でわたしのウエストをつかんだ。「おれの顔にまたがれ、レッド。さあ……どうしてほしい？」

「わたしをいかせて」わたしはさらに息を荒くしながら、あそこを彼の口にすりつけた。こんなに深々と舌を入れられたあとでは、二度と彼の顔を見られないだろう。

彼が微笑んだのがわかって、激しく震えた。彼はペースを落とし、優しくなめながら、片手をブラジャーに突っこんで、乳首をきつくつまんだ。

「もういい」わたしはうめき、立ちあがろうとしたが、彼に引き戻された。彼の笑い声がわたしの体の内側に響き渡った。わたしを欲求不満にさせて楽しんでいる。

「放して」怒った声で言った。

「魔法の言葉を言え」

「最低」わたしは興奮といらだちを同時に感じながら、のけぞった。まだ彼にまたがったままで、このまま何時間でもこうしていられそうだった。

なんてこと。顔にまたがるなんて。この男といるとみだらなことばかり――とんでもないことばかりしてほしいと考えてしまう。

「それは魔法の言葉じゃない。おれに頼め……」彼の舌があそこをなめあげた。「そうしたら、いかせてやる」

「無理よ」わたしはうめいた。

彼が激しく吸ったあと、うずくクリトリスを噛んだ。わたしは指を彼の肌に食いこませた。

「頼め」彼が繰り返した。「言いたいことを言え」

わたしはその気になりかけたものの、プライドを、わずかに残っている自制心を捨てられなかった。わたしたちは仲間じゃない。今夜悦《よろこ》ばせてもらえたとしても、明日の朝になったら無視されるかもしれない。

「いや」

トロイはわたしが抵抗し、思いどおりにならないことを喜んで、大笑いした。わたしの脚を大きく広げ、ふたたびクリトリスを口に含んで、親指で入り口をさすった。

もういきそうだ。あと何度かさすられたら。これからどうなるのかわからないが、懇願する価値があるのはたしかだ。魔法のようだった。誰かに身を任せ、全身の筋肉が甘美に引きしまるのを感じて、悦びが津波のごとく押し寄せて……。

「頼め」トロイがふたたび命じた。これが最後だとわかった。

「いや」

彼が体を起こし、唇にキスをした。舌を入れてじらすようにかきまわし、わたしは自分の味を知った。

「楽しかったよ」彼のしわがれた声に、動揺した。いきたくてたまらなかった。「奥まで入れてと、どこまで頼まずにいられるか見てみよう。おれはチャレンジが好きなんだ」

「いつまで待っても無駄よ」まだ歯がガチガチ鳴っていたけど、どうにか言い返すことができた。

トロイはふたたびうっとりするようなキスをし、わたしの下唇に舌を這わせた。微笑んでいるのがわかる。

「おまえの気骨は……」わたしの背骨を人差し指で撫でおろした。「すばらしい。簡単に折ってやれると思っていたんだが」

トロイは体を起こすと、ブラジャーとハイヒールしか身につけずに床に横たわっているわたしを置き去りにして、何事もなかったかのように部屋を出ていった。

廊下を歩く足音が寝室の床に反響するのを感じながら、わたしは寒気に襲われた。
トロイが廊下の先のドアを、たぶん書斎のドアを開け、バタンと閉める音がした。
不安でみぞおちがむかむかする。曲げた肘に顔をうずめた。
彼はわたしを簡単に折ることができる。ただ、今夜はやめておくことにしただけだ。

8

トロイ

失うものがない人間ほど怖いものはない。だから、スパロウがあいつに近づくことになるとわかっていても、ルージュ・ビスで働かせることにしたのだ。

女に関しては、おれはコントロールするタイプじゃない。仕事ではそうだが、女となると違う。妻が仕事をしたくて、その能力もあるというのなら、働けばいい。

スパロウは新鮮な変化を与えてくれるとわかった。周りにいるのは仕事をしない、人生の目的などない女ばかりなので、彼女の働きたいという強い気持ちに驚かされた。

愛情や同情でスパロウを雇うと決めたわけじゃない。ときどき家の外に出るのはいいことかもしれない。口答えや質問攻めには腹が立つ。それに、彼女の笑顔は悪くなかった。

正直に言うと、彼女のプッシーの味は最高だった。おれのもの、ほかに誰も触れたことのない（パディのくそったれ以外に）おれだけのものを味わう興奮のせいか、オーラルセックスをしたのはずいぶん久しぶりだからプッシーが甘いことを忘れていただけかはわからないが。いずれにせよ、いきそうになる姿を見るのは楽しかった。彼女の気骨をへし折ってやりたい。懇願させたい。欲情させたい。おれが求めているのと同じくらい、彼女もおれを求めていることを証明したかった。

体の話だ。

だがいまは、自分で処理しなきゃならない。発散しなければ。

マスターベーションは十五年くらいしていなかったが、つややかな黒いタイルに片手をつき、熱いシャワーを浴びながらティーンエイジャーのようにマスをかいたら、妙に興奮した。ひとり笑いしながら、手を激しく動かす。新たな空想をしながら。スパロウ。甘美なスパロウ。引きしまっていて頭が切れて、いらいらさせるレッド……。欲しいものがすぐに手に入らないのがこんなに気分のいいことだなんてすっかり忘れていた。

彼女が脚を巻きつけてくるのを想像して、手の動きを速めた。熱い精液を絞りだしながら、彼女のなかに射精できたらどんなに気持ちいいだろうと考えた。

切望。

そんな感情を抱いたのは久しぶりで、募る一方だった。

彼女にベッドをあたためてもらうという考えに取りつかれた。

週末は書斎で酒を飲んだり、パディ・ローワンを破滅させる計画を立てたり、妻にオーラルセックスすることを考えたりして、楽しく過ごした。

一方、ブロックの週末は散々だったようで、疲れきっていらいらしていた。ざまみろだ。

月曜日、ブロックはルージュ・ビスの自分のオフィスに現れた——いや、おれのオフィスだ。おれが費用を支払っているんだから。ブロックもそう思っているわけじゃないが。ブロックは戸口で立ちどまり、腕組みをして、おれに侵入されたと言わんばかりに、ガラスのデスクをじろじろ見た。

「調子が悪そうだな」おれはつまようじを吐きだすと、ブロックをもっとよく見ようと、キャスター付きの椅子を引いた。「かみさんと頑張ったのか?」そう言って片方の眉をつりあげた。

「うるさい」

おれはにやりとした。この夫婦はもうセックスしていない。

おれはデスクの前にある椅子を顎で示し、座るよううながした。ブロックは胸ポケットから煙草の箱を取りだしながら腰かけた。煙草に火をつけて一服する。西部劇のクリント・イーストウッドのように親指と人差し指で煙草を持っているのを見て、おれは声をあげて笑いたくなったが、顔をしかめてにらんだ。

「この建物は禁煙だぞ」必死で笑いをこらえ、背後の標識を指さした。

「あんたのやってるいろんなことも禁止されてるだろう、トロイ。うるさいことを言うな。大変な朝だったんだ。何か用か？」

「何があったんだ？」ブロックの口の端にぶらさがっている煙草を顎で示した。サハラ砂漠で純水を飲むように、彼の窮状を楽しんだ。

ブロックは煙草を深々と吸いこんだあと、口から煙を吐きだした。「キャットがサムをないがしろにするんだ」髪をかきあげる。「今朝、サムは汚れた服を着て幼稚園へ行った。キャットが洗濯してやらないから。サムが車を降りる前にシャツを引っ張って、くさすぎないかにおいを嗅いで確かめたのを見たときは、ひっくり返りそうになった。子どもたちにからかわれたくないんだそうだ。胸の痛くなる話だろ」

ブロックは目をこすり、相手がおれであることを忘れて話し続けた。それだけ落ちこんでいるのだろう。「おれはUターンした。ターゲットで新しい服を買ってやって、トイレで着替えさせてから、幼稚園へ送っていった。そのあと一時間半、幼稚園の前に車を止めたまま、あんたがクリスマスにくれたばかばかしい呼吸法のテープを聞いて実践していた」

おれは鼻を鳴らしそうになった。手に負えない。おれがあのテープをプレゼントしたのは、キャットを怒らせるためだった。彼女がブロックはまともすぎると愚痴ばかり言うので、ブロックに向けたジョークとして渡した。ブロックはまんまとはめられたわけだ。

ブロックがおれを見あげ、反応を探った。

おれは革椅子にもたれて指を組んだ。「おまえの女房は扱いにくい女だ。独身が最高だ」

「あんたも結婚しただろう」

「ときどき忘れちまう」おれはにやりとした。

ブロックは首をかしげ、からになった彼とキャットの写真入りのマグカップのなかで煙草を揉み消した。キャットが、おれがブロックのオフィスに入るたびに彼女を思い出すよう、ブロックにあげたものだ。

無駄な努力だ。

「おれの結婚生活が抱える問題について話しあうために来たわけじゃないだろ」ブロックが膝に肘をついて身を乗りだし、指先を打ちあわせた。「どうして来たんだ、トロイ?」

「パトリック・ローワン」おれは窓から人間を観察しながら、前置きなしに言った。「ボストンに残っているやつの関係者を知りたい」

ブロックは眉をあげ、のけぞって大きなため息をついた。この展開が気に入らないのだろうが、その理由がわからない。パディは、何もかもがうまくいかなくなる前、親父の右腕だった古参の構成員だ。親父がボストンのボスの座から降りたあともしばらく、親父の賭博場を存続させていたが、結局、自分で手を広げた。そしてアルメニア人を怒らせ、目をつけられると、一目散にマイアミへ逃げた。その理由をおれが知ったのは、親父が殺されてから数カ月後のことだった。

パディはあちこちに敵がいるが、金曜の夜、おれという誰よりも恐ろしい敵を作った。

「ローワン?」ブロックが眉根を寄せた。「どうしてだ?」

おれは歯を食いしばり、質問の答えを考えた。パディが何年も前に親父の金を盗んだことを、まだ恨んでいるから? もちろん。おれの妻にいたずらしたことを知って、ようやく報復する気になった？　そのとおり。悪人が罪の報いを受けるのを見たいから？　当然だ。

クルプティを刺客として送りこんだ黒幕がまだわからないので、おれの殺人リストは行きづまっている。パディを始末すれば、いい気分転換になるかもしれない。

「やつのふたり目の女房に連絡を取りたい」おれは質問には答えずに言った。

「いったいどうしたんだ？　突然ローワンに文句を言いたくなったのか？　もうすぐ癌で死ぬんだ。放っておけよ。無駄骨だぞ」

「おれにとってはまだ死んでない」おれは携帯電話を取りだし、すばやく入力し始めた。「マイアミまで会いに行く」

「本気か？　癌で死にかけている男を苦しめるなんて、いい気持ちがしないな」

「おまえを気持ちよくさせるために雇ってるわけじゃない、ブロック。命令に従え」

ブロックは目に怒りの色を浮かべ、ドアへ向かったが、途中で立ちどまった。

「ローワンがクルプティを送りこんだのか？」うわずった声できいてきた。

おれが親父を殺した黒幕を探しているのをブロックは知っていて、その手伝いまでしてくれているのだ。

「黙って言われたとおりにやれ。ところで……」咳払いをし、携帯電話から聞こえてくる〝もしもし〟という声を無視して、ブロックを見据えた。「妻をルージュ・ビスのコックとして雇った。書類を準備しろ。来週から働く。料理長とやりあわないよう気をつけてやってくれ」

ブロックが振り返った。グレーの目の奥になんらかの感情が浮かんでいて、おれはその目を引っこ抜いて確かめたくなった。

「彼女が働くのか？　ここで？」ブロックはまるで隠しカメラがそこにあるかのように、横目でちらっと見た。

おれはゆっくりとうなずいた。おれたちの結婚が親父が勝手に決めたものであることを、ブロックは知っている。

親父にとってスパロウが大切な人である理由も。

おれはこの話題にうんざりしているとばかりに、アルマーニを着た肩をすくめた。

「しつこく頼まれたんだ。別にどうでもいいことだ。贅沢な暮らしをするよりも働きたいっていうんなら、好きにすればいい」

「そうか」ブロックがおれの顔を探るように見た。「うまくいってないのか？」

「おまえには関係ないことだが、うまくいっている」

「ピエールが彼女を困らせてるのか？」

「誰だ?」おれはやつの名前を覚えているふりもしなかった。そのとき、旅行代理店と電話がつながっているのを思い出し、椅子をまわしてブロックに背を向け、手を振って追い払った。おれにチップをねだる日勤の十人並みのストリッパーを追い払うように。「マイアミ行きのファーストクラスのチケットを二枚購入したい……」

9

スパロウ

月曜の朝、クインシー・マーケットに到着したとき、太陽の光が降り注いでいたが、天気がよくなってもわたしの気分は晴れなかった。金曜の夜、トロイとあんなことをしたのが信じられない。

わたしの判断ミスだけど、避けられないことだった。彼はわたしに手を出そうとした初めての人で、彼が部屋に入ってくるたびに、彼が発する熱で温度が急上昇する。彼は残酷で、まさにオーダーメイドのスーツを着た野蛮人だけど、わたしを傷つけたりはしない。

少なくとも、体は。

物騒な地域で育ったので危険を察知するレーダーは敏感だ。トロイといると、安全だと感じられた。

それでも、脚のあいだで高まる緊張が、彼はいやなやつだと思い出させてくれる。あんなことをしていいの？　絶頂の寸前まで連れていって引き返すなんて、現代社会では禁止するべきじゃない？

週末のあいだずっと、奇妙な感覚が残っていた。中途半端に終わったせいで欲求が強まり、あそこがうずいて、トロイの言うとおり懇願したい気持ちもいくらかはあった。幸いなことに、分別が勝ったけれど。仲よくする前に、彼に答えてもらわなければならないことがたくさんある。

でも、彼はひとつだけ正しい。彼をひとりの人間としてどう思っていようと、わたしはコカイン常用者みたいに彼を求めている。

トロイ・ブレナンは悪魔だが、優等生の女の子でさえ、悪い男に惹かれるときがあるのだ。

彼は週末のほとんどを書斎に閉じこもって過ごしたが、今朝、わたしはまた彼のために朝食を作ってあげるつもりだった。ばかみたいだけど、愛情を装えば、わたしたちがしたことの汚らわしさが少しは薄れる気がしたのだ。もっとリアルになる気がした。けれど、また寝苦しい夜を過ごし、起きたときには、彼はすでに仕事に出かけていた。

なんの仕事か知らないけど。

結局、計画を変更してルーシーとデイジーに会うことになったときは、むしろほっとしたくらいだ。幼なじみで唯一の友人たちと、遅いモーニングコーヒーを飲むのだ。これで誰もいない家――つまり、コナーしかいない家――でまた一日を過ごさずにすむ。

ルーシーとデイジーは、コーヒーとドーナツの箱を手に、いつものベンチでわたしを待っていた。ルーシーはブロンドの巻き毛を持つふっくらしたかわいい子で、わたしと同じようにそばかすがあり、ドーナツの箱を赤ん坊のように抱えている。発泡スチロールのカップを持っているデイジーは、最近までストリップクラブで働いていた。漆黒の髪やすらりとした脚や大きいバストが、男たちを魅了するのだ。ちょっとカタリーナに似ている。彼女をいい子にした感じだ。

ルーシーとデイジーは『ゲーム・オブ・スローンズ』のスターク家とラニスターズ家のような関係で、わたしが見ていないときはいがみあってばかりいるけれど、わたしの前では行儀よくふるまっている。わたしたちはそれぞれの理由で孤独を抱え、一緒にいる。みんな社会ののけ者だが、少なくともお互いがいる。

ふたりはわたしを見つけると、すぐに立ちあがってわたしの肩に腕をまわした。デイジーがホットチョコレートの入ったカップを渡してくれた。コーヒーを飲まないのはわたしだけだ。

ルーシーがドーナツの箱を脇に抱え、わたしの額にかかった赤い髪をかきあげながら探るように顔を見た。「大丈夫?」

わたしは頬が熱くなり、カップで顔の下半分を隠した。婚約指輪と結婚指輪は、コナーの車から降りる前に外しておいたが、なぜかまだつけているような感じがした。罪悪感に襲われたが、もじもじしそうになるのをこらえた。

わたしが黙っていると、ルーシーとデイジーは意味ありげな視線を交わし、眉をひそめた。

「いまはどこに住んでいるの?」ルーシーがドーナツの箱をわたしの胸に押しつけてきた。

いきなりだ。〝おはよう、元気にしてた?〟という挨拶さえなかった。

「家よ」わたしは自信を込めて言おうと努力した。「パパの」

この先どうするか、まったく考えていなかった。とにかく否定するか、泣いてすべてを打ち明けるか、過呼吸に陥って時間を稼ぐか。

「あそこに住んでるとは思えないけど」デイジーが目を細めてにらみ、つやつやした唇を突きだした。

わたしは観光客や地元の人たちのあいだを歩き、屋台を通り過ぎた。時間を稼ぐしかない。そのあいだに、どう打ち明けるか考えるのだ。

「あら、信用されてないのね」口をゆがめた。「わたしが何か隠してると思うの?」

「何か隠していることを知ってるの」ルーシーが首を傾け、親指で反対側を指さした。

「まずは、百八十センチの大男があなたをつけている理由を教えてちょうだい。気づいてないとは言わせないわよ。ベンチにいるわたしたちに気づく前、ずっとちらちら見ていたでしょ」

わたしは心のなかでコナーをののしった。彼は四六時中わたしについてまわり、〝イギリス軍が来たぞ〟と告げるポール・リビアのようにあけすけだった。でも、コナーのことは説明できない。トロイと結婚したことを説明できないから。自分でも理解していないから。わたしのパパが理想の父親と呼べるような人でないことをふたりも知っているとはいえ、パパが死んだギャングの息子にわたしを売り渡したのかもしれないと話すのはためらわれる。

「その話はしたくないの」

「でしょうね」デイジーが両手をあげた。

遠足で来ている同じシャツを着た子どもたちがわたしたちのあいだを走り抜け、わたしはその隙に背後を見た。コナーはまだわたしを尾行している。

三人のなかで一番理性的なルーシーが、振り返ってコナーをにらみつけた。「これ以上わたしたちについてきたら、警察を呼ぶわよ」

それでもコナーは、生気のない目をして人ごみのなかをしつこくつけてきた。わたしは嘘をついていることで、ますます息が苦しくなった。トロイがわたしを閉じこめた箱は、わたしのような小柄な女にさえ小さすぎた。

「ボディーガードなの？　何かトラブルにでも巻きこまれた？」デイジーが息を切らしながらきいた。ルーシーが歩くペースを速めたのだ。「ねえ……彼って独身？」

わたしは疲れたため息をついて、首を横に振った。冗談につきあう気分じゃない。

ルーシーは全速力で歩いて、コナーを引き離そうとしていた。「あなたのパパが何かしたの？」

わたしは立ちどまり、足元を見おろした。ほとんど見抜かれているのに、これ以上隠しても無駄だ。そもそも、ふたりに隠そうとしたわたしがばかだったのだ。

「びっくりしないでよ」

「なんなの、あいつ」ルーシーがドーナツの箱を握りつぶし、コナーのほうを振り返った。チョコレートドーナツを投げつけるようなばかなまねをしなきゃいいけど。わたしが炎だとしたら、彼女は活火山くらい気性が激しい。

「パパのせいじゃないの」

「わかった」ルーシーが言う。「批判するつもりはないわ。とにかく話してみて」

「先週、トロイ・ブレナンと結婚したの。彼は……パパに結婚の許しを求めて、パパは承諾した。断れなかったんだと思う。トロイは殺し屋のようなことをしているって噂だし。それに、お金持ちだし、パパのボスだし……」

ルーシーとデイジーが目を丸くしてわたしを見つめた。わたしたちは道の真ん中で立ち尽くし、あらゆる方向から人がぶつかってきた。

「黙っていてごめんなさい。みんなに言いたくなるような話じゃないし、巻きこみたくなかったから」

ルーシーはいまにも気絶しそうだったが、デイジーはすばやく落ち着きを取り戻した。「でも、トロイ・ブレナンなら子どもの頃から知ってるけど、あなたをそんな目で見たことなんてなかったじゃない。先っちょさえ入れようとしなかった」

幼なじみのいつもながらの下品な言いまわしに、わたしは眉をひそめた。「寝なくたって人を好きになることはあるわ。彼だってサウス・ボストンじゅうの女とやったわけじゃないのよ」

デイジーが手で顔をあおいだ。「何言ってんの、あんたの旦那のペニスが旅したプッシーの数を考えたら、『ナショナル・ジオグラフィック』の番組で特集されていないのが不思議なくらいよ。彼はすごく……落ち着いていて、もうおじさんね。ペニスは別として」唇をなめて思案する。「待って、バーディー、それって玉《たま》の輿《こし》じゃない！」

わたしは顔をさすり、会話が聞こえるほどコナーが近くにいないことを確認した。デイジーは自由奔放すぎる。どんな状況でも、自分のペースを崩さない。わたしはルーシーに目を向けた。「ルーシー、何か言って」

ルーシーは目をそらした。屋台の縁をつかんで、サンドアートのディスプレーをひっくり返しそうになっている。悲しそうな目をし、喉が隆起していて、わたしと同じように泣きそうな気持ちなのだとわかった。

わたしはたまらず、カップをごみ箱に投げ捨ててルーシーの手を握った。ばかげているけれど、打ち明けてしまうと、偽りの結婚式にふたりを招待しなかったことをうしろめたく思った。

「バーディー、彼は……人殺しだって、聞いたことあるでしょ？」ルーシーがつぶやくように言った。

わたしはうなずいた。「うん、知ってる。でも、ただの噂だし」

「言いづらいけど、心配すべきよ。ていうか、怖がるべき」

「そう思うでしょうね」わたしはどうにか作り笑いを浮かべた。「でも、彼はわたしを傷つけたりしない。彼のことが少しずつわかってきたの。そんな人じゃないわ」

「わかった、彼はあんたを傷つけないのね」デイジーが口を挟んだ。「でも、あとはさっぱりわかんない。どうしてもてもての女たらしが、よく知らない女の子と無理やり結婚することにしたの？」

わたしも同じ疑問が頭から離れなかった。

「悪気はないからね、バーディー」デイジーが言葉を継ぐ。「ただ、トロイ・ブレナンはボストン一のもて男よ。ベッドのなかでは野獣で、経済的にも成功しているっていうじゃない。そんな人がどうしてあんたを選ぶの？　誰とでも結婚できたのに」

「それはどうも」友達は本当のことを言ってくれる。

「でもやっぱり、心配すべきよ」ルーシーが言った。

待ち合わせ場所に到着したときに比べると、頭が十倍重くなったように感じた。トロイのことで頭が混乱し、体がほてっているのに、パディの件まで蒸し返してしまった。解決しなければならない問題が多すぎる。

「ねえ、そんなに悪い人じゃないのよ」ふたたび歩きだし、コナーとの距離を広げた。会話を聞かれたくない。「それに、彼はルージュ・ビスのオーナーだし。来週の月曜からあそこで働くのよ。きっと何もかもうまくいくわ」

いまのところ、全然うまくいってないけど。

「あなたを信用してないの？　だからボディーガードをつけてるの？」ルーシーが振り向き、コナーをにらんだ。

わたしはかぶりを振った。「好きなようにしていいって言われてる。ボディーガードをつけたのは、長年のあいだに増えていったすてきなお友達からわたしを守るためだと思う」悲しそうに微笑んだ。

「守る？　それはちょっとかっこいいわね」デイジーが言う。「ところで、セックスはどうなの？」

人生にはセックス以外にも大事なものがあることをデイジーは知っているのだろうかと、ときどき疑問に思う。

「デイジー！」ルーシーがデイジーの肩を叩いた。「バーディーはひどい父親に売られたからって、彼と寝たりしないわよ」

ふたたび肌がほてるのを感じ、ジャケットに顎をうずめた。認めたくはないけど、金曜の夜、わたしはものすごく楽しんでいた。

ルーシーがわたしを見て、顔をゆがめた。「ちょっと、まさか――」

「もちろん、寝てないわよ」わたしはあわててさえぎった。

「別にいいじゃない」デイジーが口を挟んだ。「友達に何人か彼と寝た子がいるの。何度もいかせてくれて、アブノーマルなセックスが好きなんだって」立ちどまって香水の瓶を拾い、しげしげと眺めながら、ピンクのガムをパチンと鳴らした。

ルーシーとわたしが必死でコナーを振りきろうとしているのに、気づいていない。ルーシーが瓶を取りあげ、デイジーの腕をつかんで引っ張った。

「ちょっと、どうしてそんなに急ぐの？」デイジーはつややかな髪を払いのけた。

「じゃあ、婚前契約書か何かにサインさせられたの？」現実的なルーシーがきいた。

わたしは口をぱくぱくさせた。そんなことは考えもしなかった。「ううん」その事実に、ルーシーと同じくらいわたしも驚いた。

「本当に？」デイジーも興味をそそられた様子だった。

ルーシーはちらっと振り返り、コナーがすぐそばにいるのを見ると、声を潜めた。

「すごいお金持ちなんでしょ。バック・ベイに住んでるって聞いたわ」

「そうよ」わたしは認めた。「車はマセラティ」

デイジーがうなずいた。「殺されて森に捨てられた父親から、信託財産やら不動産やらをたんまり相続したはずよ。ねえ、バーディー、婚前契約書にサインさせられなかったんなら、離婚するつもりはないってことよね」

返事をしようと口を開いたとき、肘をつかまれ、引っ張られた。

ルーシーが背筋を伸ばし、くるりと振り返った拍子に、ベビーカーを押していた女性にぶつかった。マザーズバッグが振り落とされる。

わたしは肘をつかんだ人物を見た。コナーだ。

体に触られたのは初めてだ。コナーは無表情で、携帯電話を耳に押し当てていた。うなずきながらわたしの名前を繰り返している。しまった。トロイの話をしたから、その報いを受けるのだ。彼に結婚すると言われた瞬間から、わたしの口が災いのもとになることはわかっていた。

〝ばかね、スパロウ。おとなしく運命を受け入れればよかったのに〟

「何？」コナーと言葉を交わすことはめったにない。

怒っていたし、怯えてもいたが、トロイはそんなに悪い人じゃないと言っておきながら、デイジーとルーシーを巻きこむわけにはいかない。コナーは、まるで夜に部屋を抜けだしたティーンエイジャーをつかまえたかのような態度だった。

「警察に電話する？」ルーシーがきいた。デイジーは口をあんぐりと開けている。

「いいの、大丈夫。もう帰らないと。またメールするわね」

コナーに引っ張られながら、作り笑顔で手を振った。そして、ふたりから見えなくなるやいなや、腕を引き抜こうとした。

コナーはうなり声をあげ、腕をさらにしっかりとつかんで、人ごみのなかを引っ張り続けた。わたしは人目が気になり、ぞっとした。行き先もわからないまま、ぬいぐるみみたいに引きずりまわされるのはごめんだ。

「放して」身をよじって手を振り払おうとした。

コナーはまっすぐ前を向いたまま歩き続けた。家具か何かを運搬しているかのように。「了解、ボス」携帯電話に向かってぶっきらぼうに言い、足を速めた。「離陸時刻までに送り届けます」

「放してってば」わたしは怒鳴った。

離陸ってどういうこと？

トロイは何をする気なの？　答えを知りたくなかった。彼の部下に従うのももうやめだ。

わたしは腕をぐいっと引っ張って不意をつき、ルーシーたちともコナーとも違う方向へ走りだした。ジョギングはわたしの趣味で、コナーは縦だけでなく横にも大きいので、人ごみのなかで彼から逃げるのは思ったよりも簡単だった。通りまであと半分というところで、ちらっと振り返った。

コナーは追いつこうと必死で、怒って真っ赤な顔をしていた。わたしはペースをあげながら、あんな場面を見られて、ルーシーとデイジーにどう思われただろうと心配になった。わたしが殺されるとか、そんなふうに思ったはずだ。あながち間違いではないかもしれない。

狭い横道に入ったとき、広い肩に思いきりぶつかった。ひっくり返りそうになったが、あたたかい手に支えられた。

ブロック。

わたしはその手を振り払った。「あなたも彼に言われて来たの？」怒りがわき、体温が上昇するのを感じた。トロイ・ブレナンのばか野郎。

「なんだって？」ブロックはとまどった顔をした。「スパロウ、おれは息子と買い物に来ただけだ。幼稚園が半日で終わるから、おれも半休を取ったんだ。誰かに言われて来たわけじゃない。何かあったのか？」

わたしはちらっと振り返った。コナーがわたしをばらばらにしてやると言わんばかりに、拳を振りまわしながら近づいてくる。サムが父親の手を握りしめて、頭のおかしい人を見るようなまなざしをわたしに向けていた。

「あら、こんにちは」わたしはサムを見おろし、安心させるように無理して微笑みかけた。

「こんにちは」サムははにかんで父親のズボンに鼻を押しつけた。

「じゃあ、そろそろ行かないと」わたしは早く走りだしたかった。ブロックに肩をつかまれて、胸がどきんとした。

「逃げるな。コナーは頭は悪いが、きみを傷つけたりはしない。そうしたがっているようにしか見えなくても。あいつがきみを追いかけている理由を知ってるが、悪い話じゃない。おれを信じるか？」

ブロックの手はまだわたしの肩に置かれていた。わたしは目をしばたたいた。彼を信じる？　信じられるはずがない。彼のことは、女神アフロディテに愛された美少年アドニスに最も似た人間だということ以外は、何も知らない。

「ええと、信じない」正直に答えた。

ブロックは笑った。それを聞いた人の胸をも震わせるような笑い声だ。わたしは緊張がほぐれるのを感じた。

「それでいい」ブロックがサムを見た。「知らない人を信じちゃだめだぞ」サムの頭を撫でたあと、突然、わたしを抱き寄せた。

わたしはぎょっとしたが、これは親密な抱擁ではなかった。

「いいか」ブロックが耳元でささやいた。「きみの人生の新しい章が始まったんだ。きみがルージュ・ビスで気持ちよく働けるよう、おれが全力でサポートする。コナーと一緒に、トロイのところへ行け。でも、深入りはするな。きみがおとなしく自分の役割を演じれば、悪いようにはしない。それでどうだ？」

わたしはずっとこらえていた涙が込みあげてくるのを感じたものの、顎をつんとあげた。「またそうやってわたしに優しくするのね。トロイの友達なのに」

「違うよ、スパロウ」ブロックがほとんど聞こえないくらい声を潜めた。「おれはただの従業員だ」

ブロックがわたしを放したときには、もう逃げられないくらいコナーが近くにいた。

ブロックは落ち着いた表情で、コナーのほうへわたしをそっと押した。「探し物か。ほら、ここにいるぞ」

わたしはよろめき、コナーの腕のなかに飛びこんだ。

コナーはうろたえ、怒りで顔を真っ赤にしながら、ブロックの頭のてっぺんからつま先までじろじろ見た。「逃げだしたんだ」吐きだすように言う。

「脚がついてるんだから、起こり得ることだな」ブロックはきびきびした冷酷な口調を使った。トロイみたいに。「こんなことは二度と起こすな」

ブロックはサムの手を取って歩み去り、一度も振り返らなかった。ボスの部下の前で、役割を演じているのだ。

わたしも同じことをしなければならない。トロイ・ブレナンとうまくやっていくためには。

「このばかめ」コナーがうなるように言った。ツール・ド・フランスを完走したかのように息を切らしている。

わたしに逃げられたことがばれてしまい、コナーはわたしの腕をさらにきつくつかんだ。怒りが抑えられないようだった。意味もなくわたしを乱暴に揺さぶったあと、また引っ張ってどこかへ向かった。

コナーがわたしを乗せてきた車が見えたときは、ほっとした。少しだけ。ダッフルバッグのように助手席に放りこまれ、あざを作らないよう頭を引っこめた。

わたしが体を起こしたときには、コナーは運転席におさまり、エンジンをかけていた。「いったいどういうつもり？」わたしは強い口調できいた。

コナーはわたしを無視してアクセルを踏んだ。

「どこへ連れていくの？」わたしはなおもきいた。

「家に帰る。荷造りをして、マイアミへ行くんだ」

息が苦しくなった。「マイアミ？　どうして？　いつ？　いつまで？」

コナーはまっすぐ前を見続けた。うんざりしているらしく、ハンドルをわたしの首に見立てるかのように握りしめている。「自分の旦那にきけ」歯を食いしばって言った。

わたしはそうすることにした。デイジーとルーシーに急いでメッセージを送り、緊急事態が発生してルージュ・ビスに呼びだされたと伝えた。とりあえず納得してくれればいいんだけど。それから、トロイに電話をかけようとした。

でも、そのとき、彼の電話番号を知らないことに気づいた。いままで考えたこともなかった。彼に連絡を取るなんてばかばかしいし、その必要が生じるとは思ってもいなかった。窓の外を見たあと、コナーに目を向け、ふたたび窓の外を見た。夫の部下に夫の電話番号をきくつもり？

わからないことが多すぎる。どうしてマイアミへ行くの？　どうしていま？　トロイはわたしをひとりで行かせるの、それとも一緒に行くの？　飛行機！　飛行機に乗るんだ！　時間はどのくらいかかるの？　いつまでそこにいるの？　ハネムーンなの？

そう考えて、わたしはたじろいだ。

だから、ブロックは大丈夫だと言ったの？　いろんなことが、いろんな悪いことが起こる可能性がある。

マイアミには行かないと決めた。車が赤信号で停止したとき、わたしはドアを開けて逃げようとしたが、コナーがわたしの腕をつかんで指を食いこませた。息が苦しくなり、激しい痛みをこらえようとした。

コナーはわざと痛めつけている。

「放して！」わたしは叫んだ。

「一緒に来い」コナーが身を乗りだしてドアを閉めたあと、アクセルを踏んだ。

わたしは考える前に携帯電話を投げつけていた。電話は頬に当たったあと、膝に落ちた。鼻血が顎に垂れた。コナーはそれをぬぐい、殺意のこもった目つきでわたしをじろりとにらんだ。ボスの妻でなければ殺していただろう。

携帯電話に新しいメッセージが届き、わたしは鼓動が速まるのを感じた。

「返して」彼の膝に手を伸ばした。「いますぐ返したほうが身のためよ、コナー」

コナーは車のあいだを縫うように走り続けた。口先だけの脅しだとわかっているのだ。彼と戦うすべも逃げるすべもない。コナーがドアにチャイルドロックをかけてしまった。

「ほらよ」驚いたことに、コナーが携帯電話を返してくれた。

ルーシーのメッセージを読むと、心臓が口から飛びだしそうになった。

ルーシー〈警察に通報しなくていいのよね〉

震える指で返信した。**〈自分で対処できるから。ギャングの妻の醍醐味《だいごみ》よ。また連絡する〉**

その瞬間、勇敢なのか愚かなのか、自分が本当にそのつもりでいることに気づいた。トロイとコナーに自分で対処する。

そして、この金のかごのなかで、自由と幸福を見つけるのだ。

10

トロイ

できるだけ早くマイアミへ行かなければならない。そこでスパロウも連れていくことにした。パディは数カ月前から末期癌を患い、巷《ちまた》の噂では、夏は越せないだろうと言われている。罪は償われるべきで、もうすぐ復讐が果たされる。

たとえ計画を知らなくても、スパロウもその場にいるべきだという気がしたのだ。それに、ボストンに残していくのは心配だ。

荷造りをしていると、キャットが寝室にやってきた。サイズの小さいコンドームみたいにぴったりした挑発的な黒いドレス姿で、ドア枠に寄りかかってなまめかしい笑みを浮かべた。ストリップクラブの低俗なダンサーのような目つきでおれを見てくる。おれは目をぐるりとまわしたくなるのをこらえた。

「ハーイ、ベイビー」キャットが真っ赤な唇をなめながら、かすれた声で言った。おれはベッドの上に広げたスーツケースから顔をあげなかった。「奥さんが出かけてるって、ママから聞いたの。ブロックがサムを幼稚園へ迎えに行って、そのままショッピングに連れてくから、ちょっと挨拶に寄ってみたのよ」

いったいどういうことだ？　ショッピングだと？　仕事を与えておいたのに。

「何が望みだ？」ぶっきらぼうに尋ねた。

「あなたよ」キャットが寝室に足を踏み入れた。ハイヒールの音が大理石の床に反響し、おれはいらだった。

彼女にここに来る権利はない。キャットはおれを背後から抱きしめ、両手を胸に這わせながら、額を肩甲骨のあいだに押し当てた。下品なジョークのように辺りに漂う花の香水のにおいが鼻を突いた。

「どこへ行くの、トロイ？　いつ帰ってくるの？」

おれは返事をせず、スーツケースのファスナーを閉じた。そろそろレッドが帰ってくるはずだ。コナーに電話してすぐに連れて帰るよう命じてある。マリアが勝手に娘をおれの家に入れるのがいやでたまらなかった。娘にノーと言えないのだ。一度厳しく言っておこうと心に決めた。

「金曜日はわたしに会いに来なきゃだめよ。そういう契約なんだから」

おれは白いワイシャツのボタンを留めながら振り返った。「ブロックがかなり怒っていたぞ。また勝手なことをしているのか？」

キャットは返事をせず、子どもみたいに唇をとがらせた。

「おれたちは」おれは自分たちを順に指さした。「体だけの関係だ。それを忘れるな。もっと家族に時間を使え」

彼女は顎を震わせたものの、泣きだしはせず、なまめかしい笑みを浮かべた。「でも、わたしの家族はあなたよ、ベイビー」

股間を触られ、おれは眉をつりあげ、彼女の手首をつかんでひねりあげた。傷つけるつもりはないが、はっきりわからせる必要がある。

唇を触れあわせたあと、怒鳴った。「今度おまえを許可なく家に入れたら、ふたりとも蹴りだしてやると母親に言っておけ。わかったか？」

かまわずキャットが胸をおれの胸にすりつけてきた。重症だ。自制心がまるでない。

「いったいいつからブロックのことを気にかけるようになったの？　わたしの家族のことを」誘うようにおれの顎を軽く噛み、首に舌を這わせた。「いいじゃない、ベイビー、長靴下のピッピじゃ物足りないでしょ。ベッドが全然乱れてないし。一緒に寝てさえいないんじゃない？」

おれは彼女の髪をつかんでうしろを向かせ、壁に顔を押しつけて股間をヒップにすりつけた。「黙れ」耳元で怒鳴る。「おまえの口はペニスをしゃぶるくらいしか能がないんだから。それも、いいかげん飽きてきた」

キャットがのけぞってヒステリックに笑った。「まだやってないのね？　ああ、わたしが買ったプレゼントを、あの女が開けたときの顔が見たかったわ」ヒップを股間に押しつけてくる。「わたしがあなたのために着るわ、ベイビー。革の下着でもガーターでもなんでも」

「気でも触れたか」いらだちと怒りのあまり、言葉がきつくなった。「またやってるのか？」

「完全にしらふよ。あなたがまだわたしのものだってことを確かめに来ただけ」

キャットが手をうしろにまわして、ズボン越しにペニスをつかんだ。

それは大間違いだ。おれはキャットのものじゃない。これまでも、これからも。

もう二度と。

だが、彼女はひとつ正しいことを言った。おれは妻とはやってない。おれが家に入れ、おれのベッドで眠り、仕事とマイアミ行きのチケットを与えた女とは。

そのせいでものすごくいらだっている。

「彼女のことは忘れなさい」キャットがうれしそうに言う。「一生あなたのものにはならないんだから」

「クソ女」

ドレスの裾をめくり、下着を乱暴にはぎ取って肌に赤い跡を残した。金褐色の丸いヒップは、スパロウの白い小さなヒップと違って完璧だ。だが、おれは目を閉じ、どういうわけか、この女を妻だと思いこもうとしながらファスナーをおろした。

悪女から毒気を叩きだそうとするかのように、うしろから攻めたてた。キャットはすぐにうめきだした。スパロウが帰ってきたら聞かせるために違いない。下着を丸めて彼女の口に突っこむと、おれの名前を呼ぶ声が小さくなった。

「ト――ロ――イ……」キャットが下着を吐きだし、おれはますます怒りに駆られた。

「トロイ……」

ゴツン。

「黙れ」声を聞いたら、相手が妻でないことを思い出してしまう。キャットが声をあげるたびに、おれは萎えていった。こいつはおれがやりたい女じゃなくて、それが妙に残念だった。

「ああ、愛してる、ベイビー、愛してる」

ゴツン。

「うるさい」

激しく突きあげながら、キャットの脚の震えを感じた。キャットが興奮して壁に頭をぶつけ始めたところで、おれは、どういうわけかまだスパロウのことを考えながら、かたいままのペニスを抜きだした。

これ以上続けても、いけないのはわかっている。キャットはスパロウじゃない。スパロウとは味も感触も動きも違う。

キャットが振り向いたときには、おれはもうズボンのファスナーをあげていた。スパロウが借りた汚れたドレスを彼女に向かって放った。

「おれの家から出ていけ。二度と来るな。もう終わりだ」

何度も言ったことだ。毎週。それなのにどういうわけか、また結局、ベッドの上で転げまわっている。絨毯の上や床の上、ジェットバスのなか、きちんと手入れされた芝生の上でも。だが、いつもキャットの家だった。彼女がおれの王国に入ることは許さない——もちろん、精神的にも。これはルール違反だ。実りのない関係を終わらせるいい口実になる。

キャットはドレスを空中でつかむと、ショックを受けた表情で眺めた。染みのついた生地を引っ張って、うなり声をあげる。「あの小娘、わたしのドレスをこんなにして」

おれはスーツケースを床におろして、皮肉な笑いをこらえた。ズボンのポケットから財布を取りだすと、札束を抜いて彼女に放った。「おれの妻にドレスを貸すなんて、よく考えたな。クリーニング屋があるだろ。大騒ぎするな」

「こんなに汚れてちゃ、落ちないわよ！」キャットがドレスを振りまわした。「あのブス、信じらんない！」

おれは彼女の横を通り過ぎ、開いたドアの前で立ちどまると、うなずいて出ていくよう合図した。キャットはぷりぷり怒って出ていった。ピンヒールの靴音をわざと鳴り響かせながら木の階段をおり、階段の下で振り返った。おれは一段上で立ちどまり、彼女をはるか上から見おろした。

「あなたって最低よ」キャットがマニキュアを塗った長い爪を、おれの胸に突きつけた。

「じゃあ、終わりにすればいいだろ」

「あの子があなたを求めていないのがわからないの？　あなたが結婚しなきゃならなかったわけをわたしは知ってるんだから、本物の関係だなんてふりはしないでね。あの子は女の子で、わたしは女よ。女だからわかるの。うぬぼれ屋のあなたが認めようとしないこと。あの子にわたしみたいなセックスはできないし、わたしみたいに黙ってそばにいることもできない。負け馬に賭けるのはやめたら？」キャットは悲しそうにそう言うと、背を向けて玄関から出ていた。

ドアがバタンと閉まると、おれは近くの壁に拳を叩きつけた。いなくなってせいせいした。

酒の並ぶ戸棚へまっすぐ向かい、ウイスキーをグラスに注いだ。客用寝室からマリアが出てきて、おれをにらんだ。おれとキャットの関係について、気まずいほど知られている。だが、ここで働くのがそんなにいやなら、辞めればいいのだ。

マリアが娘とブロックの夫婦仲がうまくいくことを願うのは当然だ。ブロックはみんなに愛される人気者だ。だが、キャットはペニスよりも危険を愛しているのだ。おれがどんなに突き放しても、必ず戻ってくる。公正を期して言うなら、本気で突き放したことはなかった。だが、今日、おれの家に勝手に入りこむなんてことをしでかしたからには、マイアミから戻ってきたら、立場をわきまえさせる必要があるだろう。

「今度おれの許可なく娘をこの家に入れたら、クビだ」おれは窓の外に広がる街の景色を見つめ、ウイスキーをひと口飲んだ。

マリアはスペイン語で何やらつぶやいたあと、キッチンへ向かった。ガラスが割れる音が聞こえてくる。おれがキャットとセックスしていることにマリアが腹を立てるたびに、家のなかで〝事故〟が起きる。だから、おれは無視した。

数分後、玄関のドアが開いてコナーとレッドが飛びこんできた。コナーは殺意のこもった目つきをし、左頬にあざを作り、鼻血を出している。レッドもひどく怒っていて、肘をつかんだコナーの手を振り払おうとしていた。おれが太い指にさっと目を向けると、コナーはすぐに手を離した。

なんてこった。

「いったい何があったんだ？」おれはウイスキーを飲み干すと、グラスでコナーを指し示した。コナーはその答えをゆだねるかのようにスパロウを見ている。おれはスパロウに目を向けた。

うろたえ、激怒しているスパロウは、急いでリビングルームの隅へ行った。赤面していて、こんな時間から酒を飲んでいるおれを、いつものようににらみつけさえしなかった。ふたりのあいだで何かあったのだ。おれは落ち着かない気分になった。

「別に何も」コナーがこわばった声で答えた。

スパロウが携帯電話でコナーを指し示した。「電話を顔にぶつけたの」悪びれた様子もなく言った。

おれは肩を怒らせ、ポケットに手を突っこんだ。コナーの顔にこれ以上あざを作らないために。「詳しく説明してくれ」

ちょうどそのとき、マリアがリビングルームに戻ってきた。この新しい展開に興味津々のようだ。おれが私生活で問題を抱えているのが、うれしくてたまらないのだろう。自分の娘がどうしようもないのはおれのせいだと思っているのだから。マリアを追いだしたいのはやまやまだが、スパロウがやけに懐《なつ》いているみたいだし、すでに手がつけられないほど怒っているので、そのまま働かせて、なるべく無視することにした。

「コナーがわたしの友達の前で、わたしの肘をつかんだの。あざになったわ」スパロウが腕を伸ばして、雪のように白い肌についた青紫色のあざを見せた。

おれは歯を食いしばった。

スパロウが手を引っこめ、目を細めておれをにらんだ。「あなたがわたしを支配し、所有していて、どうにでもできると思っているのはわかってる。でも、怖くないから。あなたにも、あなたの部下にも手荒なまねはさせない。勝手にわたしに触るのは許さない」熱い溶岩を吐きだすように言った。怒りに燃えた目が、おれの肌を焦がした。

おれはコナーに飛びかかって、頭蓋骨を御影石《みかげいし》のタイルに叩きつけてやりたい衝動に駆られたが、その代わりに彼女のほうへゆっくりと近づいた。そして、あざのできた肌を指の節でかすめた。

スパロウはさっと体を引いて、ヘビのようにシューッと音をたてた。「あなたもよ、トロイ」

ロデオのようにおれの顔に乗るくせに、コナーやマリアの前で触られるのはいまも抵抗があるのだ。彼女にとってのおれの立場が少しわかってきた。

「二階へ行って荷造りしろ」おれは部下たちの前で拒絶されても痛くもかゆくもないふりをして命じた。

マリアは満足そうににやりとしたあと、キッチンに戻った。

「どこへも行かないわ。旅の理由や、行き先や、交通手段を教えてくれない限り」スパロウが強い口調で言った。「ああ、そういえば、わたしはあなたの電話番号も知らないの。運転免許すら持ってないから、その飛行機には乗れないわね。わたしを簡単に言いなりにできると思わないで。よく考えてから……」

彼女の話が止まらないので、おれは人差し指を唇に当てて黙らせたかった。だが、勝手に触らないほうがいいとわかっているので、片手をあげてさえぎった。

「あと一度しか言わない。二階へ行って荷造りしろ、いいな？」

スパロウは口を閉じ、眉をあげて中指を立てたあと、二階へ向かった。寝室から引き出しをわざとらしくバタンと閉める音が聞こえてきたとき、おれは彼女が命令に従わないのを心配していたことに気づいた。レッドには闘争心がある。豪華なペントハウスで浮気性の夫を待つより、革命を引き起こすタイプの女だ。

おれが彼女の翼を切ったのだ。

コナーをにらみつけた。誰かの心臓を引きずりだしたくなったときにいつもそうなるように、まぶたが痙攣した。スパロウと結婚するまで、コナーは必要なときだけ雇われるパートタイムのごろつきにすぎなかった。いつもは明確な指示を与えられ、考える必要もなかった。

結婚の直前、新妻を監視させるためにフルタイムで雇ったのだ。正直に言うと、ボディーガードではない。彼女を狙う人間はいない。おれはギャングの一員ではないし、たとえそうだったとしても、その世界で妻子まで報復を受けることはない。コナーに尾行させているのは、彼女が逃げだして、おれが成し遂げたことが台なしになるのを防ぐためだ。彼女の居場所を常に把握するためであり、コナーがいなくても危険はないのだが、そのことを彼女に知られたくなかった。

彼女を怯えさせ、無力だと思わせたかった。

ただ、腕っぷしの強い男によくあるように、コナーの頭が足りないことを計算に入れていなかった。そのせいで、偽装結婚を守るためとはいえ、彼女を傷つけるばかりを彼女につけてしまった。

「ボス……」コナーが汗ばんだ震える手をあげた。顔をしわくちゃにし、潤んだ目で許しを乞うた。

許すつもりはない。コナーは今度は両手をあげて降参し、おれが近づいていくとあとずさりして、磨きあげられたコンクリートの壁に頭をゴツンとぶつけた。

怯えきっていて、それに気づきもしなかった。「一刻も早く彼女を連れ戻すよう言われたのに、彼女がいやがって逃げだそうとしたので、しかたがなかったんです」

「クマをつつくときは、コナー……」おれは低い落ち着いた声で脅した。「嚙まれる覚悟をしておけ」

コナーの首をつかんで頭を壁に押しつける。ちょっと絞めてやると、その目は痛みと恐怖で見開かれた。こいつがスパロウの腕に汚い指の跡を残したように、おれもあざを作ってやりたかった。

「今度おれの妻に近づいたら、おれが自分のものに手を出されたときにどれだけ恐ろしい人間になれるか思い知らせてやる」

「ボス」コナーの顔に血がのぼり、血管が浮きあがった。額に汗が噴きだす。「何があろうと、指一本触れません。考えなかったんです――」

「だろうな」おれはコナーの頬が二倍にふくれあがり、真っ青になるまで絞めつけてから、手を離した。

コナーはジェンガタワーのごとくくずおれ、バタンと倒れた。次の攻撃を待ち構えるように、両腕で頭と体をかばっている。おれは踏みつぶしたい虫に向けるような嫌悪のまなざしでコナーを見おろした。

コナーはおれから目をそらしたまま、這って逃げだした。「謝罪します」哀れっぽい声で言い、おれとは反対方向へ進み続けた。

「二度とおれの妻に近づくな」

残っている自尊心をかき集めるコナーをあとに残して寝室へ行くと、スパロウがベッドの端に腰かけて大きな窓の外を見ていた。おれが部屋に入っていっても、窓の外にある何かを眺め続けた。空を見ているのか？　高層ビルか？　それとも鳥か？知る由もない。

集中して額にしわを寄せている。それを見たとき、キャットの言うとおりだと気づき、おれは衝撃を受けた。スパロウはまだ女の子なのだ。いまはそうとしか見えなかった。それなのにおれは、ためらいもなく彼女のプッシーをむさぼった。意外にも、すべすべした小さな肢体を気に入り、チャンスがあればまた同じことをしようとしている。全身をなめまわし、彼女の骨がきしむまであらゆる体位でやりまくるつもりだった。

子ども相手に、成熟した大人がすることをしたがっている。

「今年の夏は異常よ」スパロウがひとり言を言い始めた。「今日なんか日が差しているのに肌寒い。まがいものの太陽ね」

「この世は嘘でまわってるんだ、ベイビー」おれは一歩近づいた。彼女はものすごくかわいい。そのうえ、ものすごい変わり者でもある。

「この部屋、どうして変なにおいがするの?」スパロウが額にしわを寄せ、ぼんやり尋ねた。

言うまでもなく、セックスのにおいだが、彼女には見きわめられないのだ。彼女に男が寄りつかないよう手を打っておいてよかった。彼女に手を出したがるくそったれどもをいちいち追いかけて首をちょん切っている暇はない。

「あいつは二度とおまえに触らない」質問には答えず、彼女の隣に座った。大勢の男が、スパロウに無理やり触った。コナー。パディ。

おれも結婚式の日の夜、もてあそんだ。彼女が望んだことだが、おれがやたら挑発したせいだ。彼女はまだ準備ができていないから、生理中だと嘘をついたのだ。

おれの重みでマットレスが沈んだ。スパロウは背が低いから、足が床に届かない。両手を膝のあいだに挟んで、前を向いたままおれを見ようとしなかった。

「なあ、レッド、おまえがいやがっているのに触るのはよくない。コナーもおれも、誰だって」

「コナーをクビにして」スパロウが命じた。こんな状況でなければ、おれは笑い飛ばすか、死ぬほど怖がらせただろう。だが、おれの不貞の残り香が漂っているいまは、無理だった。このおれでも。

「おまえを守らないと」おれは反論した。

「わたしは大人よ。それに、顔にあざを作ったり、呼吸困難を起こしたりしているのは、コナーのほうでしょう」

「わかった」おれは受け入れたが、簡単ではなかった。唇が痙攣し、にらみつけたいのか笑いたいのかわからなかった。「コナーは解雇する」ポケットから携帯電話を取りだし、親指で操作してから耳に当てた。「番号を教えるためにおまえにかけた。これで満足か？」

「あなたに満足することはないわ」バッグのなかから着信音が聞こえてきても、彼女は無表情だった。

その表情が嫌いだ。おれがレストランの仕事を与える前、オーラルセックスをする前は、いつもあんな顔をしていた。彼女の殻を破ったと思っていたのに。

手ごわいやつだ、レッド。

「で、これはなんのにおい？」スパロウが蒸し返した。「あと、マリアが貸してくれたドレスはどこへ行ったの？」

「おれが返しておいた。礼はいらない」

彼女がうさんくさそうに目を細めた。

「さっさと荷造りしないと、キレるぞ」おれは威厳を取り戻そうとした。

「さっきも言ったけど、免許証を持っていないの。パスポートも。図書館カードすらない。飛行機には乗れないわ」

おれは立ちあがり、金庫を隠している裸婦画をよけた。そして指紋認証パッドに親指を押し当て、真新しいパスポートを取りだすと、彼女に放った。スパロウはそれを開き、目を見開いて見つめた。彼女の最近の写真入りの本物のパスポートだ。彼女はこれ以上ないくらい悲しそうに見えた。

「運転免許証も用意できたが、おまえはかっとなりやすいから運転させられない」

「嘘でしょ？」スパロウは鼻を鳴らし、開いた金庫を見つめた。「国務省も買収できるの？」

「それなりの金額を支払えば、神でも買収できる」おれは金庫の扉を閉めて鍵をかけた。なかに入っている現金を見たら、スパロウはびっくりするだろう。いつ急いで逃げる必要に迫られるかわからないから、そこに入れてある。

スパロウが檻《おり》のなかの動物みたいに、うろうろ歩き始めた。「こんなの間違ってる。わたしの許可なくわたしのパスポートを手に入れるなんて。わたしは子どもじゃないのに」

「なあ、そんなことにこだわらなくてもいいだろ。せっかくのハネムーンなんだ。マイアミへ行って、買い物をして、キューバサンドイッチやキーライムパイを食って、ほんのり日焼けして、二、三日したら帰ってこよう。さあ、荷造りをすませろ」

スパロウが歩くのをやめ、握りしめた拳をおれに向かって振った。「わたしに何も教えずに飛行機に乗せるつもりだったの？　ハンドバッグにおさまるチワワみたいに？　おとなしく荷造りすると思った？　わたしにも予定があるのよ」

「延期しろ」おれはキレそうだった。女子会より、パディ・ローワンへの復讐のほうがはるかに大事だ。

「いやだと言ったら？」スパロウが腕組みをし、挑むように片方の腰を突きだした。

「くそっ」おれは目を閉じ、いらだちを抑えこもうとした。

結婚とはこういうものなのか？　親父の遺産をあきらめようかと、本気で考え始めた。ほかの女なら、ハネムーンへ連れていくと言えば――豪華なスイートルームを取って、クレジットカードを渡してやれば、跳びあがって喜ぶだろう。だがスパロウは、誘拐され、ＩＳＩＳに引き渡されるとでも思っているかのような反応を示した。ＩＳＩＳだって、彼女の怒りを鎮めるのにてこずるだろう。

おれがキャットとやった場所にレッドが近づいていくのを見て、おれははっとした。彼女は壁の、まさにキャットが頭をぶつけたところをじっと見つめた。ヨウスケ・ヤマモトの絵の下に、化粧品の跡が残っている。おれは心臓が早鐘を打つのを感じた。別に気にすることないだろ？　これは偽装結婚だ。浮気が見つかったって、どうということはない。

スパロウはゆっくりとまばたきし、おれを見て穏やかにきいた。「こんなことまでするの？」

気づいていたのだ。
　おれは片方の肩をあげた。
レッドは目を閉じて苦笑し、言葉を発する力をかき集めるかのように深呼吸をした。
こんなときでも冷静さを保っている。おれは妙に誇らしく思った。彼女がおれの前で
誓いの言葉を述べた時点では、すぐにまいってしまうだろうと思っていた。これほど
気が強いとは知らなかった。
　おれは考えを変えた。キャットは間違っている。スパロウは子どもじゃない。夫の
浮気を見過ごさない女だ。おれの母親とキャットを合わせた以上に女だった。
「マセラティと、ちょっとした島くらい広いペントハウスを買う余裕があるのなら、
ダウンタウンのすてきなホテルの部屋代くらい払えるわよね。こういうのは……」ス
パロウは壁を指さした。キャットの耐えがたい甘いにおいが残っているのか？「最
後にして。わたしの住んでいる家でやるのは。ああ、あなたとあんなことをした自分
が信じられない。汚らわしいわ」
　彼女の声に怒りは感じられなかった。頭のおかしな女につきまとわれ、スパロウが
あっさり拒絶したものをせがまれるのに慣れきっているので、おれは彼女の反応に
がっかりした。

だが、落ち着いた態度で、彼女に体を寄せた。「おれがいま床に押し倒したら、おまえはまた同じことをするだろう。おまえは逃げられる。国じゅうを逃げまわれるが、自分の心から逃げだすことはできない。スパロウ、おれのバーディー……」自信たっぷりに微笑んだ。「おれはおまえの頭のなかにいる、そうだろ。さあ、荷造りしろ」

スパロウは顎をあげ、まっすぐウォークインクローゼットへ向かうと、巨大なダークウッドの棚のあいだに姿を消した。

「スーツケースを使うか？」おれはベッドから立ちあがった。

「自分で探す」スパロウの鋭い声が聞こえた。「下で待ってて」

おれは一瞬だけためらったあと、リビングルームへ向かった。おれは紳士じゃない。彼女が重いスーツケースを自分でなんとかすると言うのなら、放っておけばいい。キッチンへ入っていき、コナーが蛇口から流れる水の下に頭を突っこんで、赤ん坊のように泣いているのを見たときようやく、おれは二十二歳の生娘に言い負かされたのだと気づいた。

完全に。

おれは目の前の大男をにらみつけた。小柄な妻よりも女々しい男に腹が立った。

「コナー、おまえはクビだ。荷物を持って出ていけ。マイアミから戻ったら最後の小切手を送る」

　コナーは口をぽかんと開けた。髪からしたたるしずくが口に入る。すがるような目を下に向け、ゆっくりと、憂鬱そうに体を起こした。

「でも、奥さんは？　誰が監視するんですか？」

「もうその必要はない」おれは鼻を鳴らし、玄関のドアを開けて、早く出ていくようながした。「おまえは自分の心配をしろ」

11

スパロウ

わたしたちの寝室で浮気された。

わたしの部屋で。

これはルール違反だ。重大な。たしかに、わたしたちは本物の夫婦ではないけれど、愛ではなく敬意の問題だ。

トロイはわたしを尊重していない。

空港へ向かうタクシーのなかで、トロイが何やら仕事の電話をしているあいだ、わたしは窓の外を見つめ、顎を左右に動かしていた。搭乗手続きをすませ、小走りでターミナルへ向かった。目的地は同じでも、まったく異なる道を歩む他人同士のふたりは、出発時刻まで携帯電話をいじりながら無言で待った。

座席に腰かけた瞬間、飛行機が怖いと初めて気づいた。何もかも怖かった。初めてボストンを離れるのも、同行者がよりによってトロイだというのも。ブロックは嘘をついたのかもしれない。このマイアミ行きでわたしに何かメリットがあると思えない。あなたのことなんか怖くないと彼には言ったが、それは嘘だ。わたしは怯えていた。体を傷つけられるのを怖がっているのではない。それは絶対にない。心を傷つけられるのが怖いのだ。彼にはその力が十二分にある。

彼に安らぎを求めるのは、売春婦に禁欲のアドバイスを求めるようなものだ。わたしはファーストクラスのブルーの座席に身を沈め、爪を噛みながら、飛行機が墜落しないよう祈った。でも、それも悪くないかもしれない。一生をトロイとともにするなんて、戦犯に科せられるべき罰だと思う。

「おまえが逃げだそうとしたとコナーが言ってたが、おれから逃げられると思ったのか?」

わたしは彼のほうを向かなかった。アームレストをきつく握りしめながら、目の端で見た。彼はiPadを見ているが、顎をこわばらせ、冷酷無比の殺人者みたいな顔をしている。わたしは軽く肩をすくめ、窓の外を眺めているふりをした。わたしの次の出方を、あれこれ推測させたかった。一度くらい悩ませてみたかった。

「おれに逆らわないほうがいいぞ、スパロウ」トロイが顔をあげ、脅すような声がわたしの頬を撫でた。一言一句がわたしの腿のあいだを刺激した。

わたしは顔をしかめた。興奮している場合じゃない。

乾いた唇をなめた。飛行機がものすごい速度で滑走し始めた。速すぎる。

彼の手が伸びてきて、わたしの内腿の上で止まった。

わたしは横を向いた。「わたしは足が速いのよ」

「おれは追いかけるのが得意だ」トロイがささやいた。


マイアミに着くと、赤い巻き毛が汗でぐしゃぐしゃになったけれど、それでもわたしは息をのむほど感動した。高校生のときの初デートのように。観客席の下で交わしたファーストキスのように。通りの向こうの高級ベーカリーのカップケーキを初めて食べたときのように。

ボストンは薄汚い灰色のコンクリートと暗い赤のれんがの建物でできた街だが、マイアミはカラフルで明るく、鮮やかだった。ボストンは雨が多いが、マイアミは太陽が降り注いでいる。ボストンがスーツなら、マイアミはビキニだ。

パラレルワールドに紛れこんだかのようで、何もかも、誰も彼もが生き生きしている。わたしをここに連れてきた人は別だけど。トロイはいつもと変わらなかった。冷静で、怒りを抱えている。いつものようにつまようじをくわえていた。つまようじは彼の鎮静剤で、指紋のようにあちこちに残していくのだ。

タクシーがリゾート風ホテルの前で停車した。玄関までヤシの並木が続いている。わたしは広々としたガラス張りのバルコニーを見あげた。各部屋に本物の芝生の庭とプールがついている。運転手がトランクに駆け寄り、わたしたちのスーツケースを引っ張りだした。わたしは車から降りると、湿っぽい空気を吸いこみ、片手で顔をあおぎながら、見慣れない景色を眺めた。

ブレナンは座席に座ったまま、つまようじを口のなかで転がしている。パイロットサングラスの奥の目が、わたしを見張っているのがわかる。わたしたちのあいだの歩道に置かれたスーツケースが、わたしたちが取っ組みあって殺し合いを始めないよう目を光らせている用心棒のように見えた。

「あなたのご立派な足じゃもう歩けないの？　車椅子がいる？」いやみったらしくからかった。「それとも、おんぶしてあげましょうか」

「笑えるな」トロイはつまようじを歩道に吐きだしたあと、ふたたび座席にもたれた。

「二、三時間で戻ってくる」

「わたしを置いていくの？」とげとげしい声が出た。

トロイは、まるでわたしが彼に話しかけているのを確認するかのように、周囲を見まわした。「おれに触れてほしくないんだろ。もちろん、会話もしたくないだろうし、クレジットカードを渡してある。おまえのハネムーンだ。チェックインして好きに楽しめ。おれもそうするから」

無理やり飛行機に乗せて〝ハネムーン〟に連れてきたくせに、野良猫みたいにホテルに置き去りにするの？

わたしはいたずらっぽい笑みを浮かべた。「あーあ、傷つくな。わたしといてもつまらない？」

「食うか、やるか、殺すかできないものには興味がない」トロイがそっけなく答えた。

自分がみんなに恐れられる人物だということを思い出させて、わたしの気持ちをもてあそんでいるのだ。認めたくはないが、わたしが彼の危険な雰囲気に惹かれていることに、彼は気づいている。人間は玉ねぎのように、幾重もの層から成っている。奥の層ほど生々しい。トロイと出会って、わたしは自分の怯えたがっている層を見つけた。残酷な人間と一緒にいることで生じる興奮を楽しんでいる。

頬の内側を嚙んで、血の金属的な味を感じた。浮気者の犯罪者、たぶん人殺しでもある彼は、結婚相手としてふさわしいタイプではない。

それなのに、惹かれてしまう。

「わかった」わたしは言った。「食事を楽しんでね。女を買って、やって、殺せばいい。好きなようにすればいいわ。でも、わたしがここでおとなしく待っていると思わないでね」

トロイが笑い声をあげ、タクシーのドアをバタンと閉めた。意地の悪い笑い方じゃなかった。このやり取りを心から楽しんでいるように聞こえた。彼が窓を開けた。

「ディナーは九時だ。おしゃれしろよ」図々《ずうずう》しくもそう言った。

わたしは腕組みをした。「それは頼んでいるの、命令してるの？」

「おまえの返事次第だ」トロイがサングラスをさげた。冷やかな青い瞳の奥に潜む激しさに、わたしは心を奪われそうだった。

あとずさりして、運転席のヘッドレストを手のひらでぽんぽんと叩く夫を見つめた。怒りが込みあげ、唇を噛んだ。

〝かっとなっちゃだめ。スパロウ。彼の思うつぼよ〟

「単なる言葉の問題だ」トロイが面白がって首を横に振った。「女はこだわるが。もうやめよう」

車が混雑した道路を走りだし、不機嫌なわたしとスーツケースを置き去りにした。

でも、今回はおとなしく従うつもりはなかった。

トロイのやり方をまねて財布を取りだすと、近くにいたベルボーイに紙幣を何枚か握らせた。あまりお金はなかったが、あるだけ渡した。

「わたしが戻ってくるまでスーツケースを安全な場所に保管しておいて。それから、タクシーを呼んで。急いで」

一分後、わたしは鮮やかなイエローのセダンの後部座席に乗りこんだ。キューバ人の運転手が行き先を尋ねた。

「あの車を追って」トロイのタクシーを指さした。まだ渋滞に巻きこまれている。これなら難なく尾行できそうだ。気づかれもしないだろう。

トロイがわたしのことを道具のように扱う気なら、その理由が知りたい。どうしてここに来たのか、彼は何を企《たくら》んでいるのか。何より、わたしを妻にした理由が知りたかった。

12

トロイ

パディ・ローワンのみじめな姿を、思う存分楽しむつもりだ。おれは情熱的にあいつが嫌いで、おれに言わせれば、情熱は決して裏切らない。情熱は必ず結果をもたらす。

アイルランド人がサウス・ボストンを支配していた頃、パディは親父から手数料をくすねていた。主に見かじめ料だ。いまのブロックのように経理を任されていて、ブロック同様、信頼できない男だった。

横領に気づいたのは、親父が死んだあとだ。その数カ月前にパディは街から姿を消していた。同じ頃から、アルメニア人もやつを狙っていた。だからおれは、パディを放っておき、親父の殺害に関わったやつらへの復讐に取りかかったのだ。パディの横領は昔の話で、やつにはとんずらして隠れていなければならない理由があった。だから、優先順位は低かった。

だがレッドの話を聞いて、おれがパディに抱いていたあらゆる邪悪な考えがよみがえり、復讐リストのトップに浮上した。親父の死には関わっていないかもしれないが、うちの金を盗んだ。

女の子に手を出した。

おれの女の子に。

もちろん、パディを殺しても意味はない。すでに半分死んでいるようなもので、それを急《せ》かすほどばかじゃない。だが、一刻も早くマイアミに来たかった。空港で飛行機を待つあいだに、おれが雇っている私立探偵のジェンセンから届いた情報を読んだあとではなおさらだ。レッドは最高の結婚祝いをもらうことになるだろう。

おれのペニスがほかの女に突っこむなんてばかなまねをしないよう、レッドにそばにいてほしかった。妻が相手をしてくれると思っているわけではないが、彼女を連れていけば、悪い習慣に逆戻りすることはない。逆戻りしても虚《むな》しくなるだけだ。今日、キャットとやっても、確定申告くらいつまらなかったのがいい例だ。

おれももう若くないし、正直に言うと、いまセックスしてみたいと思う女は、おれを心底嫌っている妻だけだった。

パディ・ローワンはリトル・ハバナに住んでいた。キューバ人の多い地区で、パディを知る人も興味を示す人もいないから、その場所を選んだのだろう。自分に興味を持つ人のいない場所で隠れるのは簡単だ。リトル・ハバナでは、パディは語るべき過去も未来もない、死を待つ高齢者のひとりにすぎなかった。

パディの家は、故郷で暮らしていた豪邸には劣るものの、その地区の高級な地域にあった。スペイン風の黄色い家で、アーチやら何やらが使われている。スタッコ壁はきれいで、庭も驚くほどきちんと手入れされている。壁に囲まれた前庭で、ラテン系の若い娘が鼻歌を歌いながらほうきで掃いていた。メイドの制服を着ていて、おれの足音に気づいて顔をあげた。彼女の顔から笑みが消え、歌もほうきを動かす手も止まった。熱風が吹きつけ、黒い髪の房が額にかかった。

その無垢《むく》な表情が、レッドを思い出させた。それを言うなら、最近はあらゆるものが妻を思い出させる。〝集中しろ〟女より復讐が先だ。

「何かご用ですか？」メイドが恐る恐る尋ねてきた。おれが無視して玄関へ向かうと、女は身をすくめた。無駄話をしている暇はない。

「待ってください！」メイドがほうきを黄色のアーチに立てかけ、追いかけてきた。

玄関には鍵がかかっていたので、蹴り開けた。七十キロ以上の人間ならドアを蹴破るのは朝飯前だということは、あまり知られていない。おれは汗ひとつかいていなかった。ぶらぶら揺れるドアをそのままにして、パディの引退後の趣味らしい壁にかかったスペインの美術品や、しゃれたインテリアには目もくれず、家の奥へずんずん歩いていった。やつは昔からきれいなものが好きだった。

残念ながら、そのうちのひとつはおれのものだ。

「パディはどこだ？」メイドに向かって怒鳴った。二階建ての昔ながらの広い家で、ドアがいくつもある。ろくでなしとかくれんぼする気はない。

「どなたですか？　警察を呼びますよ」メイドはそう言ったものの、携帯電話を取りだそうとも、玄関ホールのテーブルの上にある電話に駆け寄ろうともしなかった。

おれはいらだたしげに笑みを浮かべた。「ばかなまねはするな。やつの居場所を教えて、出ていけ」ポケットから財布を取りだした。

ひらひら舞い落ちる何枚もの百ドル紙幣を見ると、メイドは飛びのいた。それから、おれに目を戻したあと、無言で二階を見あげ、右に頭を傾けた。視線は揺らがないが、体は震えていた。

「そこにいるのか？」おれは上目遣いで彼女を探るように見た。

女のふっくらした唇がすぼみ、濃いまつげがはためいた。ばらすのがつらいようだが、パディがメイドによくしているとは思えない。女——とりわけ立場の弱い女の扱いがひどいことで有名な男だった。アイリッシュ・ギャングは女を商売道具にしているが（主に、客に特別なサービスをするストリップクラブが一番儲《もう》かる）、そこで働く女の子たちに特別な興味を示す者は少ない。だがパディは、若くて苦労している女の子が好きだった。とりわけ、苦労している子が。

メイドが無言でうなずいた。

「居場所を教えたのは金のためか、それとも、ちょっかいを出されたのか？」おれは財布を胸ポケットに戻して、返事を待った。

メイドはうつむいて感情をこらえ、指を組みあわせた。「両方」

一瞬、重い沈黙が流れた。

「ここを出ていって、誰かにきかれたら、腹を壊したから半休をもらったと言え。おれはここには来なかった。わかったか？」

メイドがふたたびうなずいた。

「おれは誰だ？」

「誰でもない。わたしはあなたを見なかった」

「それでいい。さあ、もう行け」

薄暗い主寝室に入ると、悪臭が鼻を突いた。それまではよく手入れされた立派な家に見えたが、この部屋に足を踏み入れた瞬間、息の詰まりそうな病気のにおいに圧倒された。

中央に高さのあるキングサイズのベッドがあり、大量の羽根布団やふかふかの枕にうずもれるようにして、おれが憎んでいる男――その残骸が横たわっていた。

がっしりした男だったのに、痩せこけてひ弱に見えた。かつてはずんぐりしていて、はげで醜いが、健康的だった。衰弱していた。いまは手にくねくねと青筋が浮かび、肌に黄や茶色の斑点ができている。青々としたマイアミにぽつんとまじった紅葉だ。

酸素マスクのようなものをつけ、ベッドのそばに置かれた銀と緑色のタンクにつながれていた。カーテンは閉めきられている。

死のにおいがする。腐って死んでいくにおい。おれが見たことのある死は、どれも即死で、早死にだ。錆《さび》くさい血のにおいや恐怖の酸っぱいにおい、金属や火薬の甘いにおいがした。それは何日間も鼻に残るものの、不快なにおいではない。死の魅力的な一面だ。パディはその対極にいた。

パディは生きるしかばね、腐ったリンゴで、ものすごい悪臭を放っている。パディみたいな男は、かつての自分の面影を失い、酸素ボンベにつながれて死を待つよりも、仕事中にあっさり死んだほうがましだと思っているのを、ふたりともわかっていた。

おれは部屋の奥へ行き、ジャケットからハンカチを取りだした。物を触るのに指紋を残したくないときのために、常に持ち歩いている。むしばまれる体の悪臭を嗅がないよう、それで鼻を覆った。

「ああ」パディが咳をするように声を出した。起きているのか眠っているのかわからなかった。やつがまだ生きていることを示すものは、苦しそうな呼吸だけだった。

「悪魔が借金を取りたてに来たか。あの小娘が話したんだな」

おれは何も言わず、ベッドのすぐそばまで近づいた。ハンカチで鼻を覆ったままパディを見つめる。パディはもぞもぞしたものの、目はそらさなかった。

「おめでとうと言うべきだな」パディは含み笑いをしようとした。「アドバイスを求めに来たわけじゃないだろ。女のことは知り尽くしているだろうから」

おれは両手を見おろし、拳のかさぶたをはがしたくなるのを我慢した。何かに触りたかった。壊したかった。

もちろん、おれがスパロウと結婚したことはパディも知っているだろう。もうサウス・ボストンじゅうに知れ渡っている。

「因果応報って言葉を知ってるだろ」おれは平板な口調で言った。

パディは酸素マスクをポンと叩き、落ちくぼんだ目をぐるりとまわした。「おまえの女房がおまえの本性を、おまえが彼女の母親に何をしたか知ったら、どうなるだろうな、坊や？」

おれは衝撃を受けた。どうしてこいつがあのことを知ってるんだ？　ロビン・レインズの件と、おれと親父の約束について知っている人間は、おれ以外にふたりしかいない……これで三人になった。キャットのおしゃべりめ。ボストンでパディの悪名高いコカインパーティーに参加したときにでも、口を滑らせたのだろう。

驚いていることに気づかれるわけにはいかないので、おれはパディをにらみつけ、内心動揺していることを隠そうとした。

「ということは、今日、ようやく神のもとへ行けるのか」パディは笑い声をあげようとして、肺を吐きださんばかりに激しく咳《せ》きこんだ。咳は徐々に軽くなり、やがておさまった。

「おまえにはギャングらしく死ぬ資格はない」おれは言った。「頭を撃ち抜いてなんかやらない。車にはねられても誰にも見向きもされない動物みたいに、ここで腐っていくほうがずっとお似合いだ」

「そういうところ、おまえの父親を思い出すよ、坊や」パディが横を向き、痰《たん》を布団の上のバケツに吐きだした。長年の喫煙のせいで黒っぽかった。「狂暴で残忍な男だった。血は争えないな」

「何人の少女にいたずらしたんだ？」怒りを隠して、見下すような笑みを浮かべた。おれは女の扱いを心得ているわけじゃない。愛さないし、セックスは乱暴だし、そのあとは連絡もしない。だが、無理やりやったことも、未成年に手を出したことも一度もない。

「おれに罪悪感を抱かせようとしたって無駄だぞ、坊や。おまえだって聖人君子じゃない。噂は広まる。しょっちゅう家名を汚しているそうだな。ボストンの金持ちや腐った人間どもの使い走りなんかして。少なくとも、おれたちにはプライドがあった。家族、子どもたちのために、命を懸けて食卓に食べ物を運んだ。上流階級の臨時雇いなんかじゃなかった。がっかりしたよ」パディが含み笑いをする。「キリアンの息子が金持ちの腰巾着になりさがるとは」

おれは面白がっている顔をして、肩をまわした。だが、本当ははらわたが煮えくり返っていた。パディを殺してやりたくてうずうずした。

「何人だ、くそったれ？　何人の子どもたちに性的虐待を行った？」

パディが残っている力を振り絞って首をそらし、わめいた。頭が枕から跳ね返った瞬間、その目に狂気がよぎった。回復したようにさえ見えた。少なくとも、おれを嘲る力は残っているようだ。

パディは白っぽい舌で上の歯をなめたあと、息を吸いこんだ。「おまえの女房の小さなプッシーは最高だった。いまもあの頃と同じくらい引きしまっているのか？」

〝殺すな〟

「しばらく続いたんだ。あの子の父親が少ししらふに戻って、仕事中はガールフレンドに子守させるようになるまで、一年近く」パディが悪魔のような笑い声をあげた。

おれはホルスターのなかのグロックを握りしめた。

繰り返し握っては放す。

いますぐ殺してやりたかった。だがそれこそ、パディが望んでいることだ。痛いところを突いて、おれを挑発している。

失うものは何もないのだ。

彼女以外は。

おれはうつむいて深呼吸し、冷静さを取り戻した。スパロウのために、親父のために、そして、パディから性的虐待を受けたであろう大勢の少女たちのために正しいことをするのだ。眉根を寄せ、ゆっくりと顔をあげてパディの目を見据えた。

「死んだあとに遺《のこ》す資産がたんまりあるようだな、この変態。海外口座に入れてあるのはわかっている。ケイマン諸島に三つ、ベリーズにもいくつかあるな？」

パディの顔からたちまち笑みが消えた。かつては絶対にしなかった、初歩的なミスだ。

〝おれの勝ちだ、くそったれ〟

おれは首を横に振りながら一歩前に出て、楽しんでいる顔を見せつけてやった。パディが酸素マスクを引きはがし、おれを見据えたままナイトテーブルに手を伸ばした。そして煙草の箱を手に取ると、一本抜いて火をつけた。あまりにも苦しそうに吸いこむので、肺の悲鳴が聞こえてきそうだった。

「くそっ」パディがつぶやいた。

おれはうなずいた。本当にクソだ。

「おまえが死んだあと、その金は誰が受け取るんだろうって考えた。毎回浮気しては スピード離婚していたから、元妻たちはおまえが死んでも気にも留めないだろう。誰もおまえの世話をしない。手紙も送ってこない。おれの親父から盗んで貯《た》めた金を遺す相手はいない。そこでおれは、興味を持って、こっそり嗅ぎまわってみた」いったん言葉を切って、背中を向けた。「パディを大事に思う人は誰もいなかったが、パディが大事に思う人はいるかもしれないと考えたのさ」

おれはゆっくり歩きながら、ハンカチをたたんでジャケットにしまった。煙草の煙のにおいで死の臭気が薄まったのだ。それに、鼻がばかになっている。顎をさげて、面白がっているまなざしがパディによく見えるようにした。「それから、おまえの言うように、噂はすぐに広まる。ふたり目の妻がおまえの浮気について詳しく話してくれたよ」

パディが顔をしかめると、シャーペイ犬のようにしわくちゃになった。心が苦しめられているのだ。グロックを抜かなくてよかった。こっちのほうがはるかに楽しい。

「よくもそんなことを！　おれはおまえの父親の親友だった。おまえの女にリハビリが必要になったときも、おれが国で一番の施設を紹介してやったのに」

おれは思わず声をあげて笑いそうになった。それが結局、さらなる不幸をもたらしたのだ。

「パディ」おれは警告した。

「あの子には手を出すな」沈黙が流れたあと、パディが震える声で言った。その子を愛していることがよくわかった。

「手を出すな？」おれは選択肢を検討するように、ゆっくりと言った。「出さないわけにはいかないな。ここにいる使い走りの得意分野だ」おれは壁にかかった絵に近づくと、腕をうしろで組んで眺め、にやりとした。ヘンリー・フュースリーの『夢魔』の安価な複製。なんという皮肉だ。女の深い恐怖が描かれている。

その絵を覆うガラスに、パディの顔が映っていた。下唇を嚙み、ゆっくりと放すと、まばたきして涙を払ったように見えた。ふたたび煙草を吸って咳をしながら煙を吐きだし、おれの背中をにらみつけた。

「あの子を巻きこむな」

「おまえがスパロウに手を出さなかったように？」おれは顎をさすって思案し、振り返った。

「要点を言え。何が望みだ？」

「何もかもだ、パディ。ひとつ残らず。おまえは何年もずっと、親父の金を盗み続け、おれの妻になった女の子にいたずらをした。ただ殺すだけじゃ足りないくらい憎んでる。だから、こうすることにした。口座にある金を一セント残らずスパロウに譲渡しろ。そうすれば、おまえの隠し子の命は助けてやる。なんて名前だっけ？　ああ、ターラだ。かわいいターラは、まだ十九だろう？」

「十八だ」パディが唇を引き結び、灰皿に煙草をぎゅっと押しつけて火を消した。

「なおさらいい」おれは肩をすくめ、愛想よく微笑んだ。

「あり得ない」パディがつぶやいた。

「いや、あり得る」

「いやだと言ったら？」パディは喉がつかえたかのように、首に手を押し当てた。

「あの子を殺す。だがその前に、サウス・ボストンじゅうのジャンキーにあらゆる方法で痛めつけてもらおう。きちんと調査して、街で一番の変態どもを見つくろってやる」

パディの顎が恐怖でカチカチ鳴った。急所を突かれたのだ。

マイアミ行きの飛行機を予約した時点では、これもまたつまらない殺しになるだろうと思っていた。だがそのあと、ジェンセンが金の流れを追い、パディの娘の存在を突きとめた。ボストン郊外に元ストリッパーの母親と住んでいる。パディは毎月仕送りをしていて、パディのふたり目の妻によると、それだけではなかった。パディはターラと連絡を取っていた。電話をしたり、クリスマスカードを送ったり。ターラは父親が超ド級のろくでなしだとは知らないようだ。大学一年生で、死にかけていて姿を見せない父親との絆《きずな》を求めている。問題のある遺伝子に目をつぶれば、充分かわいい子らしい。その子に手を出すつもりはない。だが、パディはサイコパスだから、チャンスさえあれば自分がやりたいことを、おれもやると考えるだろう。

「それでもおまえがあの子を傷つけないという保証がどこにある？」パディはヘッドボードに頭を押し当て、いらだたしげに目を閉じた。この取り決めに応じる気になっている。

この男が持っているすべてをスパロウに与えたかった。やつがまだほんの子どもだった彼女からすべてを奪ったように。目には目をだ。

「約束する」おれは気さくに両腕を広げた。

パディはおれをにらみつけ、ふたたび痰を吐いたあと、酸素マスクに手を伸ばした。

「おまえの約束などなんの意味もない」

「なら、大きな不幸が訪れるまでだ。おまえの娘には手を出さないという約束を信じてスパロウに金を譲渡するか、寛大な取引を見送っておれがおまえの娘にひどいことをするのを放っておくか。おまえ次第だ」

パディの表情を見れば、答えはわかった。モンスターでも、娘のことは愛しているのだ。やつは降参した。築きあげた財産をすべて失った。たったひとりの家族に遺すものもなく、無一文で死んでいく。借りを返すのだ。

「おまえは父親よりたちが悪いな、ブレナン」

おれは微笑んで同意し、携帯電話を取りだした。「弁護士に電話して、すぐに書類を作成させる。おまえはまず、この委任状にサインしろ。大丈夫だ、坊や、ペンなら持ってきた」

13

スパロウ

一ブロック手前に止めたタクシーから、スペイン風の家へ向かうトロイを見送った。姿が見えなくなると、運転手にここで待つよう言い、わたしはゆっくりと歩道を歩いた。彼が待たせているタクシーの運転手は携帯電話をいじっていて、わたしに気づかなかった。

私道の入り口にあるスタッコの郵便受けに目を向けた。トロイは誰を訪ねてきたの？　なんの用事で？　デイジーの言うとおりなのかもしれない。彼のペニスは旅をしていて、ここも愛人の家なのかも。

郵便受けには番地は書いてあったものの、名前はなかった。名前を見てもどうせ誰だかわからないだろうが。せっかくここまで来たのだ。宛名が書かれた手紙が入っていることを期待し、この家の住人のふりをしてさりげなく郵便受けを開けてみた。すると、期待以上の収穫があった。封筒の宛名を読んだ瞬間、わたしは息をのみ、ぞっとした。

〝パトリック・ローワン〟

パトリック・ローワン。パディ。わたしに性的虐待をした男。

トロイ・ブレナンがその男の家にいる。わたしの夫、そのおぞましい秘密を打ち明けた唯一の相手が。

わたしはヘビの巣でも見つけたかのように、うしろによろめいた。心臓が早鐘を打っている。たぶんトロイは、パディを殺しに来たのだ。彼は人を殺したことがあるという噂だし。わたしには決してできないやり方で、この卑しい男に罰を与えるつもりなのだ。

やっとのことで家を見やると、メイドの制服姿で、頬を紅潮させた娘が私道を走ってきた。わたしに文句を言いに来たのかと思って一瞬ぎくりとしたものの、彼女は不安そうな顔で左右に目をやっている。そして身を守るように自分の体に腕をまわし、ときおり周囲を見まわしながら、通りの向こうにあるバス停に向かって歩いていった。

メイドの姿が見えなくなると、わたしは落ち着きを取り戻し、四角い茂みの陰に急いで隠れて、前庭を見張った。

二十分後、トロイが出てきた。

書類の束を小脇に抱え、くつろいだ表情をしている。数秒後、痩せた弱々しい男が現れた。具合が悪そうで年老いていて、わたしが知っていた頃のパディ・ローワンとは似ても似つかなかったが、その目を見た瞬間、わたしは息をのんだ。彼だ。

ふたりは握手を交わし、うなずきあった。トロイの顔は見えなかったが、笑い声が聞こえた。そして彼は、パディを生かしたまま、タクシーに戻って後部座席に乗りこんだ。

見るべきものは見た。見なければよかった。

あのろくでなしは、仕事でここに来たのだ。パディがわたしにしたことを、気にもかけていなかった。

急に苦いものが込みあげ、茂みに吐いた。

あいつらが憎い。ふたりとも。でも、トロイがわたしに性的虐待をした男とまだ仕事上のつきあいがあるのを知ってしまったことを、彼に教えるつもりはなかった。わたしたちの寝室で浮気して、わたしを軽んじたあとだから、なおさら。

どうせ仕返しできないのだから、彼の非道な仕打ちを知っていることは教えないほうがいい。

何事もなかったふりをして、ひそかに夫を憎もう。二度とわたしに触らせないし、心も開かない。

トロイ・ブレナンはわたしのなかでは死んだ。これを限りに。

14

トロイ

タクシーが走りだすと、おれはうめき声をもらし、座席にもたれて両手で目をこすった。レッドに、おそらくほかの少女たちにも暴行した人間を殺さずに折り合いをつけるのは容易ではなかった。おれは聖人君子じゃないものの、たいていの犯罪者と同様に、自分なりの道徳規範を持っている。おれは性的いたずらは許せない。

そんなことをするやつらに生きている資格はない。

結婚式の日の夜、彼女をあんなふうにもてあそんだことさえ、少し後悔している。もちろん、彼女がそれを望んでいたことは、その目つきやよがりながら体を押しつけてくる様子から明らかだったが、一度傷つけられたのだ。二度と傷つけたくない。

少なくとも、心のその部分は。

ポケットのなかの携帯電話が振動し、おれは目を開けた。ジョージ・ヴァン・ホーンからだ。

「くそっ」おれはつぶやき、電話に出た。ヴァン・ホーンはクライアントだ。政治家に転身した不動産王で、市長を目指していて、そのために家族を改めようとしている。あきれるほど積極的な選挙運動を行い、内輪の恥をいくつも隠していて、評判を汚さないためにおれを雇ったのだ。

　厄介な問題に対処するのがおれの仕事だ。おれは何も言わず、相手が話しだすのを待った。前置きを省いてほしいなら、有効な手段だ。

「ブレナン」ヴァン・ホーンがぶっきらぼうに言った。「荷物を引き受けてほしい」

「金曜まで待ってくれ」おれは穏やかに言った。「ボストンを離れている」

「そんなに待てない」

「ハネムーン中なんだ、ジョージ」

　ヴァン・ホーンがしらけた笑い声をあげた。「きみたちが泊まっているのは辺鄙《へんぴ》な場所にあるモーテル6じゃないし、奥さんもＴＪマックスでバーゲン品をあさってるわけじゃないだろ。それもこれも、わたしのような人々が大金を払ってきみを雇っているおかげだ。九時五時の仕事じゃないんだ、ブレナン。いますぐ戻ってこい」

　ヴァン・ホーンを怒らせたくて、返事をしなかった。おれに感謝するべきだ。おれが本音を口にしたら、ヴァン・ホーンはその言葉に深く傷つけられて、電話で重傷を負った世界初の人物になるだろう。

「ブレナン？　ブレナン！　くそっ……」ヴァン・ホーンは深呼吸をした。「わかったよ。ハネムーンなんだな。しかし、緊急事態なんだ。わたしの荷物を一刻も早くどこかへ目立たないように運ぶ必要がある。これ以上家には置いておけない。わたしのイメージに傷がつき、支持者が離れてしまうおそれがある」

おれはふたたび黙りこんだ。交渉に勝ちたいなら、あまりしゃべらないことだ。興味を示さず、相手を不安にさせるのだ。

ヴァン・ホーンが何かを叩き、悪態をつくのが聞こえた。間違いなく不安になっている。

「くそっ。いくらだ？」

「いまの報酬の二倍」

「冗談だろ」

「だといいが」つまようじを取りだしてくわえた。「あいにく、おれは冗談が下手だ」

「わかった。それで、ハネムーンを切りあげるんだな？」

別におれたちは、太陽やアルコールやキングサイズのベッドを楽しんでいるわけじゃない。それに、おれはマイアミが大嫌いだ。おれには明るすぎる。

「できる限り早く戻る。その前にひとつ、片づけなきゃならないことがある」

いやなにおいのする葉巻に火をつける音が聞こえた。「きみの奥さんは幸せ者だな」

「女房は関係ない。彼女の話はするな。考えるのもだめだ。あんたにとっては存在しない人間だ」

「つまり、弱点ができたってわけか」

おれは笑い声をあげる代わりに、つまようじを噛みしめた。「明日の朝、部下のブロック・グレイストーンが新しい契約書を届ける」

電話が切れた。いけ好かない男だ。


ホテルの部屋にレッドはいなかった。驚きはしない。おとなしく待っているような女じゃない。面倒な女で、おれのクレジットカードも一度も使っていないようだから、文なしのはずだ。金がないのにどうやって生活しているのか見当もつかないが、彼女は不満を言ったこともなかった。

彼女がかきたてる奇妙な感情を、おれは持て余している。まずは、リストの人物を突きとめなければならない。復讐計画がおれたちの生活に暗い影を落としている。

もっと大きな人生の目的――金も女も関係ない目的があることを思い出すためだけに、ポケットからしわくちゃのメモを取りだした。

~~1．ビリー・クルプティ~~
~~2．マクレガー神父~~
3．ビリーを雇ったくそったれ？

靴を蹴るようにして脱いだあと、バスルームに入って蛇口を開け、服を脱いだ。暑さと湿気にまいっていた。おれにとって夏は地獄だ。邪悪で冷酷な人間は、陰鬱な寒い季節を好む。だから、ボストンはおれの王国で、おれの故郷なのだ。今年の六月の異常な寒さも、おれには合っていた。

だが、パディと会ったあとは、天気のことなどどうでもよくなった。

明日の朝、パディの弁護士がスパロウ宛の小切手を持参することになっている。それを受け取ったら、さっさとここから立ち去り、ボストンに戻ってジョージ・ヴァン・ホーンの問題を片づけよう。スパロウは過去の苦しみに対する高額な賠償金を受け取る。おれの金よりは、ろくでなしの金を使うほうがまだ抵抗が少ないだろう。とはいえ、これはスパロウのためだけじゃない。

親父のためでもある。

急いでシャワーを浴び終えたときには、スパロウが戻っていた。おれは人の気配にものすごく敏感だ。特に、その姿が見えないときは。親父から受け継いだ生存本能だ――親父の場合、最後は役に立たなかったが。スパロウは普段からあまり音をたてないが、歩きまわっているのがわかった。絨毯の上を歩く小さな足音が、静かなスイートルームに響き渡っていた。

おれは腰にタオルを巻きつけただけの格好でバスルームから出た。すでに下着姿を何度も見られているし、彼女は気にしていない様子だった。物欲しげな目を向けられることもしばしばだ。寝室から玄関ホールへと通じる両開きのドアの枠にもたれかかり、スパロウを見つめた。

もちろん、機内で着ていただぶだぶのジーンズと、ぴったりしたマリンボーダーシャツから着替えていなかった。彼女の魂胆はわかっている。おれをいらいらさせるためだけに、おしゃれをしないつもりなのだ。バルコニーに立って、紺碧《こんぺき》の海とヤシの木を眺めた。たそがれどきで、ピンクとオレンジと黄色に染まった空が絵のように美しかった。

「おまえに逆らわれるのにも飽きてきた」おれは穏やかに言い、バルコニーの引き戸に向かって歩きだした。一瞬の沈黙ののち、スパロウが背を向けたまま答えた。

「なら、お互いのためにわたしを解放して」

おれは彼女の背後で立ちどまると、彼女が寄りかかっている手すりに両手を置き、顎を頭にのせた。「おれがイタリアの結婚式のフルコースみたいにおまえをむさぼっていたときは、そんなことは言わなかっただろ」

スパロウが腕のなかから抜けだして、おれと向きあった。怒りに満ちた表情を浮かべている。おれに触られるのを、初めて心からいやがっているように見えた。いやがっているふりをしているとか、恥ずかしがっているわけじゃない。本当におれに近づいてほしくないのだ。おれはあとずさりした。

「それはもう過去の話よ」スパロウは顔じゅうの筋肉を震わせ、吐きだすように言った。

たしかにおれは、おれたちの家でキャットとやった。あのときは、いい考えに思えた。妻に対して芽生えた執着を弱められると思ったのだ。だが振り返ってみると、あれは生涯最悪のセックスで、まったく割に合わなかった。

どんな感情も見せたくなくて、部屋に戻った。おれは何を言ってるんだ？　この風変わりな小娘に感情など抱いていない。ミニバーの前で立ちどまり、最初に手が触れた強い酒を取りだすと、蓋を取って瓶から直接飲んだ。スパロウも部屋に入ってきた。全身から怒りを放っている。

「おれが誰とセックスしようとかまわないだろ、スパロウ。おれたちがしたことは何もかも間違いだって言うんなら。裏切られた妻みたいな態度を取るな」

「わたしがそんなことを気にしていると思ってるの？」スパロウがいらだたしげに両手を振りあげた。「はっきり言っておくわ、ブレナン。あなたがほかの女とやりまくってありとあらゆる性感染症にかかって、あげくの果てに新しい病気を生みだしたとしても、どうでもいいわ」

おれはボトルの首を持ったまま、振り返って彼女と向きあった。

「だったら、なんの話だ？　何をそんなに怒っている？」

「なんでもない！」スパロウはおれを突き飛ばした。目に涙が浮かんでいる。

くそっ。レッドは一度も泣いたことがなかった。おれと結婚したとき——泣くしかないようなときでさえ。

おれは怒りが消えるのを感じた。「何があった？」自分でもびっくりするほど、優しい声が出た。「どうしてそんなに動揺してる？」

「どうでもいいでしょ。どうせあなたは、わたしに何も話してくれない」スパロウが涙をぬぐった。おれは代わりにぬぐってやりたいと思う自分がいやだった「放っておいて」

「九時に予約してある」

「おなかがすいてないの」スパロウは噛みつくように言った。

「マイアミ一のレストランだ。ミシュランの二つ星だぞ。おれを憎むのは明日からにしておけ。おれの店を除けば、今度いつまた、世界に通用するレストランに行けるかわからないぞ」

どうして彼女を説得しようとこんなに必死になっているんだ？　きれいな格好をした、ホテルのバーにふさわしい女を探して、夜を一緒に楽しめばいいのに。だが、どういうわけか、レストランでうっとりする彼女の姿を見たかった。レッドは料理に目がないのだ。

「それでも、行きたくない」スパロウはそっけなく言うと、おれの手からボトルを取りあげ、目に怒りをたたえたままぐびぐび飲んだ。おれはボトルを取り返し、その首を彼女に向けた。

「靴を履け、スパロウ。一度しか言わないぞ」

最善の戦略ではないとわかっているが、いらだちが最高潮に達した。「そう。従わなかったらどうするの？　わたしを殺す？　ビリー・クルプティみたいに」スパロウが小さな拳をおれに叩きつけた。小さすぎて痛くはないが、彼女は必死だった。おれを部屋の奥へ押しやりながら、言葉を継いだ。「わたしをばらばらに切り刻む？　海に投げこむ？　なんの痕跡も残さないくせに、街じゅうに知られたって平気なんでしょ？」

おれは首を横に振り、顔をこすったあと、髪をかきあげた。いらいらして、何かを殴りたかった。クルプティの話を持ちだしたのなら、彼女は失うものは何もない。もう恐れていない。少なくとも、怒りが恐れをうわまわったのだ。

スパロウはレストランに行かない。おれは生まれて初めて、打つ手がなかった。おれは彼女を動かす力を持っていない。おれの金を使おうとしないから、彼女を縛りつけることはできない。傷つけることもできない。そんなことはしたくない。

彼女には、傷つけられるいわれはない。キャットと違って。

おれは何も言わず、彼女に背を向けて寝室へ行った。服を着て、ロレックスとコロンをつけ、髪をくしゃくしゃにすると、彼女をアルコールとともに置き去りにして部屋を出た。

彼女が絨毯の上に横たわって何もかも忘れるまで飲むあいだ、おれはホテルのバーへ向かった。

スツールに腰かけてウイスキーを注文した。隣の隣に座っているモデル風の長身のブロンドが微笑みかけてきた。おれは微笑み返さなかった。

四杯目を飲み始めたとき、その女がやってきて手を差しだした。

「カイリーよ」唇を突きだして名前を言ったが、おれは握手をしなかった。「あなたのお名前は……?」

「悪いが、興味ない」

二時間後、泥酔して部屋に戻ったおれは、レッドの態度に心底うんざりした。重荷とはまさにこのことだ。

彼女は暗闇のなか、ソファの上で丸くなっていた。テレビの光が顔の輪郭を照らしだしている。枕を使い、羽根布団を顎の下までかけていた。おれと一緒のベッドで寝るつもりはないのだ。

「最後にもう一度だけきく。何をそんなに怒っているんだ、スパロウ?」

「話したって無駄よ。あなたはわたしの質問には答えてくれないし。そうでしょ」

彼女の言うとおりだ。否定してもしかたない。打ち明ける気はないのだから。

「荷物をまとめろ。明日の朝一番に出発する」彼女の反応を確かめもせずに、寝室へ向かった。

あと数時間で、パディの件は片づく。こうしているあいだにも、弁護士がやつに譲渡の書類にサインさせているだろう。次はボストンに戻って、ヴァン・ホーンの問題を処理しなければならない。スパロウが遊ぶ気分じゃないのは明らかだし、はっきり言って、おれのような人間にはマイアミは悪夢のような場所だ。

「荷ほどきしなかったの」スパロウがつまらなそうに言った。

「なぜ?」

「一日でボストンに戻るとわかっていたからよ。これはハネムーンじゃないから」辛辣な口調だった。「いつものように、トロイ、これもまた仕事でしかなかったんでしょ」

15

スパロウ

トロイの運転する車は灰色のボストンの通りを、ブラウンストーンの建物や道路を横断する歩行者、袋小路のあいだを飛ぶように進んでいく。わたしは窓ガラスに額を押しつけて、極力夫を無視しようとしていた。彼は険しい目で前方の道路を見据えている。わたしに話しかけはしないだろう。あきらめたのだ。

わたしが寝室から自分の荷物を運びだし、下の階の客用寝室に移しても、彼は止めなかった。最初からそうしなかった理由は思い出したくなかった。どういうわけか、トロイと一緒のベッドで寝るのが好きだったのだ。

情けない。

翌日からルージジュ・ビスで働くことにした。来週まで待つ必要はない。意外にも、トロイは反対しなかった。その夜、興奮を分かちあおうと、ルーシーとデイジーにその話をした。ふたりともまだ、わたしが危険な状況にあると思っていて、警察に通報するよう迫ったものの、自分たちで勝手に対処しないほうがいいとわかっていた。トロイは警官の何人かとつながっているという噂だし、ふたりはわたしの希望に反するようなことはしない。わたしはそっとしておいてもらうことを望んでいた。

それを心から望んでいるからではなく、次の誕生日を無事に迎えたいからだ。

翌日の午後、トロイはルージュ・ビスの通用口に通じる横道にまたしても二重駐車して、配達用トラックの通行の邪魔をした。わたしが体をひねって後部座席のバックパックをつかんだとき、助手席の窓を叩く音がした。トロイが窓を開けると、ブロックの顔が現れた。ブロックが助手席に頭を突っこんだので、唇がわたしの唇のすぐ近くまで迫った。車の屋根に二度ぶつかりながらも、穏やかな笑みを浮かべている。わたしは息をのんだ。

「ふたりとも日焼けしてないな」

それどころか、わたしはペンキを塗りたての壁のように青白い。

トロイがにやりと笑った。「もっと楽しいことをしていた」

そうね、ホテルの別の翼棟でそれぞれ酔っ払って、憎みあっていたわ。トロイはどうしてブロックの前で夫婦らしくふるまうのだろう。いろんなことを隠しているので、その理由がさっぱりわからなかった。

「送ってくれてありがとう」歯ぎしりしながら言うと、ブロックがいるのに、かまわずドアを開けた。ブロックはうしろにさがり、わたしの太腿に置かれたトロイの手に目を留めた。旅先でディナーに行くのを断ってから、初めて触られた。

「じゃあ、頑張れよ、レッド」トロイが言った。

どうして突然、おかしなまねをするの？　お互いを思いやる夫婦のふりをするなんて。

わたしは彼の手から顔に視線を移した。「はいはい」そして、お別れのキスをされる前に急いで車から降りた。

「ブロック」トロイが怒鳴ると、ブロックはふたたび窓から顔を突っこんだ。マセラティのうしろに車の列ができていて、わたしは恥ずかしさのあまり首が熱くなるのを感じた。「別荘に来い」

ブロックがうめいた。「ここの仕事がある。夜に行く」

トロイがいらだたしげにハンドルを握りしめ、わたしをちらっと見た。そして、肩の力を抜いた。「一時間後に出発しろ。おまえの力が必要なんだ。道具を持ってこい」

ブロックは体を引くと、わたしのほうへ歩いてきた。トロイはまだ車を出そうとしなかった。

　ブロックに通用口を開けてもらい、わたしはルージュ・ビスに足を踏み入れた。まだ書類にサインしていないので、彼のあとについて奥の廊下を歩き、厨房を通り過ぎた。

「別荘がどこにあるかきかないのか？　道具ってなんのことか気にならない？」ブロックが尋ねた。

「わたしがすでに知っているとは思わないの？」

　彼の完璧な顔に、かすかな笑みが浮かんだ。「おれはきみの夫のことをよく知ってる。秘密主義だ。特に、きみに対しては」

　そのとおりだ。トロイはわたしに隠しごとをしている。そもそもわたしと結婚した理由も。それから、パディのこと……思い出すと、背中がこわばった。

　わたしは退屈を装い、目をぐるりとまわした。「別に知りたくないわ。どうぞ好きなだけ法を破って。わたしは関わりたくない」

「おれはそんなことはしていない」ブロックがガラス戸の前で足を止めた。その奥に、グレーのれんがの壁やしゃれたデスク、革椅子や数枚の絵が見える。「法を破ったりはしない」

「でも、嘘をついたわ」どこからそんな力がわいてくるのか、挑むように言った。トロイに振りまわされるのにうんざりしていたのかもしれない。「マイアミ行きは悪い話じゃないと言ったのに。最悪だった」

「帰ってきたらおれが慰めてあげるって意味だったんだ。それは残念だったな、スイートハート」

「そんなふうに呼ばないで」わたしは彼のオフィスにつかつかと入っていくと、デスクの向かいにある椅子に腰かけた。「さっさとすませましょう」

ディナータイムの出勤時刻よりもずっと早く来たので、厨房に一番乗りし、ピエールを迎えた。ずんぐりした男は冷笑を浮かべ、黒いふさふさした口ひげを撫でつけながら入ってきた。牛乳の入った箱に腰かけていたわたしはぱっと立ちあがり、にっこり微笑んだ。

「おはようございます！」元気よく言った。

「おや、コネ入社か。来週からじゃなかったか？」ピエールは大きなコンロに寄りかかって腕組みをし、百六十センチしかないわたしよりも背が低いにもかかわらず、物理法則に逆らってどうにかわたしを見おろした。

わたしはうんざりし、笑みを引っこめた。「一生懸命働いて、夫の力だけでここにいるわけじゃないと証明してみせます」

「たしかに」ピエールがコンロから離れて近づいてきた。「グレイストーンのおかげでもあるな。おまえに持ち場を選ばせるよう言ってきた。おれの厨房を支配できるとでも思ってるのか？」

わたしは額にしわを寄せ、あとずさりした。ブロックがそう言ったのだとしたら、それは彼ひとりの考えだ。トロイは絶対に楽な道を与えたりはしない。それは彼のやり方じゃない。努力で勝ち取れと言うだろう。一方、ブロックは優しく手助けしてくれる。母親に紹介できる紳士タイプ。わたしに母親がいればの話だけど。

「持ち場はどこでもかまいません」わたしは顎をあげた。「どんな仕事でも頑張ります」

ピエールがわたしに顔を近づけ、笑いかけてきた。煙草のにおいがした。「なら、試してみるか」

わたしは大量の魚の内臓を取り除き、うろこを落とした。薄刃の骨スキナイフで何度か手を切りながら、ピエールに与えられた仕事をひたすらこなした。勤務時間が終わる頃には、シザーハンズとじゃんけんをしたようなありさまだった。切り傷だらけの手で厨房の掃除を手伝い、コンロまで磨いた。

十一時にレストランを出た。ここからペントハウスまで近くはないが、人通りの多い大通りだし、考える時間が欲しかった。ネイビーのフリースパーカーを着込み――今年はこの五十年間で最も寒い六月となり、わたしの崩壊した私生活に同調している――バックパックを背負って、トロイの家までの道のりを歩き始めた。疲労のあまり震える脚で高級店やギャラリーを通り過ぎ、異常な寒さに両手をポケットに突っこむ。足を速め、角を曲がったとき、彼の姿が目に入ってぴたりと足を止めた。

彼が微笑みかけて手を差しだした。わたしはその手を取った。自分は魚くさいとわかっていたけれど。これはとんでもない間違いだとわかっていたけれど。彼の手を取ったら、災難を招くことになる。

「初仕事はどうだった?」

「ブロック」わたしはごくりと唾をのみこんだ。こんなところで何をしているの? 家で家族と過ごしているか、トロイと別荘にいるはずでしょう? そうじゃなくても、ここにいるはずがない。わたしたちは友達じゃない。わたしは彼に意地悪な態度を取った。彼が気にかけてくれるはずがない。

でも、彼はやっぱりものすごくハンサムだった。街灯の黄色い光が整った顔を浮き彫りにし、ブレザー姿はブルックス・ブラザーズのモデルみたいだった。

「コーヒーでもどう？」

わたしは首を横に振った。「家に帰らないと」

「じゃあ、ホットチョコレートは？」ブロックがわたしの背中に手を置いた。わたしは驚きのあまり、動けなかった。「きみの好物だろ」

気味が悪かったけれど、彼についていった。正直に言うと、あまり家に帰りたくなかった。無人でがらんとしているか、最大の敵となったトロイがいるかのどちらかだ。それに、忙しい初仕事を終えたあと、ボストンの寒い夜に飲むホットチョコレートを断れるはずがない。

ブロックとわたしは近くのダイナーに入って、赤いビニールのボックス席に座った。わたしは無言でホットチョコレートを飲み、テーブルの脇にあるジュークボックスに意識を集中させた。ブロックはハンサムで、わたしに優しくしてくれる。危険な組み合わせだ。既婚者にときめくのは間違っているので、わたしは気持ちを抑えこんだ。

眉間にしわを寄せて曲を選び、ジュークボックスにコインを入れた。選曲を間違った。ニュー・オーダーの『ビザール・ラヴ・トライアングル』が流れだした。

「きみのことを教えて」ブロックが身を乗りだし、わたしと目を合わせようとした。

そのグレーの瞳で裸を見つめられたらどんな感じがするだろうと、どうしても想像してしまう。トロイの冷やかなブルーの瞳と同じくらいどきどきする？

息を荒くしながら、ジュークボックスに集中した。「なんのために？　すでにいろんなことを知ってるみたいだけど。トロイがわたしと結婚した理由とか、わたしの好きな飲み物とか……」

警戒すべきなのだろうが、この数週間でいろいろなことがありすぎて、ブロックのことまで心配している暇はなかった。無害に見えた。

胸にシリコンを入れ、厚化粧を施した中年のウェイトレスが、ブロックがとんでもなくハンサムなのを確認するため、テーブルの脇をかすめて通り過ぎた。そして、わたしたちの前にある、ティーンエイジャーの女の子三人組が座っているテーブルに身を乗りだした。彼を盗み見ながら、ひそひそ話している。無理もない。

「親切にしようとしているだけだよ。トロイのことで、ひとりで悩む必要はないと言っておきたかった。おれが力になる」

わたしは首を横に振り、鼻で笑いながら、ホルダーから砂糖の袋を取りだし、破って開けた。「どうしてわたしを気にかけるふりをするの、ブロック？　お互いのこともよく知らないし、わたしを口説こうってわけでもない。あなたには奥さんと子どもがいるし」念を押した。

彼に興味を持たれることに、いらいらしてきた。根拠がない。ついでに言えば、未来もない。

ブロックが手を伸ばし、わたしがテーブルにこぼした砂糖を人差し指にくっつけた。そして身を乗りだすと、その指をわたしの下唇に当てて、ゆっくりと砂糖をまぶした。目と目が合うと、彼はその手でわたしの襟を引っ張って唇を奪った。

少しのためらいもなく、舌が入ってきた。片手で頬を包まれ、絡めた舌のあいだで甘さが弾《はじ》けて、わたしは胃がひっくり返るのを感じた。周りの席の女の子たちが、驚きと嫉妬で息をのむ音が聞こえる。時が止まったような気がして、やっとのことで身をよじって離れた。

ぱっと立ちあがると、めまいがした。片手を頬に押し当てて、これが幻覚でないことを確かめた。「なんてことするの?」息を切らしながら言った。

ブロックは座ったまま、穏やかな笑みを浮かべた。「ふりをしているだけだときみは言ったけど、本当にきみのことを気にかけているんだ。それから、口説こうってわけじゃないというのも……違う」

「結婚してるわよね?」わたしはかっとなって、足を踏み鳴らした。怒っているのか、興奮しているのかわからない。

怒っているのだ。もちろん。

「息子のためだ」ブロックが片方の眉をつりあげた。「サムのために一緒にいる、それだけだ。キャットとおれは他人同然だ」

「そう。だとしても、わたしは結婚しているわ」バックパックをつかみ、携帯電話や持ち物を急いで詰めこんだ。

「きみたちも本物の夫婦じゃない」ブロックがふたたび指に砂糖をつけ、それをくわえたあと、ゆっくりと離した。「おれたちはなんの義務も負ってない」一語一語はっきり発音する。「自由だ」

わたしはうめき声をもらした。トロイのことや彼の秘密のことで、すでに頭のなかはごちゃごちゃなのに、新たな災難が降りかかろうとしている。

ブロックを求めてはいない。たとえ優しくてハンサムだろうと、カタリーナのものだし、何よりサムがいる。

「今度わたしに手を出したら、あなたのボスに言うわよ」わたしは彼に背を向け、怒った足取りで出口へ向かった。背中に彼の視線を感じながら勢いよくドアを開け、危うくジョギングをしている人の顔にぶつけるところだった。

もう充分手を尽くしたブロックは、席を立たなかった。彼は種をまいた。女なら、彼が欲しくてたまらなくなる。わたしがその気になれば、彼と寝ることができるのだ。ダイナーの窓の前を走って通り過ぎたとき、間抜けな笑みを浮かべて椅子の背にもたれ、砂糖にまみれた指で唇をトントンと叩いている彼の姿が見えた。わたしは一度も休むことなく家まで走って帰ると、すぐに冷たいシャワーを浴びた。ブロックはいらない。

わたしが何よりも望んでいるのは、トロイの裏切りを乗り越えることだった。

16

トロイ

あのばかは、真夜中に到着した。フリン・ヴァン・ホーンがおれのダービーシューズをゲロまみれにし、隠れ家の奥の、電話が置いてある木のテーブルに向かって這っていったところだった。

「くそっ、ジャンキーめ」おれはゲロをまたいで、ドアを開けに行った。ブロックが間抜けな笑みを浮かべて立っていた。車のライトがついたままで、周囲の丘を照らしだしていた。

ボストンの市街地から遠く離れたバークシャーの真ん中にあるこの別荘は、もともと親父がロビンと過ごすために買ったものだ。おれが相続してから、もっぱら仕事で使っている。いまは、薬抜きしなければならないジャンキーがいるのだが、おれは薬物依存症のリハビリについて何も知らない。

だから、ブロックを呼んだのだ。

フリンの父親のジョージ・ヴァン・ホーンは、不肖の息子を世間の目にさらすわけにはいかないので、普通のリハビリ施設に入れることはできないと言った。だから、この別荘に連れてきた。

ここの壁は、クライアントの大小さまざまの、いかれた黒い秘密をどっぷり吸いこんでいる。脅迫する愛人。街から追いださなければならない高圧的なギャングの構成員。しばらく姿を消す必要に迫られた金持ち。この壁がしゃべれたら、ボストン警察はあと三百年は仕事に追われるだろう。

「一時間後と言ったはずだ。九時間後じゃない」おれは怒りを爆発させたが、ブロックはおれを押しのけ、道具を持って部屋に入った。やけに機嫌がよさそうだ。〝いったい今度は何をやらかしたんだ?〟

「患者はどこだ?」ブロックがきいた。

そのとき、フリンが喉を詰まらせながらテーブルに手を伸ばし、どうにか立ちあがろうとした。だが、うつぶせに倒れ、骨が折れる音が響き渡った。おれは首を横に振り、親父の愛人が選んだ黄色のきしむソファに身を沈めた。趣味の悪い女だ。渦巻き状に編んだ絨毯が狭いキッチンのあちこちに敷かれ、ログ壁にシカの頭がずらりと並んでいる。スティーヴン・キングの小説の殺人現場を思わせる。

「おれは死ぬんだ！」フリンが叫んだ。ブロックがフリンに覆いかぶさり、これから体の状態を調べるために何をするか、穏やかな口調で説明し始めた。

実を言うと、おれも死ぬと思っていた。荒れ果てたアパートメントに踏みこみ、汚れたシーツの上でジャンキーのガールフレンドとやろうとしていたフリンを引きはがしたときから、彼は震え、嘔吐し、とめどなく泣き、別荘へ向かう車中では、具合が悪いからヤクが欲しいとずっと言っていた。おれは医者ではないが、フリンが真っ青で、楽観視できるような状態ではないのはわかる。

「病院へ連れていくべきだ」ブロックが立ちあがり、黒い使い捨ての手袋を脱いだ。

「いますぐ」

おれはうなり声をあげ、近くにあったオットマンを蹴飛ばした。

フリンを緊急治療室へ連れていけないことは、ブロックもよくわかっているはずだ。おれは、ひそかに対処するために雇われたのだ。この仕事では失敗は許されない。

ちょうどそのとき、まるでタイミングを見はからったかのように、フリンが気絶した。口の端から流れでた反吐《へど》が、頰の下にたまっている。吐くものがなく、水っぽかった。目は閉じられ、冷や汗がにじんでいる。

「くそっ」おれはひざまずき、フリンの首に指を二本押し当てた。かすかだが、まだ脈があった。「病院はだめだ」おれは頭でフリンを示した。「ここでやれ」

「危険だ」

「父親は息子が病院で元気になるより、ここで死ぬほうを選ぶだろう。ルールを決めるのはおれたちじゃない」

「心臓発作を起こすかもしれない」ブロックは壁に寄りかかっておれを見おろしながら、穏やかにきっぱりと反論した。「イモジウム（下痢治療薬）や熱い風呂やピーナッツバターサンドで治せるようなものじゃない。危険すぎる。良心がとがめる」

おれはいらだち、拳で頬をさすった。ブロックに近づき、うなじをつかんで引き寄せた。「おまえの良心なんぞとっくに腐ってる。言われたとおりにしろ」

目をすがめてにらみあったあと、ブロックが先に動いてフリンのもとへ行った。そして、ダッフルバッグ――解毒道具一式が入っている――のファスナーを開けて、注射器と小瓶を取りだした。おれは視線をそらして窓の外を向き、目を閉じて深呼吸をした。フリンがあえぐ声や、ブロックがビニールや薬瓶をいじる音が聞こえた。

金持ちの男は強い薬に手を出す傾向があり、ブロックは解毒の方法を心得ている。少なくとも、これに関しては信頼できる。

「レッドの初仕事はどうだった？」別に気になるわけではないが、彼女はおれのものだと釘を刺すためにきいた。外に止まっているブロックの車を見つめた。ヘッドライトがつけっ放しで、冷たい雨を照らしだしている。寒い夏が好きだ。世界がおれの味方になった気がする。

「本人にきけばいいのに」ブロックが面白がっている口調で言う。「うまくいってるんだと思ってた」

おれが振り返ると、ブロックは頭を傾けて、フリンをソファに運ぶのを手伝うよう合図した。おれが脇の下を、ブロックが足を抱えて、だらりとした体を黄色のソファに横たえた。ブロックが寝室から毛布を取ってきて、フリンを赤ん坊のようにくるんだ。

すべての処置がすむと、ブロックはソファのそばのスツールに座って、両手に顔をうずめた。煙草に火をつけ、まだ燃えているマッチをフリンに向かって投げる。マッチはむきだしの手首に当たってゆっくり消えた。フリンは意識を失っていて、まったく気づかなかった。ブロックはおれの前では、善人の仮面を外すのだ。

おれはキャットでも、マリアでも、レッドでもない。おれはブロックと同類のくそったれだし、おれにいい印象を与える必要などない。おれはすでに、ブロックの本性を知っている。ブロックはデヴィッド・リンチの『ブルーベルベット』の冒頭シーンのように、きちんと手入れされた芝生の下でうごめく虫だ。それがブロックだ。わざとらしいハリウッドスマイルでうわべを取りつくろっているが、中身は腐りきっている。

「彼女は怒って帰ってきた。マイアミから」ブロックがうつむいたまま言った。「まさか、傷つけるようなまねをしたなんて言わないでくれよ。おれが彼女を守ると約束したんだ」

彼女を守るだと？　余計なお世話だ。

「したと言ったら？」おれはキッチンのカウンターに身を乗りだし、挑発した。「彼女を不幸にすることを、人生の使命にしたと言ったら、どうするんだ？　おまえにはどうすることもできないだろ、ブロック」

「それが、できるんだ」

ブロックが顔をあげ、白い煙をおれの顔に吹きかけた。

「あんたのパンドラの箱の鍵をおれが持っていることを忘れたのか。あんたが彼女と結婚した理由を、おれは知っている。あんたが彼女の母親にしたことも。それどころか、彼女みたいな純粋な子なら逃げだしたくなるようなことをたくさん知ってるが、すんだことはしかたがないから、これだけは言っておく」ふたたび煙を吐きだして、にやりとした。「あの子を傷つけたら、あんたの秘密を残らず、一番高く買ってくれる相手にばらす。ものすごい競り合いになるだろうな。わかったか？」

おれを脅迫する気か？おれが何者で、どんな力を持っているか忘れたのか？おれの部下で、デヴィッド・ベッカム風のこじゃれた服や女房が欲しがる高級品の代金や息子の学費を、おれの金で支払っているくせに。

おれは頭が真っ白になり、ブロックに飛びかかって顔面に拳を叩きつけた。ブロックは油断していた。拳が骨に当たる音が響き渡った。ブロックは煙草を床に落とし、ふらふらと立ちあがった。そして、拳を固めてジャブを放ったものの、かわされて床に倒れこんだ。鼻血を噴きだしながらうめいている。おれがそばに立って見おろすと、胎児のように丸くなった。おれはハンカチを取りだして、手についた血を拭き取った。それから、かがみこんで人差し指でブロックの顎を持ちあげ、目を見て言った。

「おれみたいな男の秘密をばらすと脅しても無駄だ。おれの秘密が危険なのは、おれが危険なことをするからだ。おれみたいなことをする人間にはちょっかいを出さないほうがいいぞ。自分がおれに対してなんらかの力を持っていると勘違いしてるんなら……」鼻で笑い、手を伸ばして喉をぐっとつかんだ。「大きなツケを払わされることになる。きっと後悔するぞ」

「くそったれ」ブロックがおれの顔めがけて血を吐きだし、数センチの差で外した。目に涙がたまっていて、きれいな顔が台なしだった。

おれは手を離し、くつろいだ笑みを浮かべながら、ブロックが落とした煙草を拾ってくわえさせてやった。そして、旧友にするように肩を叩いた。「話ができてよかったよ。さて、車のライトを消してこい。しばらく帰れない」

寝室に入り、ドアをバタンと閉めてため息をついた。フリンを助けるため、このむさくるしい場所でしばらく過ごさなきゃならないが、だからといってあのばかにつきあう必要はない。突然、誰かの頭を壁に叩きつけたい衝動に駆られ、ポケットからリストを取りだして眺めた。

~~1．ビリー・クルプティ~~
~~2．マクレガー神父~~
3．ビリーを雇ったくそったれ？

最近、パディの件で引っかきまわされたおかげで、本来の目的を思い出した。親父を殺した人間を懲らしめるのが最優先事項であることを忘れてはならない。
リストを丸めてポケットに戻した。あと少し。あと少しだと、直感でわかる。
絶対に容赦しない。

17

スパロウ

浮気をしたわけじゃない。

コンクリートを踏みしめ、ノンポイントの『アライヴ・アンド・キッキング』を大音量で聴きながら、夜明けの冷たい空気を吸いこんだ。角を曲がり、マルボロ・ストリートを全力疾走する。

むしろ、出かけるたびにいろんな相手と寝ているのは、偽の夫のほうだ。わたしはブロックにキスしてと頼んでいない。自分からしたわけじゃない。あんなことになるとは思っていなかった。ブロックの浮気心は、わたしには関係ない。

足が燃えるように熱く、首が激しく脈打っている。道路を渡り、ペントハウスに戻った。

トロイに話す必要はない。面倒なことになるだけだ。ただでさえ不幸な家庭なのに。

入り口の回転ドアの前で立ちどまり、呼吸を整えた。ブロックとのあいだで起きたことを、トロイに話すつもりはない。卑怯《ひきょう》だと思うけど。

玄関のドアを開けると、トロイがなかにいた。わたしが夜明け前のジョギングに出かけたあとで帰ってきたのだ。昨日着ていた服のままソファに横たわり、ウイスキーのグラスを手に持っていた。

わたしは声をかけずにシャワーを浴び、客用寝室のベッドを整えた。それからコーヒーを淹れにキッチンへ戻ると、彼はまだ同じ姿勢でそこにいた。疲れきっているように見えたが、パディ・ローワンの件があったあとでは、この男に対して同情心を抱くことはできなかった。カウンターに寄りかかり、お湯がわくのを待った。

「よお」トロイがグラスに向かって低い声で言った。

わたしは返事をしなかった。午前八時から飲んでいるなんて。

「なあ……」トロイがグラスをまわしながら言う。「ペントハウスでの生活とやりたかった仕事を手に入れたんだから、少しくらい感謝してもいいんじゃないのか」

わたしはのけぞって苦笑いし、両手をカウンターについた。「面白いわ、トロイ。ゆうべ一緒にいた愛人におかしな考えを吹きこまれたのね。望んでもいなかったことで、どうして感謝しなきゃならないのよ。あなたに誘拐される前、わたしの意見は聞いてもらえなかった。わたしは好きでここにいるわけじゃない。ねえ、わたしをここに置いておく理由を教えてくれない？　教えてよ」カウンターのほうを向いてコーヒーを注いだあと、舌打ちした。「いいでしょ」

トロイがL字型のソファから立ちあがり、裸足《はだし》でゴールドの御影石のタイルを歩いて、わたしの隣に来た。にやにやしながらコーヒーを注ぐ。このやり取りで、彼も気分が高揚しているのがわかる。喧嘩で力を回復するのだ。仮眠をとったかのように、さっきより元気そうに見えた。

「おれが最近、誰とやってるか、気になってしかたがないみたいだな。妬《や》いてるのか、レッド？　前にも言ったとおり、いつでも相手をしてやるぞ」トロイがわざと腕を触れあわせた。

「大丈夫よ、あなたの浮気には慣れてるから。ゆうべ、あなたが誰といようとどうでもいい」コーヒーカップを持って客用寝室へ行こうとすると、トロイがごつごつした手をわたしの腕に置いて引きとめた。

わたしを傷つけないよう、細心の注意を払っているかのようにそっと触れているのに、力強かった。「おれは浮気したことはない。本当の意味で結婚してないからだ。わかるだろ。ちゃんと結婚していたら、ほかの女には見向きもしない」

「でも、そうじゃないから」わたしは彼がよくやるように、彼の顔に向かって怒鳴った。「楽しんだんでしょうね」

「ゆうべは遊んでいたわけじゃない。仕事だった」

腕に置かれた彼の手を見おろした。拳が赤くなっていて、乾いた血の跡がある。今週、彼をてこずらせたのはわたしだけではないらしい。彼の体をざっと見た。たしかに、ゆうべは浮気をしていたわけではないようだ。認めるのは癪《しゃく》だけど、少しほっとした。

「あなたの拳を血まみれにした人が、何発かやり返せたのならいいんだけど」

彼の顔に不穏な笑みが広がった。「ブロックのことか？　あいつは男じゃないから無理だ。それに、信用できないやつだから、警告しておく。あいつとは親しくするな」

顔から血の気が引き、口のなかが乾くのを感じた。キスしたことがばれたの？　ブロックが話したの？　まさか、そんなはずがない。それに、トロイに愛されてるなんて思っているわけじゃないけど、キスしたことがばれたら、ブロックは殴られるだけではすまないだろう。

トロイはまだ知らない。

トロイが腕に手を置いたまま、わたしの顔を探るように見た。わたしはその手を振りほどき、肩をすくめてみせた。妬いているのはどっち？　彼が気にしていると思うと気分がよかった。もし本当にそうだとしたら。

トロイのことを憎んでいるのに、彼が部屋に入ってくるたびに脚のあいだが燃えるように熱くなり、本能が刺激される。ブロックにはできないことだ。ブロックのほうが優しくて、ハンサムで、総合的に恋人候補としてよりふさわしいとしても。わたしを欲情させ、怯えさせられるのはトロイだけだ。彼に対して複雑な感情を抱いているからこそ、私は彼に欲情してしまう。

最悪なのは、トロイがそれをわかっていることだ。わたしがどれほど彼を求めているかを。わたしが彼のものだということを。

「警告に従わなかったら、どうなるの？」下唇を突きだした。「ブロックは同僚なのよ」

「そのときは……」トロイがさらに一歩近づいて、血まみれの拳でわたしの頬から首をかすめ、ぞくぞくさせた。「おまえとブロックが一緒にいる時間を減らさなきゃならない」

「わたしをクビにするってこと？」わたしは込みあげる怒りをのみこみ、冷ややかなブルーの目をまっすぐ見た。

「おまえにそんなことはしない」彼が唇をわたしの唇に近づけ、見つめ返した。それから、コーヒーをひと口飲みながら、もう一方の手でわたしの胸を撫でおろした。

わたしは体を引くことができなかった。そうしたいのに。そうしなければならないのに。

「ブロックを解雇する」トロイが言う。「心配するな、かわいいサムを充分養えるだけの給料をもらえる仕事がすぐに見つかるだろう。カタリーナも外に出て、時間を有効に使うといい」

汚いやり方だ。パパは昔からずっとブレナンの下で働いてきた。ブレナン親子がいなければ、わたしたちは路頭に迷っていただろう。ブロックを解雇させるわけにはいかない。サムにプレゼントなんてもらえなかった。食べるものにも困り、クリスマスがわたしの子ども時代より貧しい生活を送るはめになったら耐えられない。

「あなたって最低ね」声がかすれた。彼の唇を見つめていた。どうして見つめてしまうの？　それでも彼に惹きつけられるのはどうして？　ばかみたい。

「そのとおりだが、それでもおまえはおれから離れられない」彼はすぐ近くにいて、あたたかい息がこめかみにかかった。「おれはおまえの頭のなかにすみついた最低野郎だ。ブロックがおまえも奪えると思いこんでいるんなら、大間違いだ。おまえはおれのものだ。わかったか？」

わたしは眉根を寄せた。おまえもって、どういうこと？　ブロックはほかに誰を奪ったというの？　そのとき、はっと気づいて、胃が締めつけられた。すばやくあとずさりし、嫌悪感もあらわに顔をしかめる。壁にぶつかり、顎が震えるのを感じた。怒りを抑えられない。全身に激しい怒りが渦巻いた。

嫉妬している。わたしは動揺し、偽の夫が、わたしを誘拐した男がつきあっていた女に嫉妬していた。

「カタリーナとつきあってたの？」涙が込みあげるのを感じた。

トロイが笑い声をあげた。胸を波打たせ、全身を震わせて。

わたしは吐き気を覚え、頭がくらくらした。カタリーナとつきあっていたなんて。どっちが振ったの？　どうして別れたの？　ブロックのせい？

「こんなつまらない質問、答えてくれたっていいでしょ？」ささやくように言った。「わたしたちの結婚のことでも、あなたの仕事のことでもないのに」

「ブロックと親しくするなよ」トロイが突然真剣な顔をして、ふたたび言った。コーヒーカップをカウンターに叩きつけるように置くと、階段をあがって主寝室へと向かった。

高価なアフターシェーブ・ローションのかすかな香りが漂ってきて、膝の力が抜けるのを感じたが、わたしはその場に立ち尽くし、彼の背中に向かって叫んだ。「どうしてわたしが彼と親しくすると思うの?」

トロイは足を止めずに答えた。「おれを怒らせるためだけにあいつといちゃつくだろう。いまのおれを感じ悪いと思っているんなら……」首を曲げて振り向き、残忍な笑みを浮かべた。「怒ったおれを見せてやる。こんなもんじゃないぞ」

「汚らわしい愛人とはもう会わないで。そうしたら、わたしもブロックと距離を置くから」わたしは挑むように言った。「あなたが浮気し続けるんなら、わたしだってそうする」

トロイが足を止めた。くるりと振り返り、下唇を突きだした。「脅しに聞こえるが、レッド」小首をかしげる。「そうなのか?」

「単なる言葉の問題でしょ」わたしは面白がっているふりをして舌打ちし、マイアミで言われた言葉をそっくりそのまま返した。「男ってこだわるわよね」

宝くじが当たったとでも言われたかのように、彼の目がうれしそうに輝いた。それがトロイだ。わたしに言い返されるのが好きなのだ。きつく言い返されるのが。

わたしは言葉を継いだ。「ここで脚を組んでじっと座っていたりしないし、兵士みたいに命令に従ったりもしない」驚くほど穏やかな声が出た。「わたしはパパとは違うの。あなたがわたしのために用意しためちゃくちゃな箱におさまるつもりはないわ。ブロックと親しくしてほしくないのなら、あなたもほかの女と親しくしないで。いちゃつきたいなら、わたしとして。わたしだけと」

いったいどこからこんな言葉が出てきたの？　でも、こんなに威勢のいい自分が嫌いじゃなかった。命取りになるかもしれないが、それでもかまわない。弱いのに飼い主に嚙みつく頭のおかしな犬だ。

「自分が何を言ってるか、わかってるのか？」トロイが上目遣いで見た。「おれは優しくしないぞ」

「優しくしてほしくなんかない」わたしはうんざりしたような声を出し、自分の朝食作りに取りかかろうとした。「あなたには悪い男でいてほしい。嫉妬してかっとなるなんて、女の子みたいよ」

冷蔵庫を開けて頭を突っこみ、食べたいものを探しながら、ひとり笑いした。トロイは餌に食いつくだろう。わたしが激しく反撃すればするほど、彼はわたしを好きになる。わたしがペントハウスに火をつけても、彼はきっと大笑いするだろう。

「くそっ。わかったよ」

これで、当面は愛人の登場はないだろう。結婚してから初めて、わたしが勝ったのだ。勝利の味はとても甘かった。

18

スパロウ

　わたしがさいの目に切った野菜を、ピエールは不揃《ふぞろ》いで使えないと言って副料理長の前にあるごみ箱に捨てた。ピエールは、わたしがブロックやトロイと近しい関係にあるからといって手加減するつもりはないということを、わたしに思い知らせようとしているのだ。トロイがしたことを思えば、わたしは憎まれて当然だが、それでも口を閉じていることができなかった。

　わたしは口答えするけど、普通は料理長に口答えなんてしない。ピエールはわたしにてこずっていて、わたしの周りにいるほとんどの男たちと同じように、わたしを頭痛の種だと思っている。避けるべき環境災害だと。

　長い一日を終えたときには、熱いシャワーを浴びてベッドにもぐりこむことしか頭になかった。暗い客用寝室へ入ると、靴を蹴るようにして脱ぎ、バスルームのドアの前で服を脱ぎ捨てた。ベッドの上の大きな人影に最初は気づかなかったが、物質よりもはるかに存在感のある声が響き渡った。

「荷物をまとめて上へ戻れ」それは命令だった。

〝トロイ〟

わたしは紫色のアンダーシャツと揃いのボクスショーツ姿で、ぴたりと動きを止めた。

「いちゃつきたい」わたしは彼の頭の上辺りを見つめ、暗闇に向かって微笑んだ。彼の体の輪郭がぼんやり見える。膝を曲げて片足をベッドの上に置き、ワイシャツの袖が肘までまくってあった

「ままごとを再開するなんて誰も言ってないわよ」わたしは言った。

無遠慮な挑発。マイアミへ行ったとき、トロイが乱暴に切り開いたわたしの古傷を癒す方法だ。暗闇のなか、彼の呼吸が速まるのが聞こえ、気分がよくなった。彼は落ち着きを失っている。いらいらしている。きっとわたしに欲情しているのだ。

トロイが立ちあがり、近づいてくる。わたしの体に導火線のごとく熱い震えが走り、太腿のあいだで爆発し、全身にアドレナリンを放出した。

今夜、わたしは喧嘩を吹っかける。

「なあ、レッド、こうしてやりあってばかりなのに、ちっともおまえを嫌いになれないんだ」トロイが含み笑いをし、背中で腕を組んでわたしの周りをまわった。

部屋が暗すぎるし、仕事のあとで疲れていて、わたしは頭が混乱していた。彼は何かを求めてここに来た。

わたしがずっと求めていたこと。

わたしが恐れていること。

彼に処女を奪われること。

「それってあなたなりの愛の言葉なの？」鼻で笑い、首を横に振った。「最悪」

「おまえを応援してるんだ」トロイはわたしの攻撃を無視して続けた。「おれに人生をめちゃくちゃにされてもなお、泥沼から這いあがろうとしている。感心するよ」

彼の体が甘い霧のようにわたしの体を覆い、もう少しで触れそうになる。わたしは冷静な仮面がはがれ落ちるのを感じて、頬をすぼませた。優しくなんてしてほしくない。わたしたちの戦いがさらに危険なものになるだけだ。

「まわりくどい言い方をしないで」鋭い口調で言った。

「おまえは犠牲者になることを拒んだ。必ず反撃する」

「トロイ……」声がうわずった。なんの魂胆もなく名前で呼んだのは初めてだった。

「もっとはっきり言って」

「マイアミへ行ったとき、おれはおまえのためにひと肌脱いだ」彼の唇が頭に触れた。

ぞくぞくして、もっと触れてほしくなった。

〝ばかね。あなたはマイアミでわたしをぼろぼろに傷つけたのよ〟

「そうなの?」わたしは彼のたくましい体に手を伸ばしたくなる衝動と闘った。あんなことがあったのに、彼を求めている。困ったことに、あんなことをされたせいかもしれない。

「パディ……」トロイの口から発せられたその名前に、顔を殴られたような衝撃を受けた。「フロリダで、やつを訪ねた。おまえの報復をするために」

喉がつかえ、目頭が熱くなったが、わたしは黙っていた。彼の唇が肩甲骨のあいだをさまよったあと、首と肩のあいだに押し当てられた。舌がちらっと触れ、これから起こることを予感させた。

「やつは末期癌だ。もうすぐ死ぬ。無一文で。破産したんだ。やつの財産は一セント残らず……」トロイがわたしの髪をつかんで、高級シルクを調べるかのようにこすった。「おまえのものになった」

「わたしのもの?」わたしはきき返した。

「ああ、おまえのものだ」トロイがわたしのうなじに顔をうずめたままうなずいた。熱い唇が敏感な場所を探り当てる。

わたしは穏やかな気分に包まれた。

あれは報復だったのだ。

仕事じゃなかった。最も甘美な慰めの形。復讐。

「六十万ドルだ」彼の声が遠く聞こえた。

〝彼が好き。悔しいけど〟

「小切手で渡す」トロイが言葉を継ぐ。「好きなときに現金に換えろ」

わたしはその意味をじっくり考えた。トロイはパディに全財産をわたしに譲り渡すことを強制したのだ。六十万ドルも。想像したこともないほどの大金が、わたしのものになる。

「汚いお金だわ」無意識のうちに言っていた。

「この世界自体が汚い」トロイが言い返した。「やつのしたことを考えれば、おまえにはもらう権利がある。くそっ、あいつを殺さなかったのは、毎日が生きるか死ぬかのロシアンルーレット状態のほうが、ずっと面白いと思ったからだ」

自分がそのお金を受け取ることが、心の奥底ではわかっていた。お金が欲しいからじゃない。その小切手はわたしのものだからだ。パディの大事な人に渡したくない。彼は九歳のわたしを大事にしなかったのだから。

六十万ドルもの大金が手に入る。信じられない。夫に感謝するべき？

その答えが出る前に、トロイが腰のくびれに手を当てて、わたしを抱き寄せた。「おれのものにふざけたまねをするやつは許さない。たとえ死んだ親父の友人でも。二階へ行け」鋭い口調で命じる。「いますぐ」

彼がわたしの報復をするために、はるばるマイアミまで行ったことが信じられなかった。

気づいたら、客用寝室から出ていた。うつむいて階段をあがると、トロイがきびきびとした足取りでついてきた。

お尻に彼の視線を感じた。「おれが子どもの頃、お袋がインコを飼っていた。かごから出しても飛んでいってしまわないように、羽を切っていた。インコは毎回逃げだそうとしたが、切りつめられた短い羽では、遠くまで行けなかった」

わたしは主寝室のドアをそっと開け、窓の外から流れこむあたたかい明かりのなかに足を踏み入れた。

トロイが背後に来て、わたしの髪を右耳にかけたあと、その耳に顔を押し当てた。

「だがある日、一羽がどうにか逃げだした。お袋が羽を切り忘れていたんだ。一瞬の気の緩みから、大切なインコを失った」

　彼がどうしてそんな話をするのか、わたしは理解した。幸せな気持ちに痛みが入りまじった。

「失敗は避けられない」トロイは淡々とした口調で話し続けた。「胸の痛みは止められない。いつかおれは、おまえの羽を切るのを忘れるだろう。その日が来たとき、おまえが逃げだしたとき、おまえには金があると、この厳しい世界でなんとかやっていける手段があるとわかっていれば、おれは安心できると思う」

　彼の口から発せられるインコ――ラブバードという言葉にうっとりするのはいけないこと？　彼がわたしを愛《ラブ》していると言っているわけじゃないのはわかっているが、その言葉に胸が熱くなった。マイアミ行きの真相が判明したことで、状況が大きく変わった。彼がパディを訪ねたことは、許せるどころか感謝すべきことだった。

「ひと肌脱ぐなんて言葉じゃ足りないわ」わたしはささやき、窓からベッドに視線を移した。まだ振り返って彼の顔を見る勇気がなかった。「あなたがわたしのためにしてくれたことは」

「スパロウ」トロイが警告した。「勘違いするなよ。おれはこの先どうなるか話した。

これは……」一歩さがったあと、部屋の奥へ行って振り返り、わたしと向きあった。「ハッピーエンドにはならない」

「わたしは逃げないかもしれない」わたしはごくりと唾をのみこんだ。「あなたがわたしと結婚した理由とか、全部打ち明けてくれたら、ここに残るかも。かごの鍵を壊して、トロイ」深呼吸をした。「何を隠してるの？〝あの人たち〟って誰なの？〝わたしたち〟に何をしたの？」

「話せない。犯罪だから。おまえに警察に駆けこまれても困るが、警察がその情報を別ルートから仕入れて、おまえを尋問するなんてことにもなりかねない。おまえは通報しなかったことで、共犯者と見なされるぞ。おまえを危険にさらすことは……」トロイが首を横に振った。「できない。座れ」

ちょっと恋しかった高価なマットレスを、トロイがポンと叩いた。そこに染みついたにおいのせいかもしれない。その持ち主のにおい。わたしは肩を落とし、うなだれながらも腰をおろした。

彼が立ったまま、うなじにキスをした。「素直だな。新鮮だ」

「別に」わたしは淡々とした口調で言った。「ただ、わたしは下着姿であなたのベッドにいて、わたしたちは取引した。それに従うだけよ」

トロイがわたしの顎を持ちあげた。わたしはブルーの瞳を見あげ、うっとりした。息が荒くなる。彼は遊びたがっている。わたしも。おもちゃを壊すことになると、ふたりともわかっているのに。わたしを壊すことになると。

トロイが背後にまわった。次に何が起こるかまったくわからない、そのスリルがたまらなかった。彼はこの位置を、わたしが彼に背中を向けるのを気に入っている。わたしが彼を信用していないのを知っているから。だからこそ、ふたりともますます興奮するのだ。

「おまえはおれのものを持っている」トロイが肩の辺りでささやいた。あたたかい羽根が体をかすめたような感じがして、五感がふたたび目覚めた。

まばたきしながら目を閉じて、彼の香りを吸いこんだ。

「おまえの処女だ、レッド」

「奪って。それしかあげられるものはないから」

〝わたしは嘘つき。向こう見ず。どうしようもないばか。わたしは彼のもの〟

彼がわたしを引っ張りあげ、彼のほうを向かせた。わたしの髪を引っ張って、胸の谷間に舌を這わせる。わたしが息を凝らしていると、彼のもう一方の手がわたしのアンダーシャツの首を握りしめた。

「この瞬間をずっと待っていた」彼が言った。

わたしのことが好きなのね。胸がときめいた。わたしのことが好きで、どれだけ好きか示そうとしている。

彼はアンダーシャツをゆっくりと引き裂き、それを丸めて冷やかな目で眺めたあと、背後に放った。

「もう必要ないだろ」かがみこんで、わたしの唇を奪った。

頭皮がぞくぞくし、全身に鳥肌が立った。うめき声はもらさなかった。でも、胸を直に揉まれ、親指で乳首の周りをなぞられると、体の奥がきゅんとした。

明日、ひどい自己嫌悪に陥るだろうが、この愛撫《あいぶ》にはその価値がある。

彼の下唇がわたしの耳を撫でた。「おまえの不思議な生理は終わったんだな?」

彼の手が震える脚に伸びてきて、太腿を広げ、下着を左にずらした。わたしは欲望でめまいがした。そこに触れられたら、また自制心を失ってしまう。

「おしゃべりをするためにここにいるの?　あなたがどれほどのものか、見せてちょうだい」わたしの声が響き渡った。

敏感な肌をゆっくりと撫でまわしていた彼は、ぴたりと動きを止めたあと、わたしの股間を野球のボールを握るようにさっとつかんだ。そして、わたしを引き寄せて腹部を彼の股間に押しつけ、親指でクリトリスをさすりながら指を一本なかに入れた。

痛い。ものすごく痛かった。

「気をつけてよ！」わたしはうろたえて叫んだ。それにもかかわらず、彼に体を押しつけた。「痛いわ」

「痛みは悦びだ」トロイは指を出し入れし、わたしを押し倒したあと、うつぶせにしてまたがった。

わたしは暑がる猫のようにあえぎながら、一瞬一瞬を楽しんでいた。乱暴で、ロマンティックでもないし、優しくもないけど、それこそまさにわたしが求めているものだった。

ヒップに彼の歯が食いこむのを感じた――噛むというより、なぶるように。ふくらんだ股間をすりつけられ、わたしは思わず早くなかに入ってとせがみそうになった。だが、彼は指をさらに奥へ突っこみ、動きを速めた。わたしは顔をしかめながらも、のぼりつめていった。彼は指を曲げて敏感な場所を探り当てると、そこを繰り返しこすった。

わたしは枕に顔をうずめてうめき声を抑えた。「これって……」やっとのことで言う。「これって……」

「Gスポットだ」彼が耳たぶを噛んだ。「初めまして」

痛みと悦びのあまり叫びそうになりながら、彼の指を締めつけた。彼がさらに指の動きを速めながら、ヒップに股間をすりつけてくる。わたしはこのみだらな一瞬一瞬を満喫した。

指を突っこまれるたびにあえいだ。背中や首や髪を、彼の唇や歯が伝った。彼の重みと指がもたらす痛みが激しくて……。

「いまおれがしていることを言え、やめてほしくなければ」

「わたしをおかしくさせている」うめくように言った。これは本当だ。彼の指と腰の動きに夢中になり、めまいがする。この前、オーラルセックスをしたときに感じたカトリック教徒としての罪悪感が吹き飛んだ。これは罪じゃない。一応結婚しているのだから。

「もっとはっきりと言え、レッド」

「指でしている」顔が真っ赤になった。声に出して言うことがこんなに恥ずかしいなんて。

「違う」

「わかった」彼の指の動きが一瞬止まると、わたしはあえぎながら言った。「手マンしている」

トロイが愛撫を再開し、しびれるような痛みと狂おしいほどの欲望が増していった。体にビリビリと電気が走るような感じがして、ベッドがびしょ濡れになり、数分間、痛みやら悦びやらに苛《さいな》まれたあげく、わたしは生まれて初めて達した。間違いなく。熱い波にのまれて、激しくいった。

波が引き、わたしはぐったりと横たわった。彼は指を抜いてなめたあと、わたしをあおむけにした。

彼はわたしをぬいぐるみのようにひっくり返したり、まわしたり、放り投げたり、いじりまわしたりして、利用した。それこそ、わたしが心から求めているものだった。少なくとも、ベッドのなかでは。

「ルージュ・ビスに行った夜からずっと、おまえが欲しかった」首を強く嚙まれ、背中をそらした。彼は首をなめながら、わたしの背筋を撫でおろし、体をすりつけてきた。「ものすごく新鮮だった。おれを恐れずに歯向かってくるなんて」

わたしもうめき声をもらしながら腰をすりつけた。

トロイがベルトを外し、ズボンのファスナーをおろしながら、わたしの顔や胸にキスの雨を降らせた。わたしは彼がもっと欲しくなった。体だけじゃなくて、心も、何もかもが欲しい。本物の夫になってほしい。わたしは彼に、自分に、そしてみんなに嘘をついていた。わたしが求めているのはセックスだけじゃない。それはほんの一部にすぎない。わたしは彼のとりこになっていた。

「死ぬほど痛いぞ」彼が警告した。

「でしょうね」わたしは唇を合わせたまま微笑んだ。「あなたがすることは全部そう」

トロイがわたしの下着を引きおろし、屹立《きつりつ》したものを割れ目にこすりつけた。わたしたちは半開きの目でそれを見つめた。わたしは激しくいったあとで、すっかり濡れて準備ができていた。

「最高だ」トロイが乳首の周りに舌で円を描きながら、荒々しくささやいた。彼はどこもかしこも焼けつくように熱く、わたしは目を閉じて首をそらした。「おまえを夢中にさせて、おれじゃなきゃだめな体にしてやる」

彼が入ってくると、わたしは息をのんだ。痛いどころじゃない。拷問だった。涙が出てくる。トロイは半自動銃のような武器を持っていた。ペニスを見たのはこれが初めてだが、普通のサイズではないような気がした。彼がしげしげとわたしの目をのぞきこみながら、ゆっくりと動く。わたしは彼の胸に顔をうずめた。

「どうしてそんな目でわたしを見るの?」顔が熱かった。彼はもう興奮しているようには見えない。ただ……気を配っている。探るように見られて、わたしはさらにむきだしになった気がした。

「息をしろ」トロイが真剣に言う。「いずれ痛みは消えて、感じるようになるから」

彼が腰を動かすたびに、わたしは顔をしかめ、彼の背中に跡が残るほど爪を食いこませた。やめてほしいから。やめてほしくないから。離れたくないから。

頬を伝う涙を、彼がキスでぬぐった。そんなことはしてほしくなかった。優しくされると、また少し胸が痛む。冷酷な彼――希望を与えず、ハッピーエンドを期待させない彼でいてほしかった。トロイはベッドのヘッドボードだけでなく、女の心も壊す男だ。もうこれ以上、虚しい期待を抱きたくなかった。

彼の腰の動きが速く、激しくなっていく。わたしはすぐに彼のリズムを習得し、官能のダンスを踊った。

〝痛みは消える〟

消えない。

〝感じるようになる〟

「おれの腕のなかでもう一度いってほしい」トロイはそう言ったが、無理だとわたしにはわかっていた。体が引き裂かれるような感じがする。彼が片手を伸ばしてクリトリスをさすり始めた。親指で上下に弾かれ、あえぎ声がもれた。

「ああ、痛いけど気持ちいい」

キスをされ、舌が入ってきて口のなかをまさぐられた。巨大なベッドがギシギシきしみ、彼が突き入るたびに、ヘッドボードが壁にぶつかった。

自由奔放。無我夢中。

その境地で、彼の下で体をくねらせた。またしても自制心を失いかけているのを感じて、彼を押しのけようとした。今度達したら、ずたずたにされてしまいそうだ。

彼がわたしをベッドにしっかりと押さえつけた。「いくときのおまえはすごくきれいだ」

わたしはさらに激しいオーガズムを迎え、彼の名前を叫んだ。わたしがトロイ・ブレナンに夢中になっている以上に、人が人に夢中になれるとは思えない。恐ろしい他人が、冷酷な夫になった。

わたしが二度目に達したあとで初めて、彼は自制心を捨てて激しく腰を振り始めた。彼がわたしのなかでふくらんで、わたしを完全に満たした。体だけじゃない。

彼が自らを解き放ち、額をわたしの額にくっつけた。黒い髪がこめかみに張りついている。ふたりの汗がまじりあった。

セクシーだわ。

もうどうしようもない。

自分を弱いと感じるのは、処女を奪われたからではない。ふたりの愛液と自身の血にまみれて横たわっているからでもなかった。彼に対する自分の気持ちが怖い。なんであれその気持ちを断ち切って、トロイと距離を置き、心をコントロールしたかった。わたしは急降下している。溺れ、沈んでいる。無防備で無力で、むきだしだった。彼に撃たれ、羽をむしられるのを待っているいいカモだ。

彼が隣に寝転がって、わたしをうしろから抱き寄せた。びしょ濡れになったシーツをマリアに見られると思うと、恥ずかしくて顔が熱くなった。今夜のうちに取り換えて、自分で洗濯しよう。

トロイがわたしの背中に指で文字や絵を書き始めた。〝神〟〝トロイ〟〝レッド〟家や雨粒や翼の絵。

これはもう本気だ。

ただのセックスじゃない。それが怖かった。三十分経って、ようやく沈黙が破られた。意外にも、先に口を開いたのは彼だった。

「おまえの母親の話が聞きたい」トロイがわたしを腕に抱いたまま、出し抜けに尋ねた。物憂げな口調で、体だけでなく心も馴《な》れあっているのだと、信じたくなった。

わたしが体をこわばらせたのに気づいたのか、彼は背中を撫でていた手を止めて、髪から唇を離した。

「母親はいない」わたしは言った。「わたしを産んだ人は、わたしが物心つく前に蒸発したの」

「探してみたことはあるのか？」優しい口調に、神経を逆撫でされた。彼は思いやりのある人間じゃない。結婚を強制し、浮気し、犯罪で生計を立てるようなろくでなしなのだから。

「これは『デイトライン』（ニュース番組）のオーディション？　どうしちゃったの、トロイ？」彼の腕のなかから抜けだし、急いで立ちあがった。床から服を適当に拾いあげ、彼から目をそらしたまま彼のシャツを着た。今夜はこんなふうになるはずじゃなかったのに。

　トロイは片腕を枕にし、ベッドに横たわったままわたしを見つめた。「いい夫になろうとしているだけだ」

「あなたが得意なことはひとつしかないわ、トロイ」わたしは下着をすばやくはいた。

「さっきあなたのベッドのなかでしたことだけ」

「おれたちのベッドだ、レッド」

「これでおしどり夫婦になれたと思った？」わたしは彼に背を向け、ドアへ向かった。笑い声が聞こえて、期待と悲しみで胸が締めつけられた。

「気が変わった」彼の声はとげとげしかった。「おまえを逃がさない。絶対に」

19

スパロウ

「つまり……」わたしのキッチンのシンクで、ルーシーが光速でジャガイモの皮をむきながら言った。「コナーをクビにするよう言ったら、彼はそうした。浮気はやめてと言ったら、やめたのね。ねえ、びっくりするかもしれないけど、あなたの夫はあなたのことが好きなのよ」

わたしは隣に立って、ロティーニ・パスタにかけるアルフレードソースをかきまぜていた。味見をしたあと、塩を少々加えて、時間稼ぎをした。ルーシーはもうわたしの身の安全を心配していない。それよりも、わたしの恋愛に興味があるようだ。

「うーん」その〝愛情深い夫〟に、勝手に作られたパスポートで無理やり飛行機に乗せられたことや、わたしたちの寝室で浮気されたことについては、あまり話したくなかった。

どちらも同じ日の出来事だ。

ディズニーは王子様役を演じるヒントを彼に求めたりはしないだろう。

「でも、結婚して三カ月経つのに、彼はまだ秘密を抱えこんでいて、何も教えてくれないのよ。どうしてわたしと結婚したの？　ルージュ・ビスへ行く前日の夜に言った、〝あの人たち〟って誰のことなの？　カタリーナとどんな関係だったのかさえ話してくれない」

近隣のホームレス施設のためのチャリティイベントに寄付する料理を大量に作っているところだった。この数カ月のあいだ、料理を持って頻繁に施設を訪れていた。そこで働くボランティアの人たちに頼まれたのだ。

ルーシーがアルフレードソースのためのベーコンの脂を空き瓶に注ごうとしたので、わたしは木のスプーンで、シンクに取りつけられたディスポーザーを指し示した。

「冗談でしょ？　パイプが詰まるわよ」

「水も流さないで」わたしはやり返した。

ルーシーはにやりとすると、言われたとおりに脂をディスポーザーに流した。

わたしはまだささやかな反抗をしている。彼に気を抜かせないためだ。ベッドをともにしただけで――翌日、わたしの足取りがおぼつかなくなるようなセックスをしたからといって、わたしが愛想のいい妻になったわけではないことを示したかった。これまで、わたしはいくつかの〝事故〟を起こした。彼のiPadを壊したり、彼のお気に入りのスーツをホワイトソースで汚したり、マセラティに鍵で傷をつけたり。ベッドのヘッドボードはふたりで壊したのだから、わたしだけのせいじゃない。

「大人になって、心を切り離したセックスをしたのね」ルーシーがディスポーザーの音に負けないよう声を張りあげ、わたしの考えを代弁した。「よく彼のことを嫌いでいられるわね。どれだけ嫌いか伝えるためにできる限りのことをして、夜は一緒に寝るの？」

夫のことを嫌いなわけではないけれど、どういうわけか声に出して認めるのが恐ろしかった。

たいしたことじゃないというように軽く肩をすくめ、油まみれの手をペーパータオルでぬぐった。「ただのセックスよ。彼としなかったら、彼がぽっくりいくまで処女でいなきゃならなかった。わたしだって、ブレナンを裏切って浮気するほどばかじゃないし」

コナーがいなくなったので、パパの家まで掃除や料理をしに行ったり、ルーシーやデイジーと過ごしたりする時間が増えた。ルーシーには最新情報を伝えている。わたしが主寝室で寝ていることも、今年のボストンの寒い夏でも熱い夜を過ごしていることも。もうすぐ、さらに悪天候のニューイングランドの秋が来る。

夫が仕事から帰ってきたときに、普通の会話をしていることも打ち明けた。彼は遅すぎない時間に帰宅し、存在を知らしめたがる女の口紅の跡や、花の香水のにおいをつけていることもない。

わたしの十八番のブルーベリーパンケーキをひと口食べてくれさえした。〝甘ったるいもん〟を。

「ねえ」ルーシーが料理をアルミホイルで包みながらきいた。「彼があなたのことを好きなんだとしたら、状況は変わるんじゃない？　つまり、この関係を、なんていうか……普通の夫婦として向きあえないの？」

わたしは目の前の料理を見つめたまま、鼻で笑った。「無理よ。彼がすべてを打ち明けない限りは」

そもそもどうしてわたしと結婚したのか教えてくれない限り、わたしたちは決して対等になれないと、心の奥底でわかっていた。どれだけセックスしようと、雑談をしようと、彼から真実をききだすことはできないことも。わたしが心を切り離しているのだとしたら、彼の心は別の惑星にある。

「打ち明けると思う?」

内臓がねじれるような痛みを感じた。「はっきり言って、望みはないわね。ブレナンみたいな人は、秘密を隠すためにたくさん嘘をつくと思うの。やがてその嘘にのみこまれて、真実なんて忘れてしまうんだわ」

それは少し違う。トロイは嘘の海で、オリンピックのシンクロ選手よろしく優雅に泳ぐ。溺れているのはわたしのほうだ。

最悪なのは、わたし自身がさらに嘘を注ぎこんでいること。気にしていないと自分に言い聞かせている。次第に彼にのめりこんでいるというのに。

とりこになっている。

最も大事なものを——心を奪われるのも、時間の問題だ。

20

スパロウ

ルージュ・ビスの仕事にも、不満はたくさんある。あのキスのあと、必死で避けているにもかかわらず、ブロックがまるで友達みたいに接してくるのがいやだ。ピエールの態度も気に食わない。わたしがあの手この手でトロイを怒らせようとするように、ピエールもいろいろな方法でわたしを苦しめようとしている。

でも、毎回楽しみにしていることがひとつある——休憩時間だ。話しかけてくるブロックがいないときは、わたしの一番好きな時間だ。三十分間、客の目につかない店の片隅で好きなメイン料理を食べられる。大忙しのディナータイムの前の、わたしだけの時間だ。

パスタをフォークに巻きつけながら、静けさを堪能していたとき、暗闇の銃声のごとく鳴り響くヒールの音が近づいてきた。ピンヒールを履いた女性が、腰をなまめかしく振りながら歩いてくる。その靴がトロイとの初デートの夜にわたしが履いた靴――マリアの娘が貸してくれた靴と同じだと気づいて、わたしは微笑んだ。けれど、視線をあげて女性の顔を見た瞬間、笑顔が凍りついた。彼女はつややかな唇を不満げにとがらせ、わたしをじっと見ていた。カタリーナ・グレイストーンと会うのは、わたしの結婚式の日以来だった。

カタリーナは向かいの席に座ると、わたしの皿の上にたたんだナプキンをかけて、食事の時間が終わったことを伝えた。

わたしはびっくりしてフォークを置き、顎をあげた。

あれは彼女の靴だったのだ。カタリーナがマリアの娘だった。

怒りで足が燃えるように熱くなる。

彼女の目。

怒っている。何かわたしのことで、腹を立てているのだ。

「ブロックに会いに来たんですか?」笑顔が引きつった。彼女もまた、トロイが隠していることのひとつだ。

「実は、あんたに会いに来たの」

キスをしたことをブロックが話したのかもしれないと一瞬考えたものの、すぐに思い直した。〝彼が勝手にキスしたのよ〟とにかく、だいぶ前のことで、いまになってカタリーナが文句を言いに来るとは思えない。

わたしは椅子の背にもたれた。貧乏揺すりが止まらず、皿の上のフォークがカタカタ鳴っている。携帯電話をいじりながらきいた。「なんの用ですか？」

「ねえ、スパロウ、わたしたちはお互いのことをよく知らないわよね」カタリーナは秘密を打ち明けるかのように肘をついて身を乗りだしてきたが、その声は敵意に満ちていた。「一度ゆっくり話してみたかったの」

全身の筋肉が緊張した。大災害が起こる気配がする。

「カタリーナ」冷静に言った。「あと十分で仕事に戻らないといけないんです。言いたいことがあるのなら、はっきり言ってください。時間がないので」

カタリーナは少しうろたえたようだった。わたしの携帯電話に手を伸ばして、いじるのをやめさせた。

「トロイはわたしを愛してるの」彼女が言った。

その簡単な言葉に、心を揺さぶられた。

「本当よ」カタリーナが言葉を継ぐ。「サムを妊娠するまで、婚約してたの。三年間つきあっていた」わたしと目を合わせようと必死だった。

わたしはショックを受けていることを顔には出さず、心のなかですばやく、ぎこちなくパズルのピースを組みあわせた。ふたりは婚約していた。愛しあっていた。本物のカップルだった。

「変ね、指輪はどこ？　あら、あったわ」わたしは彼女の左手を指し示した。「でも、それはブロック・グレイストーンのよね」

「これ？」カタリーナは鼻で笑い、ひらひらと手を振った。彼女の婚約指輪はわたしのよりずっと小さいが、平均サイズと比較すればかなり大きい。同じ指に細い結婚指輪もはめていた。「ブロックとは契約結婚なの」そう言って、いたずらっぽく笑った。

　わたしは彼女を信じた。ブロックもそう言っていたからだ。

「トロイとわたしの関係は本物よ。だから彼は、金曜日になるとわたしにこっそり会いに来るの。あんたは金曜日は仕事でしょ？　わたしがいるから、彼はあんたとのおままごとに耐えられるのよ。誤解しないでね。あんたはいい子だって、彼も思ってるのよ。でも、女じゃないから」

　怒りで体が震え、肺が締めつけられた。彼女に飛びかかって絞め殺せと、体じゅうの細胞が命じている。

　トロイに愛人がいた。

わたしの前に座って、彼と愛しあっていると言っている。

最悪なのは、彼女の甘くてきつい花の香水のにおいに覚えがあることだ。マイアミへ行った日に、寝室に漂っていたにおい。トロイがほかの誰かとセックスした日に。

「嘘よ」彼女が本当のことを話しているのはわかっていたが、口が勝手に動いて、自分でもびっくりするようなことを言った。「トロイがあなたのことを愛しているとしたら、絶対にほかの男と共有したりしない。そんなことができる人じゃないもの。愛していない女でさえ、できないんだから」わたしのように。「あなたのことが好きだったのだとしたら、それは、ベッドのなかだけのことよ」

つじつまが合う。だから、少しだけ力がわいた。立ちあがり、携帯電話を彼女の顔に突きつけた。

「彼はあなたに会うのをやめたでしょ？　数カ月前に。賭けてもいいわ。だからあなたはここに来たのよ。やけくそで」

カタリーナの胸から頬まで真っ赤になった。やっぱり。

カタリーナも立ちあがって、引きつった笑みを浮かべながらわたしをにらみつけた。

「彼のベッドにわたしじゃなくてあんたがいるのは、彼が悪魔と取引したから。ただそれだけのことよ。あんたたちの結婚のことは何もかも知ってるのよ、スパロウ。どうせ偽物なんだから」

心のどこかで、漫画化されたミニサイズのわたしがミニサイズのカタリーナに顔面パンチを食らい、よろめいて膝をついた。

でも、実物のわたしは〝関係者以外立ち入り禁止〟と書かれたドアへ向かって歩き始めた。このままだと、後悔することをしでかしそうだった。

カタリーナはついてきて、なおも愚弄した。「彼があんたを始末してわたしと一緒にならないのは、わたしがブロックと浮気したせいなの。ほんの出来心だったのに、サムができちゃったわけ」

彼女は息もつかずにまくしたてた。ミニサイズのわたしが肩を撃たれ、背後の壁に血が飛び散った。

「でもね、ほかの男の子どもを妊娠して、彼のメンツをつぶしたっていうのに、彼はわたしを大事にしてくれた。わたしのために手を尽くしてくれたの。わたしたちの関係に……勝とうとしても無駄よ。期待外れに終わって、あんたが傷つくだけだから」

ミニサイズのわたしがぱっと立ちあがり、なけなしの力を奮い起こした。「わたしたち夫婦の関係が、あなたにわかるはずない。どうなってるのか知りもしないくせに。トロイが会いに来なくなって、どうしたらいいのかわからないんでしょ。やきもきしてるのよね。当然よ」わたしは微笑んだ。「物事は変わるの。人も。忘れなさい。彼はそうしたから。じゃあね、カタリーナ」

わたしは彼女の眼前でドアをバタンと閉めた。周囲の壁が震えた。

ミニサイズのわたしがミニサイズのカタリーナのお尻を蹴って、縮んで暗くなっていく漫画のコマから追いだした。すると、ふたたびコマがふくらんで、ミニサイズのわたしが自らの血の海のなかで横たわっていた。

カタリーナの言うとおりだから。トロイは彼女を愛していないかもしれない。

でも、わたしも愛されていない。

そして、わたしの知らないことを彼女は知っている。彼がわたしと結婚した理由を。彼の動機を。

21

トロイ

霧の立ちこめる墓地の前で車を止めた。

親父はボストンで最も古い墓地に埋葬されている。伸び放題の草や泥、コケやクモの巣が、ハロウィンの装飾のごとく墓石を飾っている。あとは錆《さ》びた門さえあれば、お粗末なホラー映画のセットに使えそうだ。実を言うと、おれはこの陰鬱な雰囲気を気に入っていた。地獄のような墓地だが、親父にはふさわしい。おれたちが毎週日曜日に通っていた教会の裏手にある。親父の第二のわが家だ。

ここにはおれの身内だけでなく、数々の記憶が埋まっている。いい思い出もあれば、思い出したくないこともある。たとえば、マクレガーとか。

おれは毎週金曜の午後、週末が訪れ、また新たな罪を犯す前にここに来る。会いたくてたまらない人と話すために。親父がおれの神父で、墓石が告解室だ。

親父は決しておれを裁かない。

おれに説教したりもしない。

それに、ここに来ると、おれにはやり残したことがあると思い出す。親父の死を招いた人間を突きとめること。

ちょっとした皮肉で口笛を吹きながら、墓石のあいだを縫うように歩いた。この頃の墓参りは、悲しい行事ではない。昔からの友人とビールを飲みに行くようなものだ。

霧雨を気にせず――例年になく異常な夏で、喜ばしいことに、秋の始まりもまた同様に厳しかった――親父の墓の前にかがみこんで、肘を膝にのせた。親父が永遠の眠りについたあとも、おれたちは親子らしい荒っぽい会話をした。

数週間前から、ふたたび犯人探しに没頭していた。クルプティを送りこんだ人物。そいつが誰にせよ、仲介人（地元の気の毒なガキで、親父が殺された数カ月後に事故で死んだ）とビットコインを使った。黒幕は賢い。計画的で……実体がない。

黒幕を突きとめるために、人に頼んで調査を続けている。ボストン周辺も含めて、くまなく調べるつもりだ。だが、調査は困難を極めた。親父の敵はみな死んでいるか、容疑が晴れたかのどちらかだった。どうも腑《ふ》に落ちない。

最近は、親父ではなく、おれの敵なのではないかと思い始めている。

少なくとも、パディ・ローワンへの恨みは晴らした。あれは親父だけでなく、彼女のためでもあったが。

最近はスパロウのこともよく話す。

「ロビンもあんなに面倒くさい女だったのか？　スパロウのあの反抗心は、エイブから受け継いだものじゃないだろ」

親父は返事をしない。当然だ。だが、もし親父が隣にいたら、鼻で笑ってレインズ家の女たちについて何か下品なことを言っただろう。たとえロビンを愛していたとしても、決して感情を表に出さないに違いない。

親父を非難できない。おれも感情を表すのは苦手だ。感情がないのではないかと思うときがほとんどだ。

いまおれは、レッドとしかセックスしていない。草を何本かむしって、墓石の上に投げた。ひとりの女に絞ったのは久しぶりだ。キャットが最後で、大きな失敗に終わった。

「ベイビー、あなたなの？」

噂をすれば影だ。キャットがハイヒールでふらふらと近づいてきた。ブローして整えた髪がぺちゃんこになり、額に雨粒がついている。寒さのせいで歯をガチガチ鳴らしていた。

彼女が現れるかもしれないと、予想しておくべきだった。彼女にはストーカー気質がある。一度目に別れる前から。おれが惚《ほ》れた、シャイで優しい仮面をかぶっていた頃から。おれの両親の家に掃除に来るマリアについてきては、カールした長いまつげ越しにおれを見つめ、微笑んでいた。おれが空に月をかけ、太陽を照らしているとでも言わんばかりに。

おまけに、ものすごく独占欲が強い。

自分以外に女がいないかどうか、常に嗅ぎまわっていた。

おれは立ちあがり、そのとき初めて自分が雨でずぶ濡れになっていることに気づいた。険しい表情で、迷惑そうに彼女を見た。キャットは少し離れたところで立ちどまった。雨脚が強まっていて、彼女の表情は読めなかった。

「あんな子、まだねんねじゃない」キャットが声高に言った。「契約結婚だって言ったわよね。お父さんのために背負わなきゃならない荷物だって」体が震えているのは、寒さのせいではなさそうだ。「戻ってきて、トロイ」

キャットはスパロウの話をしながら泣いていた。驚いたことに、ぼろぼろの彼女を見ても、おれは興奮しなかった。

「あきらめろ」びしょ濡れのピーコートの下で背中を丸めた。「数カ月前に、おれの部屋で最後のセックスをしただろ。おれたちは別れたんだ」

「トロイ、いやよ」キャットがひざまずくと、泥が飛び散った。雨まじりの涙を流しながら、おれの脚にしがみついた。「お願い。つまんない子じゃない。あなたのことを求めていないし、必要ともしていない。あなたはあの子にはもったいないわ。わたしたちには歴史があるし、相性もばっちりでしょう。ちょっとこじれちゃったけど、わたしたちは離れられないのよ」

「ブロックにはらませられる前に、よく考えるべきだったな」ぶっきらぼうな口調で言ったが、怒りは消えていた。もはやブロックの妻に未練はない。この状況の何もかもが虚しかった。無益だ。おれは前に進んだのだ。

「ブロックと結婚しろってあなたが言ったのよ」キャットはおれのズボンに爪を食いこませたまま、はなをすすった。「それが一番いいって。妊娠なんかしたせいで。あ、トロイ」

「キャット」おれは怒鳴った。「そのおかげでサムが生まれたんだ。もっとちゃんと面倒を見ろ」だがおれは、キャットが決して口にしないことをわかっていた。彼女はサムを恨んでいる。サムがおれたちの仲を決定的に引き裂いたから。あの裏切りのあとで、おれは彼女をふたたび受け入れることはできなかった。

「わたしたちだったかもしれない。幸せな結婚をするのは」キャットが訴えた。「あなたのベッドに、あなたの家に、あなたの心にいるべきなのはわたしよ。なんでもするから。何をすれば、あなたを取り戻せるのか教えて」

「哀れだな」おれは背を向け、車に向かって歩き始めた。親父との時間を邪魔されたことに腹が立った。

キャットはヒステリックに泣きながら追いかけてきて、つまずいて転んだあと、よろよろと立ちあがった。ぬかるんだ墓地にピンヒールは不向きだ。だが、キャットは常に見栄えを重視する。二十代の頃は、彼女のそういうところを高く買っていた。三十代になったおれは、うんざりした。

「こうなったら」キャットが警告した。「わたしがぶち壊してやるから」

おれはため息をついた。「カタリーナ、自分の人生すらまともに壊せないくせに。おまえが何かをやり遂げることなんてできないだろう」

「うるさい」キャットはおれを押しやったあと、拳で叩き始めた。

おれは弱々しいジャブをかわし、手首をつかんで、墓地を取り囲む高い石のフェンスにキャットを押しつけた。彼女を押さえながら、虚しさを覚えた。かつてのおれは、この女を本当に愛していたのだろうか。

「もうたくさんだ。いいかげんにしろ。一度しか言わないから、よく聞け。おまえにはチャンスがあった。おれはすべてを与えた。おまえに高級品を買ってやるために、がむしゃらに働き、リスクを負った。事業を始め、フランス料理店を開いた。おまえの好きな料理だからってだけで。全部おまえのためだ。なのに、おまえは裏切った。おれの金をコカインに注ぎこみ、リハビリ施設に入れたら、そこでもまたしくじった。充分楽しんだだろ。そろそろ潮時だ。わかったか?」

キャットは力のないパンチをさらに浴びせながら叫んだ。「そんなこと言わないで!」

つらい話だが、皮肉なことに、おれはもう全然つらくなかった。破局する少し前に、おれはキャットをマリブにあるリハビリ施設に入れた。国内で最も金のかかるリハビリ施設で、サウナや二十四時間利用できるスパが併設されていて、彼女にぴったりだった。だがキャットは、カウンセラーの子どもを妊娠して戻ってきた。ブロックの子だ。

リハビリ施設に入ってから二カ月後、彼女の妊娠が発覚した日のことをいまでも覚えている。キャットはおれの子だと思いこませようとした。おれもそれを信じたかった。だが、彼女の検診につきそったとき、産婦人科医が妊娠週数をぽろっともらしたのだ。キャットは妊娠六週で、おれの子ではなかった。

「いや、いやよ」キャットは激しく首を振り、長い爪で自分の顔を引っかいて傷をつけた。

「おれは同情しただけだ」おれは怒りが消えていることに驚いた。「おまえが妊娠したとき、おれの家から追いださなかったのは、良心に従っただけでおまえをまだ愛していたからじゃない」

「トロイ！」キャットが痛めつけられた動物のように叫びながら、血まみれの拳をおれの顔めがけて振った。「もうやめて！」

だが、本当のことだ。

おれは罪悪感を抱いていた。彼女が望むもの、おれたちが望むものを与えてやれないことに。おれたちの婚約にはなんの意味もないことを、ふたりとも知っていた。おれはスパロウ・レインズと、近所の不幸な少女と結婚する。金や服やレストランや豪華なバカンスで取りつくろっても、結局は偽物だ。おれたちは結婚できないことを忘れるために、気晴らしばかりしていた。おれは心のどこかで、純情な部分で、キャットが浮気したことを、罰が当たったのだと思っていた。おれはキャットだけのものにはなれない。だから、彼女を自分だけのものにはできないのだと。

おれはキャットと別れたあと、ふたりで住んでいたアパートメントに戻った。荷物を取りに行ったのだ。キャットを妊娠させた男が来ているのを見ても、おれは驚かなかった。

彼女は美人で不安定で、そばにいる男が望むことをなんでもする。男にとってはたまらない組み合わせで、拒むのは難しい。おれが一番よくわかっている。

ブロックがそのままボストンに残ったので、おれは仕事を与えた。親父が殺される数カ月前のことだった。ふたりが家庭を築く助けになると思って。償いとして。おれたちはだめになったが、これまでに愛した唯一の女の目の前で、名誉挽回《めいよばんかい》するチャンスだった。たとえその女を手に入れられなくても。

「もっと早く終わりにするべきだった」苦しそうに呼吸しているキャットに言った。顔が涙でぐしょぐしょで、この前会ったときよりも老けて見えた。

「愛してる。彼は浮気相手にすぎなかった。わたしが愛しているのはあなたなの、トロイ」キャットは戦略を変え、背中をそらしておれの股間に体を押しつけてきた。

おれは急いで体を引いた。なんてことだ、おれがここでやる気になると思っているのか？　こんなに弱い女を一度は愛したなんて。

おれは息を吸いこんだ。「おまえが愛しているのは、危険とペニスだけだ。おれたちのあいだに大きな溝が生まれて、おまえに対して好意的な感情を持てなくなった。おまえたちを助けてやったのに、おれの秘密をおまえの夫にばらしたからだ」うんざりして、キャットの手首を放した。「最大の裏切りだ」

キャットはブロックにすべてを話した。

おれと親父の約束のことも。

スパロウのことも。

何もかも。

おれを危うい立場へと追いこみ、おれが築きあげたものを危険にさらした。

ブロックに話してほしくなかった。ブロックが知っているということを知りたくなかった。あるクライアントの娘を解毒して別荘から戻った夜、ふたりで飲んだときに、ブロックが酔っ払って、キャットからおれの秘密を全部聞いたと打ち明けたのだ。ブロックは口外しないと約束した。

それは思いやりではなかった——脅迫だ。

「こうしよう」おれはキャットの頭に手を置き、目を合わせた。「おれはここから立ち去る。次に会うとき、おまえはブロックの腕にすがって従順な妻を演じる。おれに話しかけるな。二度とかまうな。わかったか？」

やりすぎだったと自覚していた。自分がいい気分になるためだけに、キャットの夫の家でセックスした。おれが失ったもののために。彼女を都合のいい女のひとりにした。たまにやるだけの女におとしめた。卑怯だが、自尊心を取り戻したかったのだ。彼女が浮気し、ほかの男と結婚し、おれの秘密をばらしておれを捨てたように、おれも彼女をめちゃくちゃにしてやりたかった。

「あの子は知ってる」キャットが憎しみと狂気に満ちた笑みを浮かべた。「わたしたちのことを話したの。あなたの妻は知っている」

「今度あいつに近づいたら、おれがこの手で殺してやる」おれが一歩うしろにさがると、キャットは泣き叫びながら壁をずるずる滑り落ちて芝生にへたりこんだ。

何年も前から、この瞬間を何度も想像した。永久に彼女と別れることを。こっちが優位に立ってこのごたごたから抜けだすことを。

彼女を捨てて傷つければ、勝利感が得られると思っていた。だが、おれが墓地を去るときに感じていたのは、激しい虚しさと、キャットがレッドに話したことに対する耐えがたい怒りだけだった。

キャットがふたたびコカインに手を出さないことを願った。両親ともに落伍者《らくごしゃ》だなんて、サムがかわいそうだ。

稲妻が空を切り裂き、ふたたび雨脚が強まった。おれは車に乗りこんで、ステレオをつけた。ザ・スミスの『サムバディ・ラヴド・ミー』がスピーカーから鳴り響く。雨がキャットとの思い出を洗い流してくれる。

おれたちは終わったのだ。完全に。

早く人生の次の章に進みたかった。

22

トロイ

フリンが死んだ。

土曜日、フリンをブロックに預けて別荘をあとにしたときは、まだ生きていた。マイアミへ行ったあとに行った解毒は、長続きしなかった——それほど驚くことではない。息子が逆戻りしたと、ジョージ・ヴァン・ホーンから連絡があり、おれはフリンをふたたび別荘へ運び、週末はブロックに任せたのだ。

予定どおり、月曜の朝一番に様子を見に行った。

そうしたら、フリンが死んでいた。

おれは罪悪感に駆られた。死に動揺したわけじゃない。おれはふたりの人間を平然と惨殺した男だ。だが、フリンは罪のない人間で、父親が見栄のために病院で専門家の助けを求めるのを拒んだせいで死んだのだ。

おれが正しいことをするよりも、金を選んだせいでもある。

フリンはスパロウだ。みんなに裏切られた。両親、家族、友人たちに。唯一の違いは、スパロウにはいまではおれがいることで、おれはおれのインコを傷つけるやつを許さない。彼女を傷つけていいのは、おれだけだ。

部屋のにおいで、フリンが死んでからそれほど時間が経っていないとわかった。ブロックが彼を置き去りにしたのなら、それほど前のことではないだろうから、つじつまが合う。

死体をあおむけにし、二本の指を首に当てて脈を確かめた。

確実に死んでいる。

部屋のなかを見まわし、ため息をついて髪をかきあげた。ブロックがフリンを救うはずだった。くそったれかもしれないが、解毒の腕に関しては一流だ。おれに何も言わずにここを離れたのはなぜだ？　ジョージにどう説明すればいいのだろう。

親指でフリンのまぶたを閉じさせた。これ以上迷子の子犬みたいな目で見つめられたくなかったし、最悪の気分から抜けだしたかった。

ジョージ・ヴァン・ホーンに電話をかけ、暗号で知らせた。荷物は配達途中で行方不明になった。届けることはできない。このあと、どうすればいいのか。答えを聞きたくなかった。

「郵便制度はあいかわらず高すぎるし、信用できないな」ヴァン・ホーンはいやみを言った。「誰にも荷物が見つからないようにしろ」電話が切れた。

ヴァン・ホーンは、フリンの死体がこっそり始末されることを望んでいる。過剰投薬を装って、ちゃんとした葬式や、なんらかの儀式をあげてやるつもりもないのだ。そんなことをしたら政治生命が絶たれるから。この世のジョージ・ヴァン・ホーンたち、モラルを曲げ、胸くそ悪いことをする人々は、ある日目が覚めると、自分がモンスターになっていることに気づくのだ。

おれは自分がモンスターだとは思っていない。親父を殺した人間は死んで当然だと心から思っている。おれは残酷だが、不公平ではない。ゲームで勝ち進むために家族を殺したり、葬式をあげないなどということは考えられない。

〝スパロウの母親を除けば〟あのことはいまもうしろめたく思っている。スパロウが知ったら、絶対におれを許さないだろう。

おれはフリンの死体を森の奥まで引きずっていった。万一発見された場合にも疑われないくらい、別荘から離れた場所まで。だが、痩せこけたジャンキーであっても死体を運ぶのはひと苦労だから、それほど遠くへは行けない。

車で運ぶのは論外だ。マセラティに乗せた場合、痕跡をすべて取り除くのは不可能だからだ。

木の幹の近くに死体を置いたあと、別荘からシャベルを取ってきて墓穴を掘った。そこに死体を捨て、しっかり埋めて隠した。燃やしたほうがいいのはわかっているが、気が進まなかった。フリンはもう死んでいるのに、おれのゆがんだモラルが邪魔をした。

掘り返す必要が生じた場合に場所がわかるように、彼女の隣に埋めた。いつものように考え抜いた計画だが、正しくない気がした。

特に、フリンのすぐ近くに彼女が埋められているということが。彼女の娘に知らせなければならない。知らせるべきだ。

別荘に戻り、シャワーを浴びたあと、裏庭の小さな穴に服を捨てた。そして火をつけたマッチを投げこむと、炎が服に燃え移り、穴の縁をめらめらと走って、おれの罪の証拠をのみこむ様を見守った。

汗を流して罪悪感を振り払った。ソファを引きずってテラスに出し、ガソリンを浴びせて火をつけた。古いソファから悪臭のする炎があがり、黒い煙が雲に覆われた灰色の空へと立ちのぼった。おれはフリンが触った場所すべてを、手の皮がむけ、拳から血が出るまでピカピカに磨いた。数時間かかったが、証拠を残すわけにはいかなかった。

ボストンへ戻る車中では、ヴァン・ホーン家のことは考えまいとした。この仕事のいやな面だ。通常、おれは悪人を相手にする悪人だ。だがときどき、フリンのような人間が巻きこまれる。たまたま都合の悪い場所に居合わせたり、間違った家族に生まれたりしてしまった罪のない人間が。そんなとき、厄介な事態になる。おれの怒りを受けるに値しない人々をひどい目に遭わせるのは、おれのやり方じゃない。おれなりの正義があって、ふさわしいときはそれを発動する。これが人生だと、自分に言い聞かせようとした。バットマンになるときもあれば……ジョーカーになるときもある。フリンは死ぬべきじゃなかったし、おれが防ぐこともできたが、そうしていたらクライアントを失い、トラブルを招くことになっただろう。端的に言うと、おれはフリンの命よりも保身が大事だったのだ。

その考えと、間近に迫ったブロックとの対決のことを頭から追い払って、スパロウに電話した。仕事中だとわかっていたが、生意気な声がどうしても聞きたかった。呼び出し音が四回鳴ったあと、彼女が電話に出た。

「どうして電話に出た？　仕事中だろ」おれは怒鳴った。彼女は仕事を大切に考えていて、ルージュ・ビスに満足していないのをおれは知っていた。スパロウは生まれながらにして自由だ。ピエールのような、あるいはおれのような人間の下で働くようにはできていない。それに、高級料理が好きじゃない。キャットとは正反対だ。油っぽくて家庭的で気楽な屋台の食べ物がスパロウのスタイルだ。パンケーキとか。

「仕事中だとわかっていて、なんで電話してくるの？」

「もちろん、おまえを怒らせるためだ」

「目的は果たせたわね」彼女は楽しそうに言ったあと、ため息をついた。鍋のガタガタいう音が聞こえてくる。「ピエールが難癖をつけてくるの」

「ソーセージ指が？」おれは口にくわえたつまようじを転がした。おれのレストランで彼女がいじめられていると思うと腹が立つが、音をあげないところが好きだ。「おまえはよくやっている」

「そうよ」スパロウはそっけなく言った。「だから、むかつくのよ」

「頑張れ」

「ええ。家に帰ったらあなたのお酒をあさるわ」

〝家〟彼女がそう言ったのはこれが初めてではない。最初は〝あなたの〟ペントハウスとか、〝あなたの〟シーツとか、〝あなたの〟キッチンとか言っていた。それが〝わたしたち〟

に変わったのを、おれは喜んでいた。たとえ束の間《つかま》のことだという気がしても。

「おれの帰りを待ってろ。おれも一杯やりたい気分だ。一杯どころか何杯でも」

「仕事でいやなことがあったの？」

「最悪だった」

「転職すれば？」

「そうだな」おれは鼻を鳴らした。「何がいいと思う？　ソーシャルワーカーとか？　環境スペシャリストなんてどうだ？」

「いいわね。ホッキョクグマや野鳥を守る線で考えていたの。文明からかけ離れたことがあなたにはぴったりよ」

「野鳥ならもう一羽救った。そのせいでくそ忙しい」

「救った？」スパロウが思わず責めるような笑い声をあげた。「その野鳥のために中華料理を買ってきて。ボトルを開けるわ。またあとでね」

おれは突然、何もかも打ち明けたい衝動に駆られた。幸い、すぐに正気に返った。そんなことをしたらおれのためにならない——彼女は絶対におれを許してくれない。親父のことも。彼女の母親のことも。おれたち全員を。

おれはラジオのボリュームをあげた。クイーンズ・オブ・ザ・ストーン・エイジの

『イン・マイ・ヘッド』が鳴り響く。おれは尻に敷かれているのだろうか？　まさしくそのとおりだ。彼女とのセックスが一番の趣味になっていた。ついにできた弱点が、レッドの股だ。

そこで生きたい。そこでなら死んでもかまわない。

だが、それだけじゃない。あの生意気な女と今夜一緒に過ごすと思うと、妙な感じがした。うれしいというか、興奮するのだ。彼女を好きになりたくない。そんなの、泥酔している彼女におれの心の底に通じる鍵を渡して、安全運転しろと言うようなものだ。彼女がそうする保証はない。

なんらかの関係を築かずにやりまくるというおれたちの〝取り決め〟に、おれは混乱していた。全然ロマンティックじゃない。デートもプレゼントもしないし、ネットフリックスを一緒に観たりもしない。愛しあうのではなく、戦争をしている。向こうが引っ張れば、おれは嚙む。引っかかれ、爪を食いこませられたら、おれはさらに速く、激しくぶちこむ。おれたちのセックスは荒々しくて激しいが……自分さえよければいいというものではない。

レッドがああいう女だから好きなんじゃない――おれの周りにいる女とは違うからだ。おれの権力や地位や金目当ての女とは違う。

彼女に物を買ってやっても、怒らせるだけだ。クローゼットをブランド物の靴やドレスでいっぱいにしてやったのに、彼女はそれらを全部、まるで安物みたいに近隣のホームレス施設に寄付してしまった。いまボストンのダウンタウンには、ステラ・マッカートニーのスーツとジミーチュウの靴を身につけ、自分は本物の救世主だと信号に向かって叫んでいる、頭のおかしなホームレスの女がいる。

レッドはおれからの豪華なプレゼントを無価値な汚染物質のごとく無視するか、最悪、全部寄付してしまう。殺してやりたいとも、キスしまくりたいとも思う。

頭に来ると同時に、うれしくもある。

うわべを飾らず、間違ったことに突き動かされない。スパロウはおれが自由に書きこめるまっさらな紙だ。

そして、書きこんだ。

唇や顎、首や鎖骨に。彼女への渇望を鮮やかな色で書いた。ピンクの乳首を最初はゆっくり、そっと吸ったり嚙んだりしたあと、小さなスパロウのなかに、解き放たれたがっている野鳥がいることに気づいて、力を込めた。血が出そうになるまで、うめき声がうなり声に変わるまでこすった。体じゅうにおれのイニシャルを書き散らし、おれの名前を叫ぶまでなめまくった。

何度も。

何度も。

おかしなことに、おれは彼女にいってほしくなかった。おれがいけなくても、彼女を楽しませたい。それだけじゃなくて、半開きの目で彼女を見るのが好きだった。生まれて初めて、セックスが自分ではなく相手を満足させるものになった。

おれはずっと、やり方を間違っていたのだ。

こんなのはおれらしくない。おれは思いやりのあるタイプじゃない。最後に思いやりを示したのは、ブロックやキャットをおれの人生に関わらせたときで、うまくいかなかった。

怒りが込みあげるのを感じながら、ジェンセンに電話をかけた。ジェンセンはハッキング関連の仕事を任せている男だ。スパロウの銀行口座にもアクセスできる。

ジェンセンは電話に出たが、何も言わなかった。そういう男だ。言葉を惜しんで行動で示す。

「小切手は換金されたか？」おれはきいた。パディの金のことだ。

「まだだ。結婚したときと同じで一文なしだ」

「すばらしい。変化があったら知らせてくれ」

満足して電話を切った。スパロウは小切手を換金するだろうが、それは逃亡資金が必要になったときだ。たとえ何があろうと金持ちになることが親父の遺言で保証されているのを、彼女は知らない。

おれは革張りの座席にもたれかかり、別荘を出発してから初めて深呼吸をした。いまはまだ、彼女はここに、おれと一緒にいる。

ずっとこのままがいい。

23

スパロウ

　性懲りもなくブロックがまたダイナーでデートしようとわたしを誘ってきた。わたしがカタリーナと対決して以来、彼は出勤していなかったが、月曜の夜、わたしの仕事が終わったあと、街角で待ち伏せしていたのだ。

「いいかげんにして」わたしは彼を見向きもせずに素通りした。

　ブロックはジーンズのポケットに両手を突っこんだまま追いかけてきた。「ちょっとだけ時間をくれないか？　悪いようにはしないから」

「ずっとそう言ってればいいわ」数日前の午後に彼の妻が現れたときの記憶はまだ鮮明で、わたしは歯を食いしばった。「でも、その言葉の意味がわかっていないようね。ねえ、あなたとカタリーナがうまくいっていないのは気の毒だけど、わたしを巻きこまないで。あなたもわたしも、結婚してるのよ」

最初は心を惹かれたハンサムで優しいブロックが、相当鈍い男だとわかってがっかりした。

数カ月前まで、わたしたちが結婚したあとも、彼の妻がわたしの夫と寝ていたことにはさらにがっかりした。

もちろん、そのことをブロックに話すつもりはない。サムを含めたわたしたち全員を焼き尽くす火を燃やすのではなく、消したかった。だから、カタリーナが会いに来たことをトロイには話さなかったのだ。余計な騒ぎは起こしたくない。ふたりは別れた。トロイは取り決めを守ったのだ。それ以上話すことはない。

「トロイがきみのことを傷つけるんじゃないかと心配なんだ。あいつは危険だ」

「冗談でしょ？　わたしがとらわれのお姫様に見えるの？　助けが必要なときでさえ、自分でうまく対処できるのに。助けてもらう必要はない。ひとりでトロイに立ち向かえる。

「一緒に来てほしい。見せたいものがあるんだ」ブロックが車の前で立ちどまり、助手席のドアを開けた。トロイの車ほど派手ではないが、目立つことに変わりはない。

「そのあとで、きみがたいしたことじゃないと言うなら、もうちょっかいは出さないから」

「行かないわ」わたしは足取りを速めた。「さよなら」

わたしは怯えているのではなく、怒っているのだと自分に言い聞かせながら、ペントハウスまで走って帰った。ブロックは善意から助けようとしているのに、わたしはトロイに夢中だから、そう思えないのだと。

家に入ると、ヴィンテージワインのボトルを開け、下の階の炉端に敷かれた白いウールのカーペットの近くに、ワイングラスをふたつ置いた。そして、ブロックと出くわしたことで生じた緊張をやわらげるため、立て続けに二杯飲んだ。ブロックのやっていることはストーカーと同じだ。そのあと、上の階のトロイと共用しているバスルームへ行き、髪をとかして一日の汚れを洗い流した。

夫の秘密主義に耐えなければならないのが悲しかった。もう否定できない。わたしは夫を愛している。

日ごとにわたしの心を彼が占める割合が大きくなっていった。彼がそばにいないと、息が苦しくなる。ロマンティックな甘い感情ではなく、身を焦がすような激しい愛だ。体をむしばむ癌のようなもので、鼓動を打つたびに新しい細胞が無数に増えた。治療法は存在しない。わたしはどんどん滑り落ち、底なしの感情の海に溺れていく。

寝室のドアが閉まる音がした。鏡に映った自分が見えないよう、上を向いて目を閉じた。誰かに心を奪われているときに、自分と向きあうのはつらい。

「恋をしているのに、こんなにつらいなんてことがある?」

長い髪にブラシをかけた。あるのだ。わたしは恋をして、心を傷つけられている。バスルームのドアをノックされ、結婚式の日、初めて話したときのことを思い出した。あれからいろいろなことが変化したが、変わらないものもある。

「入るぞ。裸でもかまわない」

トロイがドアを開けた。枠をふさぐほど体が大きい。淡いブルーの目でわたしをじろじろ眺めた。わたしは彼の手を見おろした。皮がむけ、ぼろぼろだった。漂白剤とガソリンのにおいがする。わたしは首を横に振った。

「信じられない」静かに言った。

「おまえが思っているようなことじゃない」トロイがゆがんだ笑みを浮かべた。「中華料理を買ってきたぞ。下に置いてある」

わたしは彼の手を指さした。「いったい今度は何をしたの?」

トロイは緊張し、目を半分閉じて体をこわばらせた。それでもわたしは、きいたことを後悔しなかった。彼がクエンティン・タランティーノの映画みたいに人を殺しまくっているのなら、そのこともちゃんと知っておきたい。

トロイは拳を見おろして顔をしかめた。彼らしくない。いつもは証拠を残さないのに。わざとか無意識のうちちか、わたしに気づいてほしがっているように思えた。

「トロイ……」わたしは目をすがめて彼を見た。「もう見て見ぬふりをすることはできない。わたしに話して」

「スパロウ、待ってくれ」トロイがわたしの腕をさすろうとした。

わたしはあとずさりした。

トロイの顔から笑みが消えた。「待てないわ、トロイ」

「なら、正直に話すが、聞いて楽しい話じゃないぞ。それから、秘密を守ってもらわなければならない。裏切りは許さない」

トロイが体を寄せてきて、わたしは彼を見あげた。漂白剤とガソリンのほかに、かぐわしい汗や、今日彼がつけてきたありとあらゆるもののにおいがした。

わたしはうなずいた。「裏切らないわ」

「わかってる」彼の口調が突然厳しくなった。「おまえはなんらかの真実を求めた。だから、教えてやる。おれは殺し屋じゃない。人を殺すことを仕事にしているわけじゃない。金をもらって人を殺したことはないが……」片手をあげ、わたしの髪を指に巻きつけた。「火のないところに煙は立たない。ビリーを殺したのはおれだ。マクレガー神父も。おぞましい殺し方だったが、やつらのしたこともおぞましかった」

わたしは衝撃を受け、膝の力が抜けたけれど、それは恐怖のせいではなかった。うれしかったのだ。彼が秘密を打ち明けてくれた。わたしのモンスターが、わたしをつかまえ、堕落させた、わたしの恋人が。

「その人たちは何をしたの？」わたしの赤い髪をもてあそぶ彼の指を見つめながら、かすれた声で尋ねた。

「ビリーは親父を殺した。金のために人を殺す無情な殺し屋だ。マクレガーは親父の居場所をビリーに教えた。ビリーの目的を知っていたのに。やつらはおれが大切に思っていた、たったひとりの人を奪ったんだ」髪をもてあそぶ人差し指を見る彼の目が見開かれ、声がぼんやりした。「罰を与えなければならなかった」

「あなたはボストンの神だから」わたしはそっと言った。

泣きたいのに、びっくりしすぎて涙も出なかった。噂を知っていたのに、驚いた。ふたりもの人間の命を奪っておいて、どうして平気でいられるの？　でもわたしには、親を殺された人の気持ちはわからない。

「怖くなったか？」トロイがわたしの耳に息を吹きこみ、大きな体でわたしの小さな体を包みこんだ。「おれがそんなことをする人間だとわかって。いまもビリーを送りこんだ黒幕を探してるんだ。まだ復讐は終わっていない」

トロイはわたしの髪を放すと、ポケットから黄色い紙を取りだして、わたしの胸に押しつけた。わたしはその紙を引き抜いて読んだ。クルプティとマクレガーの名前が棒線で消されている。三人目の人物が誰かはわからない。クエスチョンマークがついていた。

ようやく視線をあげて、彼の目を見た。「怖くないわ」落ち着いた声で言った。「だって、あなたがわたしのことは絶対に傷つけないとわかっているから。あなたがしたことを喜んではいない。がっかりした。神の真似事《まねごと》をするなんて許されない行為よ。危険だわ」

彼はほっとした表情でわたしの顔をのぞきこみ、そこに恐怖や嫌悪が表れていないか探った。表れているはずがない。彼はモンスターだけど、わたしのモンスターだ。「何日か前に、おれの元婚約者がおまえに会いに来たと、風の便りで聞いた」トロイは少しためらった。「スパロウ――」

わたしは彼に怒っていると思われたくなかった。ふたりはもう会っていないという確信があった。

「気にしてないわ」いたずらっぽい笑みを浮かべた。「前にも言ったけど、これはただの取り決めだから。あなたは守ってるんでしょ？　家の外ではちゃんとペニスをズボンにしまってる？」

　彼のまなざしが突然陰りを帯びた。「ああ。おまえは守ってるのか？」

「もちろん」

「おまえのちょっといかれたところが好きだ、スパロウ」彼がわたしの肩をシャワールームのほうへそっと押した。

　わたしはよろめき、背中がぶつかってガラスのドアが少し開いた。彼を見つめて出方をうかがう。彼は頭をさげてわたしの喉を噛んだあと、吸って痛みを消し去った。熱い唇が胸の谷間におりてきたが、わたしはよけてシャワールームに逃げこみ、背中を黒いセラミックタイルに押しつけた。

「惜しかったわね、あなた《バル》。わたしはまだあなたの告白にあきれているの」心臓が覚醒剤をやったキツツキみたいに激しく打っている。

「おれはおまえの友達《バル》じゃない」トロイは歯を見せて笑い、身を乗りだして蛇口を開けた。冷たい水が降り注ぎ、服がずぶ濡れになって、わたしは息をのんだ。「おまえの夫だ。いまここで、夫の務めを果たす」

　抵抗しても無駄だし、そもそも拒むのはもったいない。彼はあたたかい舌でわたしの口を攻め、スーツを着た体をわたしに押しつけた。わたしは情熱的なキスに夢中になり、からかうように嚙まれ、冷たいシャワーを浴びているにもかかわらず、大きな手で撫でられているうちに熱くなった。トロイがうなり声をあげ、わたしの両手首を片手でつかんで、頭上のタオル掛けに押し当てた。そしてネクタイを外すと、痛くはないが抜けだせないくらいにきつく縛りつけた。

「ちょっと」わたしは上を向き、ぼんやりした照明と体に降り注ぐ冷たい水滴を見つめた。服が水浸しで重かったが、気にならなかった。ふたりとも服を着たままずぶ濡れになっていた。「デイジーの言うとおりだった」

「だろうな」トロイは餌に食いつかず、わたしのジーンズを荒々しく引きおろした。下着もすばやく脱がされた。わたしはすっかり準備ができていて、興奮していた。

「あなたはアブノーマルなセックスが好きだって」

あたたかい息が胸の谷間にかかった。舌が滑りこんできて、わたしは体を震わせた。

「面白いセックスが好きなだけだ……」トロイがひざまずき、脚のあいだに顔をうずめた。片膝をつかみ、広い肩に脚をかける。「おいしいのが……」冷たい水と対照的に信じられないほど熱い舌が貪欲に円を描いた。

全身がぞくぞくした。

「激しいのが……」トロイが歯でクリトリスを繰り返しかすめた。

わたしはうめき声をもらし、身をよじって逃れようとしたが、手を縛られていて無理だった。頭を振っても、髪を振り払えない。わたしが何も見えない状態でいるのを、彼は喜んでいる。小さくて無力なわたしが好きなのだ。

「何より、おまえとするのが……」彼は容赦なく攻め続けた。

「いきそう」わたしはあえいだ。どうしようもない。狂おしいほどの激しいオーガズムに襲われた。

背後の蛇口が右にずれて、突然水が熱くなった。トロイが立ちあがってキスをし、わたしは微笑んだ。

「そうだな」トロイは片方の太腿をつかむと、曲げた肘で膝を支えた。「お返しをさせて」

いきなり突っこまれ、息をのんだ。よすぎる。全身が彼で満たされ、すぐにまたいけそうな気がした。

「いつの間にズボンを脱いだの？」わたしは笑いながらきいた。

信じられないが、何度か力強く突かれただけでのぼりつめていき、体が引き裂かれるような快感に襲われた。トロイが濡れたシャツ越しに胸をつかんで、乳首をきつくつまんだ。

「ああ……」大声でうめくと、みだらなキスで口をふさがれ、舌でまさぐられた。切迫したむさぼるようなキス。キスの域を超えている。

ちっとも優しくないし、ロマンティックでもなかった。彼は激しく腰を振り、奥まで貫いた。二度目のオーガズムの波にのまれたとき、何か鋭いものでネクタイが断ち切られて、突然手が自由になった。わたしはタイルの床にくずおれそうになったが、トロイが肘をつかんで支えた。

「お返しをしろ」鋭い声で命じられ、わたしはすぐに彼が求めているものを理解した。かがみこんでペニスをできる限り口に含んだ。吐きそうになりながらもどうにか包みこむ。下手なのではないかと心配になった。

途方に暮れていると、彼がペニスを押しこんできた。「いいか?」

わたしは目を閉じてうなずいた。フェラチオは屈辱的だろうとずっと思っていたが、そうは感じなかった。わたしが世界一おいしいものであるかのように、口で愛撫されたあとではなおさらだ。

彼が体を震わせ、熱い液体がわたしの口のなかに広がった。わたしはぞくぞくしながらそれをのみこんだ。顔をあげると、彼の笑顔が見えた。彼が上を向くと、黒い髪からしたたるしずくがわたしの顔にかかった。

彼はペニスをつかんでいない手でわたしの髪を二度撫でたあと、悦びの吐息をついた。「くそっ《ファック》」

まさにファックだ。

あれでもトロイ・ブレナンも人間だ。最悪の種類だが。彼は魅惑的で、何をしても許される。殺人でさえ。

わたしたちはテレビの前で、冷えた中華料理を食べ、アルコールを大量に飲んだ。わたしが無理やり『恋のからさわぎ』を見せたのだ。といっても、彼はほとんど見ていなかった。わたしの髪を指に巻きつけ、携帯電話でメールに返信しながら、ヒース・レジャーとジュリア・スタイルズのロマンティックな場面になると、目をぐるりとまわしてみせた。それでも、わたしにとっては人生で一番家庭の幸福を感じられた時間だった。カーペットの上に寝転がって、トロイはギネスを飲んでいる。わたしはぬくもりを求め、寝返りを打って彼の胸に飛びこんだ。

「そんなに愛を否定しなくたっていいじゃない。ラブコメから学べることだってあるわよ」

「愛を否定してるわけじゃない」トロイがキスをし、熱い舌でわたしの下唇を弾いた。

「ばかばかしいことが嫌いなだけだ。現実世界で男が観覧席に飛び乗って、大勢の高校生の前でラブソングを歌いだしたら、相手の女はそいつを殺したくなるだろう」

わたしは笑った。「そんなことない。あなたがそんなことをしてくれたら、わたしはうれしいわ」

「おれは明日、おまえが素っ裸で、あそこを生のステーキ肉で隠しながら仕事から帰ってきたらうれしい」

「絶対にいや」

「おれが意地の悪い高校生の前でおまえのために歌を歌うこともあり得ない」

彼は普通の人だ。面白いし。最悪なのは、彼が愛すべき一面をまた見せたことだ。ほかの人には見せない、複雑な性格の新たな一面。無感情や残忍性、無愛想といった何重もの層の下にしまいこまれているそれを、歩き方を学び直すかのように、わたしに見せてくれる。

彼はそういう一面を嫌っている。穏やかで優しい面を。

その一面を見せてくれることで、わたしは特別だと感じられた。わたしたちの教区教会の神父を殺した、激しいセックスをするトロイではなく、ラブコメを一緒に観てくれるトロイ。わたしと一緒のときは、ぶっきらぼうなことに変わりはないけれど、そう悪い人じゃない。

「強情な人ね」わたしは唇をとがらせたが、このやり取りを楽しんでいた。

「そういうところが好きなんだろ」トロイは額にキスをし、わたしを抱きしめた。

「おれはおれだ。謝る必要はないし、おまえはそんなおれが好きなんだ。おれにそっくりだから。恐れずに。おまえは結婚式の日に、ギャングの息子を、フィクサーをからかった。

「そうね。父は飲んだくれで母はヒッピーだったから、こんなばかみたいな名前をつけたんじゃない？」恥ずかしいのを笑ってごまかそうとした。

でも本当は、胃がきりきり痛んだ。親しい人はわたしをバーディーと呼び、トロイはレッドと呼んでいる。スパロウと呼ぶ人はいない。変な名前をわたしは嫌っている。わたしは退屈したふりをして、髪をかきあげた。「それよりもっと気になることがあるわ。ママはどうしてわたしを捨てたのかとか。いじめの対象になる名前をつけたことよりも」

「自分の名前が嫌いなんだな」

わたしは顔が熱くなるのを感じ、彼の腕のなかから抜けだした。心の奥をのぞかれるのがつらいのはトロイだけじゃない。わたしもだ。

「鋭いのね」お酒をぐいっと飲んだ。

トロイはふたたびわたしを腕のなかに閉じこめ、笑みを浮かべた。

わたしを愛《いと》しいと思っているの？

「嫌わなくていい。おまえにぴったりの名前だ。スパロウは自由と自立の象徴だから」

「わたしは自由じゃない」

トロイがわたしに覆いかぶさり、またがった。わたしはたくましい体にうっとりした。かごのなかの居心地がよくなったことを、本当はわかっていた。

「おれからはな」トロイは認めた。「でも、おれがかごから逃がしてやったとしても、おまえはすぐに戻ってくる。必ず」

彼の言うとおりで、わたしはそれが不安だった。

そのあとも、カーペットの上でティーンエイジャーみたいにいちゃいちゃした。突然、トロイが立ちあがって書斎へ行き、小さな箱を持って戻ってきた。薄緑色の簡素な箱。一ドルショップで売っているようなものだ。彼がひざまずいて、その箱をわたしに渡した。

「この数カ月、おまえを観察してきた。毎日が授業で、全部の会話が宿題だった。それで、結婚する前からお互いのことを知っていたとしたら、おまえに何をプレゼントしたか、もうわかったと思う」

胸がときめいた。最高に幸せな瞬間で、死ぬほど怖くなった。こんな瞬間はまたしばらく、もしかしたら二度と経験できないだろう。

何か不快なものが入っているかもしれないと心のどこかで思いながら、箱を開けた。結婚式の日にプレゼントをもらったときは、彼の膝に前日の昼食を戻しそうになった。でも、なかに入っていたのは指輪だった。これ見よがしの巨大な婚約指輪とはまったく違う。シンプルな赤のルビー。新鮮な血のしずくのようだ。美しくて、オーソドックスだけど個性的。何より、赤い色がとても鮮やかだ。

この指輪は、彼がわたしに持っているイメージそのものなのだ。彼は努力している。わたしのために。思いやりを示しているのだ。わたしは顔をあげ、いたずらっぽく笑った。

「最初の婚約指輪はものすごく大きなダイヤモンドだった。ランクがさがったと言う人もいるでしょうね」

「こっちのほうが上だ」トロイが指輪をわたしの指にはめた。「それに、あのダイヤモンドは偽物だ」

わたしは驚いて口をあんぐりと開けた。

トロイが笑った。「冗談だよ」

夜が更け、わたしたちはベッドに入った。わたしは彼の下で身もだえし、名前を叫んだ。結婚式の日の夜に彼が予言したとおりに。皮肉なことに、ステレオからアーケイド・ファイアの『リベリオン』が流れていた。

わたしは愛してくれない殺人者を、結婚した理由を話してくれない人を愛している。それは不都合で不愉快な事実だ。

わたしの現実がめちゃくちゃなことを思えば、彼がはるかに美しくて都合のいいものをくれる理由がわかってきた。

わたしは彼に嘘を与えられ、それを受け入れた。

彼のために目をつぶった。

24

スパロウ

わたしはひと休みして、雨の降る街から飛び去る鳥の群れを眺めた。

それがひとつ目の間違いだった。

ほんの一瞬立ちどまっただけだったが、長すぎた。ジ・オートマティックの『モンスター』が流れるイヤホンを耳から外して、雨から逃げだす鳥を見た瞬間に、わたしの運命は決まった。

生まれて初めて、どこへも逃げずにここにとどまりたいと思っている自分に気づいて、微笑んだ。

だが彼を見つけたとき、幸せな気持ちは消え去り、顔をしかめた。赤れんがの高い建物に挟まれた狭い道で、ブロックがわたしの前に立ちはだかった。

今回は怖かった。もはや偶然ではなく、ストーカーとしか思えない。ボストンはそれほど狭い街ではないのに、わたしのいる場所に彼が現れたのは、これで四度目だ。

まるでわたしの居場所を知っているみたいだ。認めるのは癪だが、トロイの提案――というより命令に忠実に従って、ブロックとは距離を置いていた。ブロックは街灯に寄りかかり、片脚を曲げて煙草を吸っていた。わたしを見ると、街灯から離れてにっこり笑った。

「やあ」ブロックが煙を吐きだしながら言った。わたしはくるりと振り返って走りだそうとしたが、腕をつかまれた。ブロックは気安い口調で言った。「話があるんだ」

「わたしはないわ。仕事に関する話でなければ聞きたくない」

ルージュ・ビスの仕事はうまくいっていなかった。どんなに一生懸命やっても、まだピエールはわたしを心底嫌っているし、ブロックはちょっかいを出してくる。クビになることはないとわかっているが、あの店を辞めてもっといい仕事を探したい気持ちもある。

ブロックがウールのずっしりしたジャケットの内側に手を入れた。「きみの夫の話だ」

「結構よ」わたしは顔をしかめた。ブロックがトロイの話を持ちだすたびに、鼓動がゆっくりになり、呼吸が浅くなる感じがするのはどうして？

それは、ブロックが知っているからだ。トロイがわたしと結婚した理由を。

トロイに電話しようと、パーカーのポケットから携帯電話を取りだすと、ブロックがそれを取りあげて、ごみ箱に放りこんだ。わたしは目を丸くし、顔から血の気が引くのを感じた。

「何するの？」大声をあげた。

ブロックの顔が変わっていた。ものすごく怒っている。わたしを乱暴に引き寄せた。もはや穏やかで愛想のいいブロックはいなかった。いい人を演じるのはやめたのだ。

「一緒に来い」ブロックが怒鳴った。

「いやよ、ばか」そのとき、おなかに銃口が押し当てられた。あとが残りそうなくらい強く。でも、恐怖のあまり痛みを感じなかった。

「通りの先に車が止めてある。おとなしくついてきたほうが身のためだぞ」

口調まで変わっている。突然、訛りが出た。ボストン訛り？

誰かに助けを求めようと、必死で周囲を見まわしたが、人っ子ひとりいなかった。夜明け前のジョギングの習慣があだとなった。少なくとも十分前に、犬を散歩させている女性とすれ違ったあとは、誰も見かけていない。

わたしはひとり。いや、さらに悪いことに、ブロックとふたりきりだ。

「ブロック、やめて」自分が何を頼んでいるのかわからなかった。解放してほしい？銃を押しつけられていることを考えれば、それは無理だろう。

ブロックはわたしにうしろを向かせ、銃でつつきながら車のほうへ歩かせた。うなじに息がかかり、わたしは身震いした。口のなかがからからに乾く。パニックを起こさないよう必死だった。

「助手席に乗れ」ブロックがアウディのドアを開けた。

わたしは言われたとおりにした。

ブロックは銃を持ったまま、きびきびした足取りで運転席にまわると、シートベルトを締めた。「いいか、これでおれたちは一心同体だ。最初にてこずらされたのが残念だ、スパロウ。男はみんな、扱いにくい女は好きじゃない」

わたしは無言で銃を見つめていた。

「きれいだろ？」ブロックがにやにや笑い、銃を持ちあげて見とれたあと、わたしに見せつけた。「この感触がたまらないんだ。世界を手中におさめたような感じが。迫力があるだろ？」

でも、わたしの夫のほうが強いと、言い返したかった。

「両手をあげろ、スイートハート」ブロックがわたしに銃を向け、少しずつ近づけてきた。わたしが抵抗できずにいると、冷たい銃口がこめかみに食いこんだ。

「ちょっと、わかったわよ」わたしはゆっくりと両手をあげた。

ブロックが身を乗りだしてグローブボックスを開けた。なかから注射器を取りだすと、キャップを歯で外して、わたしの太腿に針を突き刺した。わたしが悲鳴をあげて彼の手をつかもうとすると、彼は銃でわたしの手を叩いた。それから、もう一方の脚にも同じことをした。

わたしは両脚に突き刺さった針を、恐怖のまなざしで見つめた。「いったい何をしたの？」

ブロックは銃を太腿のあいだに挟み、はねつけるように手を振った。彼が気を緩めたことが、なおさら恐ろしかった。

「麻酔を打っただけだ」ブロックが針の周囲の皮膚を揉んだ。「これでよし。脚を麻《ま》痺《ひ》させた。逃げようとしても無駄だ。コナーが最後の給料を受け取りに来たとき、きみの大胆な行動について聞いたんだ。備えあれば憂いなしだ。でも、心配するな、頭は完全にはっきりしているから」

ブロックは車を発進させると、片手でハンドルを握り、片手でわたしの脚を握りしめた。「楽にしろ。長いドライブになる」

車は脇道を通って街を離れ、交通量の少ない二車線の道路を西へ進んだ。ボストンから遠ざかれば遠ざかるほど動けなくなったのは、脚のせいだけではなかった。どうしてこんなに早起きしてしまったのだろう。こんな時間にジョギングするなんて。ボストンの穴場を探して、誰も知らない人けのない狭い道を走るなんて。どうしてボディーガードを辞めさせたりしたの？　どうして防犯グッズを持ち歩かなかったの？

どうして？　どうして？　どうして？

トラブルに巻きこまれてしまった。間違った相手と結婚するとか、愚かな母親や酒飲みの父親に捨てられるとかよりもはるかに大きなトラブルに。ブロックは頭がおかしいのかもしれないし、皮肉にも、夫ではなく彼こそサイコパスなのかもしれないが、ばかではない。わたしを誘拐したことをトロイが知ったら、自分の命はないとわかっているはずだ。

つまり、トロイに知らせるつもりはないということだ。ブロックが何を計画しているにせよ、わたしをボストンに連れて帰ることはない。

とはいえ、ブロックが考え直すかもしれないから、言ってみても損はない。

「まだ間に合うわよ」わたしはまっすぐ前を向いたまま言った。すでに脚の感覚はまったくなかったが、頭は変わらず冴えている——ありがたくはなかった。破滅が待っているとわかっているのだから。

車は森の奥へ入っていった。背の高いマツの木の合間から朝の薄明かりが差しこんでくる。人が多くてあわただしいボストンから遠く離れて、別の惑星に来たような気分だった。「後悔するようなことはしないほうがいいわ。トロイは全力でわたしを探す。見つけたら、あなたは殺される」

ブロックは前を見つめたまま微笑み、銃で無精ひげをさすった。

「その前におれがあいつを殺す」

25

トロイ

パトリック・ローワンが死んだ。やつの葬儀に出席するのは、おれの義務――喜びだ。パディは生まれ育った郊外のウェイマスに埋葬された。遺体はマイアミから飛行機で運ばれた。昨日、ジェンセンから報告を受けたのだ。

葬儀にはたくさんの昔の仲間が集まった。親父とパディが置き去りにした人々。自らの手で生みだした大混乱を生き延びた人々。エイブ・レインズも来ていたが、ひどく酔っているようで、いつものようにろれつがまわっていなかった。スパロウと結婚して以来、銀行口座に金を余分に振りこんでやっているというのに、依存症が悪化している。

それでもスパロウの親だから、おれは短い挨拶を交わした。

ほかの会葬者たちを無視して、パディの開いた棺にまっすぐ近づき、本当に死んでいるか確かめた。レッドに見せてやりたい気持ちもあったが、そういう不愉快なことから守ってやらなければならない。そんなことをしても、彼女のためにはならないだろう。彼女はおれのようなモンスターじゃない。おれたちのように復讐に燃え、力に酔いしれる人種じゃない。彼女は強いが、純粋だ。汚したくない。

だがおれは、このイベントを存分に楽しむつもりだ。

最前列に腰かけた。隣に知らない老人がふたり座っている。おれは横目で観察した。型にはまった服装や、かすかに漂うナフタリンのにおいからすると、元ギャングではなさそうだ。古風で髪は真っ白で、グレーのフランネルのスーツを着ている。おそらくアイルランド人だろうが、周りから浮いていた。部外者だ。

よかった。いつもの連中に会いたい気分じゃなかった。

神父が話し始めたが、おれは聞き流した。身内はターラとその母親だけで、通路の反対側に座っている。ターラはグスグス泣き、破れたティッシュを握りしめていた。遺産がないことに少し同情したが、おれは間違っていない。彼女よりも、スパロウに受け取る権利がある。パディが傷つけたのはターラではないのだから。

葬儀が始まってすぐ、おれはこの席が空いていた理由に気づいた。隣の老人たちは十代の娘みたいに噂好きだった。神父を、周りをないがしろにして、しゃべりまくっにいやでも耳に入ってくる。ケープコッドまで聞こえるだろうから、盗み聞きではない。

「あと、来ていないのは誰だ？」老人のひとりが舌を鳴らした。

「先妻のショーナ。九十年代に結婚していた。彼女もいない」

「当然だな。パディにはひどく苦労させられたんだから」

「ああ」

「カヴァナーの息子もいない。意外だな」

「いまはグレイストーンと名乗っているはずだ。父親が死んだあと、名前を変えたんだ。あんな目に遭ったら、おれだってそうするよ」

「デイヴィッド・カヴァナーは家名を汚し、麻薬の売人に殺された」

「なんで来ないんだ。パディは名付け親だったのに。敬意を示すべきだ」

「カヴァナーの息子はいまはボストンに住んでる。五、六年前に戻ってきたらしい。父親の行きつけだったバーで何度か見かけた。すぐそこに住んでるのに姿を現さないなんておかしいな」

「いまはグレイストーンだと言っただろ」

とりとめのない会話で、話の筋道をたどるのは難しかったが、ひとつだけわかることがある。グレイストーンはよくある名字ではないし、それこそ五、六年前にボストンに引っ越してきたグレイストーンなんて何人いる？

カヴァナー。グレイストーン。

カヴァナー。

グレイストーン。

家名を汚した……いまはボストンに住んでいる……パディが名付け親……カヴァナー。

誰だ？ デイヴィッド・カヴァナー。

誰だ？　おれは思い出そうとした。聞き覚えのある名前だ。何年も前に聞いたきりだが、いまでも口ずさめる子守歌のように覚えている。

デイヴィッド・カヴァナー。いったい誰だ？

思い出した。

デイヴィッド・カヴァナー。暴行を受けて死んだ。あれは九年前、リサイクル産業の規制がまだ不充分で、そのあいだに儲けられることにアメリカのギャングが気づいたときの出来事だ。親父は、リサイクルパイプや銅線を大量に盗もうとしたカヴァナーを痛めつけた。カヴァナーは罰を受ける代わりにナイフを抜き、その結果死んだ。壮絶な流血戦だった。

後始末は、おれの駆け出しの頃の仕事のひとつだった。麻薬取引を装い、死体をカヴァナーのナイフと一緒に裏通りに捨てた。親父のためにきちんと処理できたことがうれしかった。

デイヴィッド・カヴァナー。

くそっ。

デイヴィッド・くそったれ・カヴァナー。

椅子にもたれ、猜疑心《さいぎしん》を抑えこもうとしたが無駄だった。老人たちの会話に耳をそばだてた。

ひとりがうなずき、赤ワイン色の絨毯に唾を吐いた。

「ブロックだ」老人は確信を持って言った。「息子の名前は。いい青年だ。もう結婚したはずだ」

おれは胸ポケットから黄色い紙を取りだして握りしめた。これで全貌が明らかになった。目を閉じて深呼吸をした。ブロックには動機も機会もあったのだ。

くそっ。

パディはブロックの名付け親だった。なるほど。だから、パディはレッドの母親のことを知っていたのか。おれたちの契約結婚のことも、全部。

くそったれ。

ブロックはグレイストーンとして再出発し、いまいましい名字を変えたことを周到に隠していた。そして、リハビリテーション・カウンセラーからレストランのマネージャーに転身した。善人のふりをして。

おれに正体を知られたら警戒され、仕事がもらえないとブロックはわかっていたのだ。当時でさえ、おれのキャットに対する愛情や情けにも限界があった。ブロックがカヴァナーの息子だと知っていたら、追い返していただろう。デイヴィッド・カヴァナーは無実の被害者ではなかった。おれたちに物を売り、おれたちのものを盗んだ。おれたちを裏切った。大きな損害をもたらし、何人かが命を落としたのも彼のせいだった。

ブロック・グレイストーンはグレイストーンではなく、西海岸から来たよそ者でもなかった。デイヴィッド・カヴァナーの息子で、おれたちと同類だ。ボストンで生まれ育ったアイルランド人なのに、そうでないふりをしていた。ふさふさの髪とハリウッドスマイルだけでなく、カリフォルニア訛りまで備えていた。ボストン訛りは残っていなかった。

ブロックが同類だとは知る由もなかった。

おれは身元調査もせずに、ブロックを雇い入れた。キャットが浮気して妊娠し、赤ん坊の父親が東海岸で仕事を探していると知って、頭のなかがごちゃごちゃのまま、注意を怠った。気づいたら、ブロックはおれの仕事、おれの秘密、おれの親父に近づいていた。

丸めたリストを膝の上で広げ、ペンを取りだして三番を書き直した。

~~1．ビリー・クルプティ~~
~~2．マクレガー神父~~
~~3．ビリーを雇ったくそったれ？~~
3．ブロック・カヴァナー

おれは隣の男たちに礼儀正しくうなずいて立ちあがると、ジャケットのボタンを留めて、式の途中で教会を出た。非難のまなざしを浴びながら両開きの扉を開け、車へ向かった。

エンジンをかけてから、ブロックに電話をかけた。ブロックは出なかった。

どういうわけか、意外ではなかった。

そのあとすぐ、レッドにもかけた。彼女がブロックの手中に陥るのだけは避けたい。

だが、彼女も電話に出なかった。

何度もかけ直すうちに、不安が募った。喉が燃えるように熱くなり、熱が胃のなかで広がった。彼女は家にいるはずだし、そうでなくとも、電話には出られるはずだ。今日は休みで、もう朝のジョギングから戻ってきている頃だし、家にいないとしたら、ルーシーかデイジーかエイブと一緒にいるのだろう。

ただし、エイブは葬儀に出席していた。

つまり、論理的な選択肢があとふたつある。

ブロックに悪態をつきながら、スパロウの友人たちの電話番号を入手し、かけてみた。デイジーは二日前に連絡を取ったきりだと言い、ルーシーは、朝のジョギング前にメールをもらったそうだ。今日会うことになっていた。だが、いつもの待ち合わせ場所にスパロウは現れなかったらしい。

落ち着け。

次にマリアに連絡して、彼女の片言の英語から、スパロウが家にいないということを理解した。おれはぞっとし、結婚する前——スパロウを奪い去ったときから彼女の携帯電話にインストールしておいたGPSアプリを使った。ボストンの中心部にいる。

やれやれ。

レッドのこととなると、理性を失ってしまう。こんなに心配させて、彼女に会ったら怒鳴りつけてやろう。

アプリが示す場所に着くと、ふたたびスパロウに電話をかけた。三十回くらいかけたあとで、ようやくかすかな着信音を聞き取り、ごみ箱のなかから段ボールや残飯や吸い殻に紛れた携帯電話を発見した。

絶望と苦悩に苛まれ、ごみ箱を蹴飛ばしてへこませた。

「くそっ、くそっ、くそっ！」人目を気にせず、大声で叫んだ。

彼女は逃げたのではない。そんなはずがない。彼女は戦う人間だ。走るのはジョギングをするときだけだ。

彼女が自由になろうとしているんじゃない。あいつが仕返しをしようとしているのだ。

このとき、ブロックに初めて一歩先を行かれたことに気づいた。

おれはこれから、あらゆる手を尽くして妻を探すだろう。彼女がおれのものだからではない。そう思ったことは一度もなかった。

スパロウがどれほどおれを求めているか教えてやるのに忙しくて、些細なことを忘れていた——おれは彼女を取り戻したかった。切実に求めていた。

26

スパロウ

森――昼間

もうおしまいだ。わたしの短すぎる物語のラストシーンを迎えようとしている。

ブロックはシートベルトを外すと、ガムを二枚口のなかに放りこんだ。「トロイと結婚するまで男に縁がなかったのを、不思議に思ったことはないか？」

「えっ？」わたしは口ごもった。彼が何を言っているのかさっぱりわからない。脚の感覚がなく、そのことが死ぬほど怖かった。

ブロックがクラクションに拳を叩きつけ、わたしはぎょっとした。

わたしが車の屋根に頭をぶつけると、ブロックは大笑いした。「トロイと結婚する前、自分に男が寄りつかないのを不思議に思ったことはないかときいたんだ」

わけのわからない質問だが、ブロックがわたしを誘拐するのもまったく意味がわからない。とにかく、話を長引かせて時間を稼ごう。そうすれば、わたしが家に帰らないことにトロイが気づいて探しに来てくれる可能性が高くなる。とはいえ、あまり期待できないことはわかっていた。ここは辺鄙な場所で、わたしは携帯電話も持っていない。一方、ブロックは銃を持っている。勝ち目はなかった。

「そうね」わたしはようやく答えた。「思ったわ」

「それは……」ブロックが噂話をするように、したり顔で身を乗りだした。「トロイがみんなを脅してきたせいだ。少しでもきみに近づいたり、興味を示したりした男たち全員を。きみが年頃になる前から、結婚することになるとわかっていたんだ。自分が初めての男になるために、処女でいさせたのさ」

「知らなかった」わたしはごくりと唾をのみこみ、動揺したふりをした。こんなときでなければ詳しく話をききたがったかもしれないが、びっくりしたとはいえ（もしそれが本当ならば）、いまはそんなことはどうでもよかった。

「そこが肝心だった」ブロックがふたたび大笑いし、わたしの太腿からからっぽになった注射器を抜いた。

少なくとも、足の感覚は戻ってきた。

ブロックが車を降りたあと、助手席のドアを開けに来た。そういうところはあいかわらず紳士だ。「トロイはずっと、きみの頭上に黒い影を落としていた。男たちはきみに向かって息を吐くことすらしようとしなかった。トロイのことが死ぬほど怖かったからだ。降りろ」

わたしはよろめきながら外に出て、頭から転んだ。ブロックが片手に銃を持ったまま、トランクからシャベルを取りだすのが見えた。それから、わたしの腕をつかんで引っ張りあげ、前と同じようにうしろを向かせると、肩甲骨のあいだに銃を突きつけて、半分枯れた木の合間を歩き始めた。わたしは足を引きずりながら、赤やオレンジの葉の厚い絨毯を踏み鳴らした。美しい森林だが、このうえなく醜い出来事が待っているに違いない。

走りたかった。でも、弾丸より速くは走れないし、コンクリートブロックを取りつけられているかのように脚が重い。徐々に感覚が戻ってきているとはいえ、逃げられるとは思えなかった。

でも、あきらめるものか。たとえ死ぬのだとしても、戦わずには死なない。

凍えるほど寒いのに、ジョギング用の軽装だった。歯がガチガチ鳴り、走ったせいで濡れた髪が凍っている。

わたしたちは無言で歩いた。ときおり聞こえる小枝の折れる音や鳥の眠そうな鳴き声が、時間が止まっていないことを知らせた。

吐き気がし、頭がくらくらしていまにも気絶しそうだった。自分の死に方なんてあまり考えたことがなかったが、この状況は想像もしなかった。シャベルと銃を持ち、目に怒りと残酷さをたたえたブロックがわたしを傷つけない、あるいは生かしておく可能性はますます低くなっていく。

わたしたちは白いペンキで斜めに印がつけられた切り株の近くで立ちどまった。その下に泥で覆われた掘りたての墓穴があった。ブロックはシャベルをわたしの手に押しつけると、落ち葉に覆われた地面を頭で示した。

「掘れ」

わたしは地面を見おろした。雨でやわらかくなっているとはいえ、シャベルは重く、体がまだ思うように動かない。ブロックが要求していることを、わたしはちゃんとわかっていた。自分の墓を掘るよう言われているのだ。顔をあげたとき、涙が込みあげるのを感じたが、自分を哀れんでいる暇はなかった。

早くなんとかしないと。

「どうしてこんなことをするの？　わたしは彼じゃない。トロイじゃないのよ」

「ああ、違う。でもきみは、トロイの大事な人だ。きみを奪えないのなら、あいつにも渡さない。きみが選んだことだ」ブロックが舌なめずりをした。「おれは楽な方法でやろうと全力を尽くしたのに、きみはおれを拒んだ。残念だったな」

「大事な人？」わたしは叫んだ。「あなたは勘違いしてるわ。わたしは彼の大事な人なんかじゃない」

「大事な人だ」トロイがわたしを押して、銃で地面を指した。「早く掘れ」

どうしてブロックはトロイを苦しめたがっているの？　トロイの恋人と結婚して、そのうえ彼から仕事をもらっていたくせに。トロイはブロックや彼の家族にいやな態度を取るかもしれないが、みんなに対してそうなのだ。普遍的事実だ。彼は差別しない。

ブロックがトロイとカタリーナのことを知っているのだとしたら……でも、サムのために一緒にいるだけだと、ブロック自身が言っていた。

さっぱりわからない。

ブロックはどうしてこんなことをするのだろう。

こらえた涙で視界がぼやけた。森の緑と泥の茶色が下手くそな絵のように見える。

わたしは動けなかった。自分の墓を掘れなかった。

ブロックにふたたび押しやられ、転んで泥に膝がめりこんだ。凍えるように寒く、濡れたヨガパンツが太腿に張りついた。

「必要以上にきみを苦しめさせないでくれ」これからわたしを殺すとほのめかした人とは思えないほど落ち着いた口調だった。「個人的に恨みがあるわけじゃないんだ。少なくとも、きみに対しては。さあ、早くしてくれ、スイートハート」

あたたかい手がわたしを引っ張って立たせた。わたしは彼の顔を見ることができず、彼にわたしの顔を見られたくもなかった。こんなふうに屈服させられるのは初めてだった。

「協力すれば、できるだけ痛くないようにすると約束する。何が起きたのかわからないくらい手早くやる」

喉が詰まり、あえいだ。

ブロックが一歩近づいてきて、体の熱が感じられた。「不意をつくから。おれに背中を向けていればいい。いいね？」

27

トロイ

おれはブロックを探しにルージュ・ビスに飛びこんだ。

その日、ブロックに会った従業員はひとりもおらず、この数時間は連絡も取っていないとのことだった。

ブロックのオフィスに入ると、おれに向けた手がかりが残されていてぞっとした。つまようじ。おれのつまようじが、何も置かれていないガラスのデスクの真ん中に転がっている。ブロックとキャットの寝室に敷かれた緑色の絨毯の繊維が絡まっていた。

パソコンも書類の山も、家族写真も私物も何もかもなくなっていた。おれのつまようじだけが残されていて、その理由をおれは理解した。

おれがキャットと寝ていることを、ブロックは知っていたのだ。おれはずっと気づかれることを望んでいた。そしていま、しっぺ返しを食らった。ふたりが同時に姿を消したのが、偶然であるはずがない。ブロックがスパロウを連れ去ったのだ。

おれの妻を。

部屋をめちゃめちゃにしたい気持ちもあったが、取り乱している場合ではない。レッドを守るためにはしっかりしないと。

警察にいる手先に連絡した。ジョンはおれの手下のなかでも極めて強欲なやつだ。適正な料金を支払えば、実の娘ですらルージュ・ビスで出すサイコロステーキ用の肉として差しだすだろう。

「なんの用だ？」ジョンが尋ねた。

おれはブロックのフルネーム——念のため、本名と現在の名前——を教え、指名手配するよう頼んだ。

「時間がかかるかもしれない」ジョンは言った。「手続きが面倒だ」

「いくらでも払うから急いでくれ」いつものおれなら交渉するところだが、いまは時間がない。

次は、スパロウの友人たちだ。

三十分後、真っ赤な顔をしたルーシーがルージュ・ビスの裏口から飛びこんできた。

「全部あなたのせいよ。あなたと、あの子のばかな父親……ああ、バーディーほど男運のない子はいないわ」

まったく同意見だったので、おれはうなずき、車のキーを放った。ルーシーはそれを受け取ると、問いかけるように眉をつりあげた。

あとから入ってきたデイジーは、物珍しそうに部屋を見まわした。目を丸くし、笑みを浮かべている。友人が行方不明になっているというのに。

「料理学校とか実家とか、どこでも探しに行ってくれ。ほかによく行く場所はあるか？」

「もちろん、あなたは知らないわよね」ルーシーが怒った声で言う。「ただの夫だもの」

スパロウと同類で、辛辣だ。おれは彼女も、この店の家賃はいくらかときいてきたデイジーも無視した。首を横に振ったあと、うろうろ歩きまわりながら次の手を考えた。

直感的にレッドはブロックと一緒にいるとわかったものの、ブロックが彼女を傷つけると考えるのは疑心暗鬼になっているからだと自分に言い聞かせようとした。浮気をしているのかもしれない。ブロックの善人の仮面に、彼女もだまされたのかも。だが、そうではないとわかっていた。レッドは嘘に免疫がある。ブロックよりずっとボストンっ子らしい。だまされるはずがない。ブロックと浮気をするはずがない。

彼女がベッドのなかで叫ぶのは、おれの名前だけだ。

「ルーシー、とにかく協力してくれ。きみは事態を把握していない」おれもだが、口に出すのはやめておいた。

ルーシーが携帯電話を取りだした。「警察に通報する。わたしの親友に危険が迫っているかもしれないんだから」

店内に飾られた絵を眺めていたデイジーがぱっと振り向いて、とまどった顔をした。

「あんたの親友はあたしでしょ？」

ばかな女だ。

「警察はだめだ」おれは冷静に言ったが、心臓が破裂しそうだった。やるべきことはわかっているが、気が進まない。「さあ、車であちこち探しまわれ。実家の周辺とか、料理学校とか、ジョギングのコースとか。とにかく動いて、おれに逐一報告しろ」

おれは周囲のみんなにそう命じた。部下や仕事仲間、元ギャングの下っ端たち。部下たちはひとり残らず、ブロックとレッドを探しまわっている。ふたりが本当に一緒にいるのならば、見つかるはずだ――その前におれが正気を失わないことを願うばかりだ。

スパロウの友達に連絡したのは、彼女が行きそうな場所を見落としていないか心配だったからだ。だが心の奥では、彼女は逃げたのではないとわかっていた。背筋がぞっとするのを感じながら、ジェンセンにこの日四度目の電話をかけた。「新しい情報は？」

「小切手は換金されていない。ローワンの金は手つかずだ。グレイストーンのナンバープレートは追跡できていない。自分の車を使うほどばかじゃないのかもしれない。グレイストーンが彼女を誘拐したのだとすれば」

〝誘拐〟という言葉を聞いただけで、ブロックに対して、ビリー・クルプティの死が公園の楽しい散歩に思えるようなことをしたくなった。

「ブロックは犯罪者じゃない。こういったことに関しては素人だ。やつにできるのはジャンキーの解毒だけだ」それだってそこまでうまくはなかった。フリンがいい例だ。

「引き続き頼む。料金所の記録を調べろ。あいつは絶対に自分の車を使っている」

確かめる方法がひとつある。

気は進まないが、ほかに選択肢はない。タクシーに飛び乗って、運転手にキャットの住所を告げた。おれの車はルーシーとデイジーに貸した。マセラティに乗っていれば、おれの差し金で動いているとすぐにわかるからだ。できるだけ大勢の協力が必要だった。

運転手に多額の金を握らせた。「急いでくれ」

タクシーが急発進した。

それでも、間に合わないかもしれない。窓の外を流れる通りを見ながら思った。

おれはそれを恐れていた。

28

スパロウ

わたしは動かなかった。

「いや」数えきれないくらい言った。「掘らない」

どうしてもわたしを殺すのなら、ブロックは面倒な方法を選ぶことになるだろう。協力するつもりなどなかった。知り合い全員がわたしを探しているとしても、見つかる可能性はゼロに等しい。ここは辺鄙な場所で、仕事をすませたあと、ブロックが迷わずに帰れるかどうかも怪しいものだ。

「いやだと?」ブロックがとうとうしびれを切らした。銃のグリップでわたしの顔面を殴った。

わたしは地面にくずおれた。額から血がしたたり、目に入ったが、何も感じない。冷えきっていて、感覚がなかった。ありがたいことに麻痺しているおかげで、銃で撃たれたとしても何も感じないだろう。

「掘らないなら、別のことをさせる」ブロックがわたしに銃を向けながら、陽気な口調で言った。

彼がこんな異常者だということに、どうして気づかなかったのだろう？　とてもうまく本性を隠していたからだ。わたしはシャベルに寄りかかって立ちあがると、シャベルを地面に突き刺して、うめき声をこらえた。ブロックを喜ばせたくなかった。

「そうだ。その調子だ。少しでも休んだら、こいつで殴ってやるからな」ブロックは銃にキスしたあと、白い印のついた切り株に腰かけて、脚を組んだ。

ブロックはわたしに好かれようと躍起になっていた。もう少しで成功するところだったが、結局うまくいかなかった。トロイは恐ろしい評判があるし、たちが悪いけれど、それでも彼のほうが魅力的だった。

わたしは自分の墓穴を掘り始め、シャベルが地面に当たるたびに顔をしかめた。ほとんど力が残っていない。弱っていて、怯えている。空腹で、ものすごく怒っている。体温がさがりすぎて、このまま気を失い、そのあいだに殺されてしまうのを恐れていた。だけど、それもいいかもしれない。何も感じなくてすむのだから。

「ご苦労様」ブロックが言った。

「くたばれ」わたしはつぶやいた。弱々しい小さな声だったのに、ブロックは聞いていた。

「いまなんて言った？」

彼に背を向けていたが、周辺視野で見ることができた。ふつふつわいてくる怒りのおかげで体があたたまった。体を動かすのも役に立った。

歯が鳴るのを抑え、シャベルを土に深々と突き刺しながら、ゆっくりと答えた。

「くたばれって言ったのよ」

ブロックがぱっと立ちあがって近づいてきた。わたしは数カ月ぶりに彼が近くに来たことを喜んだ。シャベルを彼の腹部に思いきり突き刺した。

反動でうしろによろめきながら、彼が尻もちをついたのを見て笑いそうになった。脇腹を押さえている。ダメージを与えることができたのだ。わたしは彼の手から滑り落ちた銃を手探りし、冷たい金属に指が触れるのを感じた。あと少しで助かる、自由になれる……。

そう思った矢先、おなかを蹴られ、わたしは浅い穴に転がり落ちた。まばたきして土を払い、ふたたび目が見えるようになったときには、ブロックはすでに立ちあがっていた。

ブロックがわたしを見おろした。ブーツでわたしの顔面を蹴りたそうな顔をしている。銃をジーンズのウエストに挟んで、シャベルを持っていた。「右か左か？」歯を食いしばって尋ねた。

しまった。

わたしはごくりと唾をのみこんだ。「大丈夫よ、もう逃げようなんてしないから」

「ありがとう、でも信用できない」ブロックは笑い声をあげようとして、怪我をした腹部を抱えた。「コナーのときはうまくやったな。シャベルを持たせる前にこうしておくべきだった。右か左か？」

わたしはため息をついて目を閉じた。彼が何をするつもりにせよ、止められない。命乞いはしたくなかった。

「右」

「いい選択だ」ブロックがシャベルを振りおろし、わたしの右足に叩きつけた。わたしは穴のなかに横たわったままでいた。

悲鳴はあげなかった。

顔をしかめさえしなかった。ランニングシューズの内側で、何かが折れて突きでたような感じがした。骨が折れたのだろう。だが、痛みはほとんど感じなかった。冷やかなまなざしで彼を見あげ、次の命令を待った。痛みを感じないということが何よりもつらかった。

「次はどうするの？」

「さっさと立ちあがって作業を再開しろ」

29

トロイ

どこにいる？

どこでもあり得る。ブロックがひそかに借りているアパートメントとか。ホテルとかモーテルとか、どこかの納屋とか、森とか湖とか地下室とか。可能性は無限にある。いったいどこにいるんだ？　まだボストンにいるだろうか。飛行機に乗ったかもしれない。いや、それはないだろう。だとしたらわかるはずだ。そのためにジェンソンを雇っているのだから。彼女が逃げた場合は連絡が来る。そもそも、スパロウはパスポートを持っていない。おれの手元にある。取ったばかりの運転免許証は彼女の財布のなかだ。午前五時に財布を持ってジョギングをしたりはしない。

飛行機に乗った可能性は考える必要はない。ブロックといるのだとしたら、自分の意思でいるわけじゃない。セキュリティゲートを通過できないだろう。車で行ける場所にいるはずだ。どこにいるにせよ、早く見つけなければ。

タクシーがキャットの家の前で停車した。おれは運転手にここで待つよう言い、車から飛びおりた。玄関のドアを乱暴に叩くと、窓がガタガタ鳴った。キャットがドアを開けた。驚いて目を丸くしている。おれが真剣なので、会えて喜んでいるというよりも、不安そうだった。

「どうしたの？」キャットの額にしわが寄り、走ってきたせいで下品な短いスカートが揺れていた。

「おまえの旦那はどこにいる？」おれは家のなかに踏みこんだ。ブロックがこの家にスパロウを監禁しているとしても、キャットは気にしないだろう。ふたりとも信用できない。考えすぎかもしれないが、疑うだけの理由はある。

「いったいなんなの？　なんで彼を探してるの？」キャットが追いかけてきた。

おれは階段を一段抜かしであがり、二階の部屋のドアを次々と開けていった。サムの部屋のドアを勢いよく開けると、サムがきょとんとした顔を向けた。プラスチックの子ども用テーブルの前に座り、おもちゃのトラックがきちんと並べてある。

「ああ、トロイさん」

「やあ、サム」サムに一生嫌われるようなまねをしでかさないよう、サムをじっと見た。「パパを見なかったか?」

「見てない」サムはテーブルの端までトラックを走らせると、そのまま床に落として、小さな口で爆発音をまねた。

「そうか、いい子にしてろよ」ばかなまねはするなと言いたかった。ブロックやおれのようにはなるなと。キリアンやデイヴィッド・カヴァナーのようにはなるなと。

「わかった」サムはおれに笑いかけ、トラックを拾いあげてテーブルの上に戻した。

くそっ。なんて純粋なんだ。ブロックはここにいない。くそっ。

廊下に出て、サムに聞こえないようドアを閉めてから、キャットにきいた。「GPSで夫を追跡しているか?」

「いいえ。どうして?」

「もう一度きく」おれは彼女の首に手を当てたが、力は加えなかった。状況をコントロールできないことにいらだっていた。「携帯電話のGPSでやつの居場所を特定できるか? 嘘はつかないほうがいいぞ、キャット。おれは気が立っているから」

キャットがうつむいて唇を嚙んだ。「あの子に関係あるの?」

くそっ。こんなことをしている暇はない。

「カタリーナ!」彼女の背後の壁に拳を叩きつけた。ものすごい音がした。サムの部屋があるほうの壁じゃなくてよかった。「この家をめちゃくちゃにされたくなかったら、さっさと答えろ」

「わかった！　できる！　もちろん追跡できるわ」

やっぱり。キャットとおれには情けない共通点がひとつある。恋人への支配欲が強い。おれがレッドの居場所を常に把握したがるのと同じ理由で、キャットはブロックを追跡したがる。おれたちは、自分がふさわしい相手ではないとわかっているのだ。

「電話を貸せ。早く」

キャットは愚かにも一緒に寝室へ行くよう合図したが、おれは廊下で待っていた。うろうろと歩きまわりながら、ルーシーとデイジーとジェンセンにメールを送った。誰からも新しい知らせはなかった。役に立たない連中だ。彼らのせいではないが、手がかりはひとつもない。スパロウはエイブの家にいなかった。実家の近所にも、ルージュ・ビスにも、ペントハウスにもその周辺にも。

キャットに携帯電話を渡され、アプリを見た瞬間、希望がわいた。だが、急いでブロックの現在地を調べると、ルージュ・ビスだった。抜かりなく、携帯電話を置いていったのだ。

「いいか、キャット、贖罪《しょくざい》のチャンスだ。この質問に答えるだけで、おまえのこれ

ないか？」

どんな些細なことでもいいから思い出してくれ。おれの知らない友達とか、家族はい

じっと見つめた。「ブロックの居場所を知っている可能性のあるやつはいないか？

までの悪行が帳消しになり、天国へ行ける」おれは彼女の肩をつかんで壁に押しつけ、

指のあいだからこぼれ落ちる砂のように、時間が刻々と過ぎていく。廊下の壁が迫ってくる感じがして、ひどく息苦しかった。彼女を失いたくない。失うわけにはいかない。レッドだけは誰にも渡さない。

キャットは髪をかきあげ、大きなため息をつきながら考えていた。これはポーズだ。おれに失敗してほしいと思っている。ふたりを見つけてほしくないと。おれが探しているものは自分にはなんの関係もなくて、すべてはおれの妻のためだと、キャットはわかっている。おれが前に進んだことが、悔しくてたまらないのだろう。自分がおれの私生活の中心でなくなったことが。

「キャット、頼む……」思わず口をついて出た。声が震えた。

「わたしのママ」キャットがこわばった声で、ようやく言った。「ママなら知ってるかも。ブロックと仲がいいの。たぶんわたしより彼のほうを愛してる。だから、あなたをあんなに嫌ってるのよ」苦笑いを浮かべ、まばたきして涙をこらえた。

おれは目を閉じて深呼吸をした。「ありがとう」キャットの額にそっとキスをする。

「サムの面倒を見ろ。おまえの身に起きた最高の出来事だ」おれたちのあいだで起きた最高の出来事だ。

「何？　どこへ行くの？　どうしてそんなこと言うの？」

おれはすでに玄関の外に出ていて、タクシーに飛び乗ると、運転手にさらに金を渡した。

マリアはおれの家にいる。

彼女に釈明の場を与えよう。

30

スパロウ

永遠にも思えるくらい長い時間掘った頃、ブロックがシャベルを置くよう合図した。「車まで痛み止めを取りに行く」ブロックが脇腹をさすりながら言った。「おれのためだ」

ブロックはわたしを木のそばへ引きずっていくと、両手を幹に縛りつけた。これで時間が稼げる。わたしはもがき、ロープを引っ張ったあと、トロイがこのあいだにわたしを探しだしてくれることを祈った。

ブロックが戻ってくる音が聞こえたので、地面に倒れこんで気絶していたふりをした。だが彼はロープをほどき、作業を再開させた。しゃべりたい気分になったらしく、切り株に腰かけ、ときどき脇腹を押さえながらも、ガールスカウトみたいに陽気に話しだした。

「早くきみを彼女のもとへ行かせてあげたいよ」

わたしは寒くて疲れきっていて、体調が悪く、聞き間違えたのかと思った。

「家族の再会は実に感動的だ」ブロックがにっこり笑いながら言葉を継いだ。

「いったいなんの話？」わたしは吐きだすように言った。額の血が乾き始めてむずむずする。かきたかったが、また逃げようとしていると勘違いされてブロックに撃たれるのが怖かった。さっきので懲りた。

「しまった、きみは知らないいんだったな」ブロックはうっかり秘密をもらし、ばつが悪いとでもいうように片手で口を覆った。「きみがいま掘っているのは、きみの夫がきみのお母さんを埋めた場所だ」

わたしはわけがわからず、頭を振った。トロイはわたしのママを知らない。

「嘘よ」かっとなり、ブロックを振り返った。怪我をしたほうの脚では立てなかったが、どうでもよかった。いま耳にしたことで頭がいっぱいだった。

「嘘ならよかったんだが」ブロックは膝を抱えて身を乗りだし、輝くばかりの笑みを浮かべた。とても穏やかで、癪に障る。「トロイは彼女を白いシーツにくるんでいる。だから、腐敗して骨になっていても、遺体を発見できるだろう。最愛のママの形見も見つかるかもな。もちろん……」銃身で額をかきながら考えこんだ。「なんの役にも立たないが。あと少しの命なんだから」

「彼が殺したはずがない」わたしは自分自身にも言い聞かせた。「ママがいなくなったとき、彼はまだ十三歳だったんだから」

「そのとおり。トロイは殺してない。森に埋めただけだ。その十五年くらいあとに。キリアンが愛人のベッドで死んだことを隠蔽するために。そうだ、きみはそれも知らないんだったな。きみのお母さんは、キリアン・ブレナンのためにきみときみのろくでもないお父さんを捨てたんだ。ロビンはこの森にある人里離れた別荘でキリアンと会っていた。昼間はアマーストにあるダイナーで働いていたが、毎週火曜はここに来てキリアンの愛人をやっていた。ここは彼女の王国だった」

ブロックが両腕を広げた。「キリアンに夢中だったに違いないが、ろくなことにならなかった。トロイは銃殺されたふたりの死体を発見すると、ここに彼女を埋めた。考えてみると、きみはロビンにそっくりだな」わたしに近づいてきた。「料理が好きで、ブレナンのせいでここに埋められる。まあ、きみは正妻だったけどな」

「いまもそうよ。過去形にしないで」

ブロックはわたしの顔に見とれながら、銃で頬骨をそっとなぞった。「きみの楽天的なところが好きだ。都会の娘にしてはめずらしい」

ブロックの話を信じる必要はない。とにかく、しゃべり続けさせなければ。たとえ真実だとしても、いまはどうでもよかった。トロイがそんなことをしたかもしれないと思うとぞっとするが、わたしの母親が出ていった理由や彼女の居場所や、自分のしたことを夫が黙っていたのだとしても、関係ない。もうすぐわたしは何も感じることができなくなるだろうから。

「トロイはどうしてわたしと結婚したの？」ついでに尋ねた。どれほど大きな苦しみだって受け入れられる。どうせ長くは続かないのだから。せいぜい一時間くらいだ。それに、ブロックは話をしたがっているように見える。生きている時間を長引かせることに異論はなかった。

ブロックが鼻をひくひくさせ、わたしが掘ったまだ小さい穴を指さした。「休むな。教えてやるから」

わたしはシャベルを拾いあげたが、土をかきまわして掘っているふりをした。ブロックが不意をついて殺すと言ったのを覚えていた。

ブロックの言う別荘がこの近くにある。だから、わたしをここに連れてきたのだ。トロイにここでわたしの死体を発見させたいから。

「きみの母親はただの愛人だったが、キリアンに愛されていたようだ。でも家族を、特にきみを捨てるのに葛藤があった。エイブを捨てるのはそんなに難しくなかっただろう。酒飲みで、いつもろくでもない仲間とつるんでいたからな。でも、きみには……会いたがっていた。きみの話をよくした。とにかく、トロイはキャットにそう話し、おれはキャットから聞いた」

「カタリーナに？」息が苦しくなった。当然だ。トロイが唯一愛した人。わたしではない。彼女にはすべてを打ち明けた。傷つくのもあと少しのことだと、自分に言い聞かせた。

スズメは胸の痛みで死ぬの？

「ああ……」ブロックはにやりとし、わたしに顔を近づけてささやいた。「トロイはおれの妻に惚れこんでいたから、秘密を打ち明けた。でもキャットは不誠実な野良猫だから、ベッドのなかでおれに全部ばらした。トロイに入れられたマリブのリハビリ施設で。おれがこっそり持ちこんだドラッグでハイになってるときに」のけぞってうれしそうに笑う。「おれはカウンセラーだったんだ。トロイを破滅させるのは簡単だった。やつはサムソンで、彼女はデリラだった」

キャットが薬物依存症だったというのは初耳だが、ひとつわかったことがある。ブロックはずいぶん前から復讐を計画していたのだ。

「話を続けて」

「キリアンは立派なことをした。自分のために愛人が捨てた女の子の面倒を見るよう、トロイに約束させたんだ。つまり、きみと結婚することを。めちゃくちゃだろ？　でも、ギャングというのはそういうものだ。それに、キリアンはめちゃくちゃな男だった。最悪のたぐいの」

「憎んでいるのね」わたしはブロックを見て言った。

「当たり前だ。キリアンはおれの親父を殺した。だからおれは、人を雇ってキリアンを殺した」

トロイのリストの三番。謎の男はブロックだったのだ。

「悲しい話だと思わない？　あなたは父親を殺された。そして、トロイのお父さんを殺させて、今度は……」わたしはため息をついた。「サムを父親のいない子にしようとしている。トロイは必ずあなたを捕まえて殺すから。サムはどうなるの？　キャットは？」

「キャットに同情する必要はない。きみの夫と平然と寝ていたんだから。サムのことも心配しなくていい」ブロックがわたしに近寄って、シャベルを奪い取った。「トロイがきみの墓を発見し、きみのお母さんのすぐ隣に埋められた意味を理解したら、あいつも殺すつもりだから」

わたしは笑みを浮かべた。冷ややかな笑みを。「ああ、ブロック」わざとらしく笑い声をあげる。「おめでたい人ね。あなたはもう死んでるわよ」

「きみが先だ」ブロックがシャベルを地面に突き刺して掘り始めた。「レディーファーストだ」

31

トロイ

マリアは英語をしゃべれないふりをしているが、誰にも話しかけられたくないからそうしているのだと、おれは知っていた。最初に掃除の仕事を始めたおれの母親の家や、バック・ベイのおれのペントハウスでは、そのもくろみはうまくいっていたが、あるとき、マリアがショッピングモールのレジで流暢《りゅうちょう》な英語を話しているところを偶然見かけたのだ。マリアはうしろにおれが並んでいるのに気づくとあわてて口を閉じたが、おれは笑って見逃した。

マリアが会話をしたくないというのなら、かまわない。別に彼女の意見を必要としているわけじゃない。

ペントハウスに入り、マリアが誰かを連れこんでいるのを見て、キレなかったのは奇跡だ。おれはつまようじを嚙み砕いてこらえた。

「ブレナンさん……」質素な服を着た、目の小さい小柄な男がおれのソファから立ちあがり、手を差しだした。「フィル・ストラザム刑事です。相棒もいまこっちに向かっているところです。行方がわからなくなっているフリン・ヴァン・ホーンについて、いくつかおうかがいしたいことがあって来ました」

おれはすぐにピンと来た。

ブロックだ。あいつが警察に垂れ込んだのだ。入念に計画されていたのだ。偶然のはずがない。ブロックはレッドと一緒にいて、おれに見つかりたくないから、障害物を置いた。おれを警察に売り渡した。

うまくやったな、カヴァナー。

「ヴァン・ホーンが、そのー、行方不明になる直前の数時間、あなたと一緒にいたと考えるに足る理由があります」

フリンが死んでいることを、この刑事は知っているのだ。ブロックが故意に〝事故〟を起こしたような気がする。普通は解毒中のジャンキーを森の真ん中の別荘に置き去りにしたりしない。おれが発見したとき、死体はまだ新しかった。ブロックは電話に出なかった。

どんどん壁が迫ってくる。

「令状はあるのか？」おれは唇を引き結び、マリアにまっすぐ近づいた。マリアが目を見開いた。怯えている。いい兆候だ。何か知っているに違いない。

「垂れ込みがあって――」

「令状はあるのかときいてるんだ」おれはストラザムの腕の毛が逆立つのを見ながら、ゆっくりと繰り返した。「ないなら、いますぐおれの家から出ていけ。一度しか言わないぞ」

「ブレナンさん」ストラザムが甲高い声で言う。「そんなに興奮しないでくれ。わたしはただ――」

「誰かが嘘の垂れ込みをしたんだ」おれはさえぎった。「ブロック・グレイストーンか、やつから汚れ仕事を引き受けている人間の誰かが。おれはフリン・ヴァン・ホーンに何もしていない。グレイストーンに引き渡しただけだ。あいつが解毒をしたんだ。おれじゃない」

　ほぼ真実だ。死体の始末をしたのはおれだが、それを言う必要はない。「いまはこんなことをしている場合じゃないんだ。話ならあとにしてくれ」

　おれはそう言うと、刑事を無視し、マリアの腕をつかんで客用寝室に引きずりこんだ。そしてクローゼットに押しつけると、目を見開いて恐ろしい顔をしてみせた。

「義理の息子はどこだ？」

「何《ケ》？」

「いいかげんにしろ。聞こえただろ。その気になれば英語を話せるのはわかってるんだ。舌を引っこ抜かれたくなかったら、答えろ。やつの居場所を教えろ」

マリアは英語まじりのスペイン語でぶつぶつ言いながら、ストラザムが助けに来てくれるのを期待しておれの背後に目をやった。おれはしびれを切らし、絶望した。いったいどこにいるんだ？　スパロウをどこへ連れていった？

「知らない！」マリアが叫んだ。「知らない！　何も聞いてない！」

「嘘だ」おれは自制心を失い、マリアの顔の前で叫んだ。時間がない。味方は誰もいない。「おまえは嘘をついている。スパロウの命が危険にさらされているんだ。早く答えろ、このアマ！」手のひらを壁に叩きつけた。「答えろ！」

自慢できることじゃない。マリアはおれの倍の年齢で、そうでなくても〝アマ〟なんて言葉はおれの趣味じゃない。どちらかというと〝ファック〟を使う。だがおれは、冷静さを失っていた。完全に正気を失っていた。

「もうカタリーナとは会わない？」マリアが目をしばたたき、おれをじろじろ見た。脅迫する気か？　家政婦が、娘と別れるようおれを脅しているのか？

「もう何カ月も会っていない。終わったんだ。マリア、頼む……」おれは戦略を変え、両手を合わせた。それでどうにかなるのなら、ひざまずいたっていい。「どんなことでもかまわない。教えてくれ。あいつの居場所を突きとめなきゃならないんだ。頼む。お願いだから……」

マリアがきまり悪そうに左右を見た。ようやく突破口が開けた。何か話してくれるだろう。いまはなんだってありがたい。

「土曜日に家に来た……」マリアは咳をしてから続けた。「あたしの家に。あれを持って」両手で掘る仕草をした。「帰った」

「あれ？　あれって？　シャベルか？　シャベルを持っていったのか？」

マリアは力なくおれを見つめた。おれはポケットからバッテリーの切れかけている携帯電話を取りだすと、〝シャベル〟を検索して表示された写真を彼女に見せた。

「これか？　あいつはこれを持っていったのか？」

マリアはあえぎながらゆっくりとうなずいた。「それ」

くそっ。

ブロックはスパロウを森へ連れていったのだ。おそらく、おれたちが夫婦としてやっていく可能性が失われた場所へ。おれが最も彼女を連れていきたくない場所。彼女が最も傷つく場所。

刑事がまだいることを願いながら寝室を飛びだした。ストラザムは帰っていなかった。リビングルームのソファに腕組みをしてじっと座っている。お仕置き中の子どもみたいに。くそっ。こいつが殺人課の刑事なのか？　おれがまだ捕まっていないのも当然だ。

「五分時間をもらえますか？」ストラザムがぱっと立ちあがって近づいてきた。

おれはうなずき、立ちどまらずに玄関のドアへ向かった。「五分と言わずいくらでも。だが、あんたの車のなかでだ」

32

スパロウ

「これでよし」ブロックが立ちあがり、額の汗をぬぐった。

彼は二時間くらい前に墓掘りの作業を引き継いだ。わたしが自分で掘れる状態ではないと、ようやく気づいたのだ。感謝祭までにわたしの死体を埋められるくらい深く掘りたいのならば。

彼は白いシーツを見つけると、得意げな顔でわたしに放った。もはやそれほど白くはなかったが、たしかにそこにあった。

ママを感じたくて、まだそこに残っているかもしれないものとつながりたくて、土で汚れたシーツのにおいを嗅いだが、無駄だった。失望しか感じない。ママと、夫に対する失望。

「どうしてこんなことするの？」わたしは怒鳴った。

ブロックは木に寄りかかり、いらいらと髪を引っ張りながら、地面に座っているわたしを見おろした。これから人の命を奪おうとしているのだ。わたしの命を。額の傷口の血は乾き、髪が張りついていて、足はチェーンソーでゆっくりと切断されているかのようにずきずき傷んだ。控えめに言っても、ベストの状態ではない。

「あなたがトロイを、ブレナン家を憎んでいるのはわかる。でも、どうしてわたしを傷つけたいの？」

「さあな」ブロックは眉毛をつまんで思案した。「プライドを傷つけられたからかな。トロイ・ブレナンよりおれのほうがかっこいいし、性格もいいのに、女はみんなあいつを好きになる」鼻を鳴らす。「そうだ、だからだ。きみがあいつの本性を見抜けないから、むかつくのかも」

「ふたりとも同じくらい悪人だわ」わたしは言い返した。「最悪のモンスターよ」

そうは言ったが、本心ではなかった。すべての秘密が明らかになったあとも、トロイがママにしたこととその後の出来事を知ったあとも、わたしはトロイをブロックほど嫌いにはなれなかった。トロイは意地悪ではない。少なくとも、わたしに対してはそうじゃない。でも、ブロックは……流血沙汰を、起きたことのすべてを、少なくともそのほとんどを防ぐ機会がいくらでもあったのに、悪趣味なショーを続けている。

「おっと……」ブロックが片手を胸に当てた。「あからさまな侮辱だな。ほかに言い残すことはないか、ミセス・ブレナン？」

「あるわ」わたしは白いシーツを投げ捨てた。「あなたのうしろに誰かいる」

ブロックがくるりと振り返った。そして、息を切らしながら茂みのあいだを突っ切ってくるトロイを見て、息をのんだ。

トロイがブロックの頭に銃を向けて叫んだ。「彼女を撃つな！」

ブロックは銃を落とし、口をあんぐりと開けた。これで自分はおしまいだと悟ったのだろう。

「やめろ」トロイがふたたび叫んだ。

わたしは混乱した。どういうこと？　ブロックはもう銃を持っていないのに。

「悪魔め」ブロックがトロイに向かってつぶやいた。「地獄で待っている」

「その必要はない」トロイが声を潜めた。「ずいぶんあとになるだろうから」

それから、笑いながら絶叫した。「早く銃を捨てろ！」

銃声が響き渡った。ブロックが地面にドサリと倒れた。わたしは震えながら、口をぽかんと開けてうつぶせに倒れた彼を見つめた。顔に恐怖が刻みこまれている。驚いたように目を見開いたまま、グレーのジャケットに赤黒い血の染みがどんどん広がっていった。

わたしはびっくりしたのと弱っているのとで立ちあがれず、ブロックがわたしのために掘った穴のそばに横たわった。

わたしの顔のすぐ近くで立ちどまったトロイの靴が見えた。わたしは安堵に包まれ、ずっとこらえていた涙をどっと流した。トロイがここにいる。突然、問題が消え去った。あんなことを、知りたくなかったことを知ってしまったけれど、彼とともに歩む人生は終わってしまったけれど、大丈夫。もう大丈夫だとわかった。

強くあるのに疲れてしまった。たとえ彼でも、面倒を見てもらえるなら喜んで受け入れよう。

「すまない、レッド」トロイはブロックの銃をハンカチを持った手で拾うと、撃たれる前にブロックが立っていた場所まで歩いた。「かすりもしないと約束する」

そして、わたしを撃った。

トロイ・ブレナン、わたしの夫が、わたしを撃った。

弾は耳からわずか数センチのところをかすめ、わたしはそれが発する熱を感じた。火薬のにおいが鼻を突き、目玉がひっくり返った。

一瞬、気が遠くなり、トロイの腕に抱きとめられたのがうっすらわかった。それから彼は、わたしを抱きあげ、十字架を持つ侍者のごとく運んだ。わたしが消えてしまうとでもいうように、きつく抱きしめた。

わたしはママの白いシーツにしがみついて泣いた。トロイはシーツに気づいていなかっただろう。わたしも自分が何をしているか、このときはわかっていなかったのかもしれない。次々といろいろなことが起こって、現実とは思えなかった。

木立を駆け抜けてくる男の姿があった。質素な服を着た小柄な男で、鼻がとがっている。刑事だ。ブロックの死体に駆け寄ると、脈を確かめた。

わたしはまだぼんやりしていたが、ブロックが手に銃を握っているのに気づいた。わたしの夫が、フィクサーがやったのだ。

「あんたが撃ったのか？」刑事がトロイに向かって叫んだ。

トロイはわたしを守るように腕に力を込めた。痛いくらいに。額も足も痛い。どこもかしこも痛かった。どこもかしこも傷ついている感じがした。特に心が。

「正当防衛だ」トロイが言い、顎でブロックを示した。「おれの妻を撃っ。あと少しで当たるところだったた。「もう一度撃とうとしたんだ」

それは嘘だ。ブロックはそんなことはしていない。トロイがブロックを撃った。トロイがブロックの銃を使ってわたしを撃った。もちろん、わたしは黙っていた。そして、見覚えのない黒のSUVに運ばれた。腕が自分のものでないかのようにばたばた揺れる。わたしがシーツを手放すと、トロイがそれを拾って自分の肩にかけた。わたしが知ってしまったことに、彼は気づいている。どういうわけか、さらに悲しくなった。

「くそっ、本当にすまない、レッド」トロイは繰り返し言った。わたしにというより、自分自身に。

「全部聞いた」わたしは彼の胸にささやいた。「ママによくもそんなことができたわね。わたしたちに」

トロイの体がこわばった。胸も腕も、指さえも。

「スパロウ――」

わたしは座席におろされた瞬間に気を失い、この日初めて、それでもかまわないと思った。もうどうでもいい。何もかも。

次に目覚めたときは病院にいて、そのときもぼんやりしていた。最初は、まだ森にいるのだと思った。ブロックと一緒にいるのだと。あるいは、死んでいるのだと。やがて手首に刺さった針に気づき、消毒剤や麻酔薬のにおいがした。ゆっくりとまばたきして目を凝らすと、枕元に座っている人影が見えた。パパ。頭を抱え、体を震わせて泣いていた。

ルーシーが窓の下枠に腰かけ、心配そうな顔で外を眺めていた。デイジーが壁に寄りかかり、ピンクのガムをふくらませながら爪の垢をほじっている。質素な部屋に、わたしは安らぎを感じた。壁に飾りはなく、何もかも白か灰色だ。床はリノリウムで、家具は最低限のものしかなく、窓にはブラインドがかかっている。飾り気がなく退屈だが、そこが気に入った。いまのわたしは細かいことを、目の前にあるものより複雑なものを受けつけなかった。

そして何より、わたしの大切な人たち、全部でたった三人の人たちに囲まれている。その短いリストから、夫はもう外れた。あんなことをしていたとわかったのだから。

足を動かそうとしてあえぐと、ルーシーが駆け寄ってきた。

「かわいそうに、足の骨を折ったのよ」

「正確に言うと、ブロックに折られたの」わたしは顔をしかめ、足を動かすのをあきらめた。ずきずきしていて、どれだけモルヒネを打っても、痛みはおさまらないだろう。

みんな困惑した表情を浮かべている。どこまで知っているのだろうか。

「トロイは？」わたしは口のなかをなめて、渇きを癒そうとした。

ルーシーとデイジーが視線を交わした。わたしはふたりの表情が気に入らなかった。トロイは大勢の人に、わたしを産んだ人にもとんでもないことをしたけど、それでもわたしは彼を思っているのだと認めるのはつらかった。彼にトラブルを起こしてほしくなかった。

それどころか、たとえ一緒にいられないとしても、大事な人であることに変わりはない。

それどころか、彼のことがこれまで以上に心配だった。癌がわたしの全身に広がった。頭からつま先まで。どんな薬もきかない。彼が何をしようと影響されない。たとえ彼の撃った弾がわたしの体を貫いたとしても、彼を愛し続けるだろう。心から。最悪だ。彼を許すことはできないとわかっているのに。

彼が自由の身でありながらここにいないのかもしれないと思うと、耐えられなかった。わたしをもう必要としていないということだから。

質問に答えてくれたのは、パパだった。ルーシーとデイジーは感情的になっているようだ。

「警察にいるよ」パパはまじろぎもせずに言った。「供述をしている」

わたしは窓の外を見た。外は真っ暗で、街灯が霧雨を照らしだしていた。

「いま何時？」

「午前一時」

ブロックに連れ去られてから、ほぼ丸一日経っていた。でも、もう何年も前のことのような気がした。

「ブロックは？」

今度はルーシーがなんのためらいもなく答えた。「死んだわ。もう大丈夫よ。かわいそうに。トロイが発見したとき、あなたは散々な状態だったのよ。ブロックがあなたを好きになって、あなたが結婚していることに耐えられなくて誘拐したなんて信じられない。頭がおかしいわ」

なるほど。トロイは作り話も用意したようだ。

「トロイはどうやってわたしを見つけたの？」

「家政婦」みんなが同時に答えた。マリア。

わたしは枕に頭をのせて目を閉じ、込みあげてくる涙をこらえた。どうして泣くの？　人生を取り戻したから。家族がそばにいるから。もう大丈夫なはずなのに、そうではないから。全然大丈夫じゃない。トロイの言うとおりだった。わたしは彼から逃げる運命にある。彼から逃げなければならない。彼はあんなことをしたのだから、関係を修復できるわけがない。

フィクサーでも直せない。

「何か欲しいものはない？」デイジーがガムを引っ張って指に巻きつけた。わたしは笑みを浮かべそうになった。もう少しで。

「ホットチョコレート」わたしが答えると、デイジーはすぐさま部屋を飛びだした。

「おでこがぼろぼろよ」ルーシーがわたしのこめかみを優しく撫でた。

「足もひどいことになってるでしょうね」

「ええ」

わたしは顔をしかめた。「もうフットモデルはできないってこと？」

「残念だけど」

全員が笑った――わたしもルーシーもパパも。笑うと気分がよかった。自然な笑みでなくても。

ふたたび心から笑ったり、幸せを感じたりできるようになるまでは時間がかかるだろうが、これがはじめの一歩だ。

ささやかな一歩だけど、足が折れていて、心がぼろぼろに傷ついているのだから、たいしたものだ。

33

トロイ

おれはなんでも処理する。

それがおれだ。フィクサーだ。

スパロウはもう安全だ。ブロックを殺し、行方不明だったフリンの捜査も終わらせた——一石二鳥だ。親父との約束を果たした。リストの最後の名前に線を引いて消した。警察はフリンの墓を発見し、彼を世話した別荘のあちこちに残されたブロックの指紋も見つけた。

マリアがシャベルを貸したと認めたこともあり、墓を掘ったのもブロックだと納得させるのは簡単だった。

ロビン・レインズの遺骨も発見された。間抜けな刑事たちは、その罪もいろんな罪と一緒に喜んでブロックに着せた。

さらにおれは、ブロック殺しを正当防衛に見せかけた。大量の書類仕事が待っていて、高くつくとわかっていたが。何もかもおあつらえ向きだった。信頼できる目撃者がいた――ストラザム刑事は、ブロックが森のなかで持っていた銃と、レッドのために掘った墓を見た。ブロックが彼女とおれに危害を加えるつもりだったのは明らかで、おれの行為は法律で認められている。おれは批判される心配はない。スパロウはまいっているが、すぐに元気になるだろう。

すべて処理できた。

大事なこと以外は。

死刑囚のような気分で病院の廊下を歩いた。ドアをひとつ通り過ぎるたびに、ノックしたくないドアに近づいていく。怯えているわけじゃない。呆然《ぼうぜん》としていた。

これから、生まれて初めて正しいことをするつもりだ。それなのに、気分は最悪だった。まるで拷問だ。肉切り包丁で心臓を突き刺され、肋骨《ろっこつ》ひとつひとつを折りながらじわじわと引きだされる感じがした。

ドアをそっとノックした。眠っているのなら、起こしたくない。発見したとき、スパロウはとても弱っているように見えた。こめかみから流れた血がベールのように顔を覆っていて、ねじれた脚は使いものにならず、足はバスケットボールくらいの大きさに腫れあがっていた。ヨガパンツと速乾シャツしか着ておらず、凍えていた。

傷ついたスズメ。

まず彼女の手当てをして、その次にブロックをなぶり殺してやりたかった。

だが、それはできなかった。おれが森のまさにあの場所にロビンとフリンを埋めたことをブロックがばらす前に、殺さなければならなかった。ストラザムに取り押さえられるやいなや、話し始めるだろうとわかっていた。ブロックが生きていて、刑事の近くにいる限り、おれが逮捕される危険があった。

とはいえ、森の真ん中で無能刑事に車を止めさせ、車から飛びだした頃には、復讐心は二の次になっていた。

おれの欲求など無意味だった。

復讐をしている時間はない。

暗闇を照らすのはスパロウだけだった。

だから面白くはなかったが、ブロックをあっさり殺した。だが、それでよかったのだ。レッドをどうにか救うことができた。重要なのはそれだけだ。

「どうぞ」ドアの向こうで彼女が言った。おれだとわかったのだろう、声にとげがあった。

ロビンをくるんでいたぼろぼろのシーツを、スパロウに持たせた。ある意味、彼女の母親とフリンの墓を掘ったのが、おれの人生で最も邪悪な行為だった。ふたりはあんな目に遭ういわれはなかった。おれが殺したわけじゃないが、ちゃんとした葬式をあげる機会を奪ったことは、罪深い。

実際、ロビン・レインズに敬意を払わなかったことで、おれはすべてを失った。

つまり、彼女の娘を。

ドアを開け、ベッドに近づいた。スパロウは手首に大量のチューブがつながれ、脚にギプスをつけていた。それでも、神々しかった。おれの女。おれのインコ。最高にきれいだ。真っピンクの唇や真緑の目のせいじゃなく、おれにぴったりだからだ。おれを笑わせ、怒らせ、正気を失わせるために生まれてきた。おれに感情を持たせるために。

おれはテーブルの上に、ゴディバのチョコレートの箱とオレンジ色のグラジオラスを置いた。強い性格を表すと、花屋の店員が言っていた。

きみには想像もつかないだろう、とおれは返した。

チョコレートと花。陳腐だ。だが、今夜だけ、レッドのためだけだ。皮肉屋の彼女に面白がってほしかった。観覧席に飛び乗ってラブソングを歌ってもいい。彼女のためなら。

だが、手遅れだとわかっていた。

スパロウは花とチョコレートを見たあと、目を閉じて深呼吸をした。

「ありがとう」彼女がかすれた声で言った。おれに命を助けてもらったことに対して言ったのだ。このくだらないプレゼントに対してじゃなく。

おれは枕元の椅子に腰かけ、おれの手か、靴を見おろした。何を見ているかさえわからないが、彼女の目でないのはたしかだ。その目に浮かぶ表情を読み取りたくなかった。

「どういたしまして」

おれはやる。キャットがブロックの子を妊娠したときのように、無私無欲の行動を取るのだ。あのときは利他的に行動した結果、ぼろぼろになった。キャットとの婚約を解消したときの一万倍以上傷つくとわかっていて、同じことをするのだ。いま考えると、キャットに浮気された苦しみなど、妻を苦しめる苦しみに比べたらなんでもない。

だから、やらないわけにはいかない。

おれはどうしようもないマゾだ。

「無罪放免になったの？」心配しているように聞こえたが、勘違いしてはいけない。

「ああ」おれは息を吸いこみ、目を閉じて椅子の背にドサリともたれた。「大丈夫だ」どうにか。

目を開け、部屋に入ってから初めてスパロウをまともに見た。彼女は乾いた唇をなめながら、チョコレートの箱を見つめていた。これがいまのおれたちだ。無理をして、こうなった。病室で赤の他人同士が、本当に言わなければならないことをごまかす言葉を探している。またしても。

「ママは……」スパロウがため息をついた。「あなたがママにそんなことをしたなんて信じられない」

「自分でも信じられない、レッド」

「あなたのお父さんがあなたとわたしを結婚させたのね。どうして従ったの？　お金が絡んでる？」

おれは手のひらの皮をむきながらうなずいた。「おまえと結婚するまで相続できないと遺言書に書かれていた。離婚したら、おまえが財産の半分以上を受け取ることになっている」

スパロウが皮肉っぽく笑った。「ブレナン家のお金なんていらないわ。汚いお金だもの」

「ばかばかしい。きみの金だ。ずっと」

「わたしを自由にして」スパロウがうわずった声で、静かに言った。「出ていくわ」

おれはうなずいた。不本意だが、彼女が正しいとわかっていた。スパロウはおれのインコで、もう羽を切ることはできない。この数カ月、おれの行いや嘘の重みで、彼女をたわませていた。彼女はすべて受けとめたが、これが限界だ。これ以上背負わせ続けたら、折れてしまう。彼女を無理やり引きとめるのは、どちらにとってもよくないことだ。

インコは悲しみのあまり死ぬと聞いたことがある。俗説にすぎないが、おれの小鳥、おれのスズメのことならわかっている。彼女は自由を必要としている。おれのひどい扱いによく耐えてきたとはいえ、これは彼女にとってさえ度を越していた。これ以上彼女をつかまえておくことはできない。たとえそうしたくても。いままで以上に。

おれたちは美女と野獣だ。だがこれは、ディズニー映画じゃない。現実世界では、野獣は孤独な生活に戻り、暗闇に隠れて、家族のもとへ戻る美女を見守るのだ。

彼女はおれがうわべだけの普通さや幸福を手に入れる唯一のチャンスだが、それでも手放さなければならない。

おれは鼻が膝に触れそうなほど身をかがめ、しわがれた声で言った。「おまえは自由だ」

これほど言うのがつらい言葉はなかった。スパロウは自由だ。翼を広げて飛んでいける。親父の遺言どおり、彼女にすべてを与える。それよりも、彼女を手放すほうがつらい。

「本当にすまない。いままであったことを考えれば、嘘くさく聞こえるだろうが、おまえをこんなふうに傷つけるつもりはなかった」

「わかってる」彼女の声が冷たくなった。すでにおれから離れ始めているのだ。「いつでも訪ねてこい」おれは無意味なことを言った。

スパロウは小さくうなずいた。「ええ。さあ、もう出ていって」

おれは立ちあがった。この部屋に入るまでは、出ていきたくなくなるだろうと思っていた。会話をずるずる引き延ばして、別れる前にできるだけ長く一緒にいようとするだろうと。だが、相手を本気で大事に思っていると、そうはならないのだとわかった。この部屋に彼女の苦しみが満ちあふれていて、おれを押しだそうとしている。もう耐えられなかった。

ドアに手を伸ばし、彼女の前から永久に去ろうとした。

「深い意味はないんだけど……もう一度やり直せるとしたら、違うやり方をする？」

スパロウが美しい声で尋ねた。

「もう一度やり直せるとしたら」おれは振り返らなかった。振り返ったらプツンと糸が切れて、またいつものように彼女を脅し、無理やり引きとめてしまうのが目に見えていた。「こんなことになるとわかっていたら、おれはいままで、おれたちの親が死ぬまで待たなかった。おまえが九歳のときに結婚を申し込んでいただろう。パディの結婚式の日に、あのダンスフロアで、おまえが初めてチークダンスを踊ったときに。結果はどうあれ」

スパロウが笑った。

冗談だと思っているのだ。

本気だ。そうすべきだったのだ。おれたちは片時も離れるべきじゃなかった。九歳のスパロウに、おまえはおれのものだと言っていれば、悪いことは何も起こらなかった。

パディも。

キャットも。

ブロックも登場しなかった。

おれは彼女の母親の遺体を森に埋めるどころか、指一本触れなかっただろう。

だが、おれたちは、死ぬまで離れて暮らさなきゃならない。『すべてをあなたに』なんてくそくらえだ。

34

トロイ

二週間後

最後にパディ・ローワンと会ったとき、過去から逃げることはできないと思い知らされた。パディの言うとおりだ。真実はものすごく足が速く、いつかは追いつかれてしまう。パディもおれも、逃げられなかった。真実は不幸の皿にのせられ、まるで復讐のごとく冷酷に、おれの純粋で美しい短気な妻に届けられた。

おれがついたすべての嘘を毒の塊にしてのみこみ、彼女の苦しみを消したかったが、そんなことはできない。

最初、親父に言われて結婚したことを話さなかったのは、おれの家族、お袋や自分自身の面目をつぶしたくなかったからだ。彼女に警察に駆けこんでほしくなかった。彼女に話す義務があるとさえ思っていなかった。真実はおれのもので、おれが悩むべきことだ。おれだけが。

ブロックとキャットに親しくなられていることにさえ耐えられなかった。だが、スパロウと親しくなるにつれて、状況は変化した。ブレナン家の面子などどうでもよくなったが、それでも彼女に打ち明けなかった。母親が結婚している男のために自分を捨てたなどという事実を知る必要はない。彼女をこれ以上苦しめたくなかった。母親は誘拐されたか殺されたか、気が触れて森のなかで猫の群れと暮らしていると思っているほうがいい。彼女の古傷を開きたくなかった。親子関係というのは最も複雑だと自らの経験で知っている。傷口には触れないほうがいい。古傷には大量の膿や血が潜んでいる。彼女にものすごい痛みを与えるだろう。スパロウにとって、どちらがよりつらかったかはわからない――おれがロビンの遺体を隠して証拠を隠滅したことか、それを黙っていたことか。ひとつたしかなのは、おれを許してはくれないことだ。当然だ。

おれがその病室を去ってから二週間後のことだ。おれは電話がかかってくるのを待っていたが、だからといって楽になるわけじゃなかった。片手で電話に出ながら、もう一方の手でクソの詰まった公衆トイレの便器に男の頭を突っこんだ。

おれの仕事の醍醐味ではないが、それでも一日じゅうオフィスの蛍光灯の下で過ごすよりはましだ。

頭を引きあげ、耳元で怒鳴った。「最後のチャンスだ。タマを失いたくなきゃ、ドンの娘をレイプしたクズの居場所を教えろ」

ジェンセンが電話の向こう側で言った。「レイプ犯はひとりも知らない」

悪党が答えなかったので、おれはそいつの頭をさらに便器の奥へ押しこんだ。酸素が恋しくなるくらい長いあいだ。そうすれば、おれのクライアントの娘をレイプした犯人の居場所を思い出すかもしれない。この男が金をもらって犯人をかくまう手助けをしたというたしかな情報があった。

「あんたに言ったんじゃない」おれはジェンセンに言った。「どうした?」

「まもなく別れる妻の口座の件だ。六十万ドルが引きだされた」

スパロウがパディの小切手を換金した。

「どうも」おれは電話を切ると、落書きだらけの汚れた壁に投げつけた。そして、激しく悪態をついたあと、男の頭を引きあげた。顔が紫色になっていたが、まだ物足りない。

「最悪の知らせを聞いたから、拷問をする気分じゃない。これが最後だ――くそったれはどこだ？」

「わかった、わかったよ。教える」男が泣きながら言った。

おれはひどく失望した。結局、男は口を割った。残念だ。ぼこぼこにして楽しむつもりだったのに。

そのとき、もう何も楽しめないことを思い出した。

レッドがそばにいなければ、何をしても虚しかった。

彼女を抱くほかに、したいことはなかった。

35

スパロウ

六週間後

「これよ！　買える？　買えるよね。すっごくかわいい。絶対欲しい。あたしたちにぴったり。いいよね？　いいって言って。ルーシー、これが最高でしょ。スパロウ、これにしよう」

わたしは発泡スチロールのカップを手にルーシーが借りたレンタカーにもたれかかり、笑いながら白とピンクのフードトラックに抱きつくデイジーを見ていた。本当にすてきなトラックで、パンケーキビジネスにぴったりだった。かわいくておいしそうで、デイジーがなめ始めたとしても驚かない。

「急いで決めなくていいのよ」ルーシーがわたしに肩をぶつけてきて、酔っ払ったヒッピーみたいにトラックの周りで踊るデイジーを見て笑った。

わたしたちは駐車場の真ん中に立って、これから始めるビジネスで使うトラックを探していた。トロイと結婚する前より数十万ドル豊かになったが、わたしたちの結婚が破綻する直前に比べたら数十万倍不幸になった。トロイは約束どおり、病院で別れて以来一度も連絡してこなかった。直接は。離婚手続きも進んでいなかった。理由はお金ではない。

わたしたちはお金のことなんて頭にない。これは裏切りの問題だ。

わたしがルージュ・ビスを辞めたあと、トロイはわたしの実家に給料小切手を送ってきた。わたしがもう実家にいないのは知っているはずだ。家賃を払う余裕があるから、いまはルーシーと暮らしている。まだわたしを見守っていることを隠しておいてくれるのはありがたかった。

見守っている？

彼につきまとってほしいと思うなんて間違っている。彼とまだつながっていると感じるためだけに、彼の部下や仲間に出くわしたいと思うなんて。でも、正直に言うと、それがわたしの望みだった。彼を求めてはいるけれど、ふたりのあいだにできた溝は深すぎる。ふたりの関係の根底にある嘘は重すぎた。

彼はわたしのママを森に埋め、そのことを黙っていた。

ずっとママの居場所を知っていたのに、何も言わなかった。

遺産を相続するために、わたしと無理やり結婚した。

彼はモンスターだ。

それなのに、そのモンスターにふたたび捕まり、あの冷やかな目に見つめられるためなら、わたしはなんでも差しだすだろう。彼とのやり取りや、彼が引き起こすさまざまな感情が恋しかった。トロイは悪魔だけど、わたしに活力を与えてくれた。

「ちょっと、バーディー」デイジーがわたしの顔の前で指を鳴らした。その真っ赤な爪を見て、わたしは少し前に外したルビーの指輪を思い出した。トロイと別れたあとは、その重みに耐えられなかった。

「わかった、買いましょう」わたしが手を振って言うと、ルーシーとデイジーは跳びあがってハイタッチした。

「みんなでハグ!」デイジーが言い、気づいたら友人たちの腕のなかにいた。わたしは目を閉じて女らしい希望に満ちたにおいを吸いこみ、ふたりの幸福を吸収しようとした。夢をかなえることにわくわくしている。これは彼がわたしの人生に入りこんでくる前の、もともとの目標だった。でもいまは、こんな機会や友人やお金に恵まれていても、やりたかった仕事を始めるだけでなく、近くのホームレス施設に寄付する余裕まであっても、人生はおいしくない。ブルーベリーパンケーキや、雨の日のホットチョコレートのようではなかった。何も楽しくない。

何も。

「これにするって言ってくる」デイジーが、白いトレーラーのオフィスでブラインドの隙間からわたしたちを見ている販売員のもとへ駆けだした。

販売員はまったく声をかけてこなかった。いかれた客だと思っているのだろう。こんなトラックを買うのは、〝甘ったるいもん〟を売りたい人だけだ。わたしたちが目をつけるまで、ずっと埃《ほこり》をかぶっていたに違いない。

デイジーがオフィスのなかに姿を消すと、ルーシーが言った。「足の具合はどう？もう大丈夫なの？」

わたしはギプスを見おろした。これを見たり、歩いたり、シャワーを浴びるときに濡れないようにしたりするたびに、ブロックを思い出す。彼が死んだことに――目の前で人が死んだことにもっと動揺すべきだろう。だが実際は、当然の報いだと思っていた。わたしがいまだに理解できないのは、ママがわたしたちを捨てた理由と、トロイが恐ろしい秘密を隠していたことだ。

「足はだいぶよくなったわ」

ルーシーが顔をしかめた。心がよくなっていないのを知っているかのように。

「彼を恋しく思うのはしかたないわ。ストックホルム症候群なんだから。だけど、いずれ忘れるわ」

忘れられない。絶対に。

「そうね」わたしはどうにか作り笑いを浮かべた。

ルーシーが手を差しだし、わたしはその手を借りて、書類にサインするため足を引きずりながらオフィスへ向かった。

わたしたちは事業を始める。

子どもの頃からの夢をかなえる。

最高のパンケーキを作る。

それなのに、どうしてこんなに虚しくて悲しいの？

「ストックホルム症候群じゃなかったら、ルーシー？　この気持ちが本物だったらどうすればいいの？」

「そのときは」ルーシーは辛抱強く答えた。「運命がふたりをふたたび引きあわせてくれるわ。本物の愛は消えない。愛は憎しみに変わり、憎しみは愛に代わるけど、無関心に変わることはないから」

ルーシーの言うとおりだ。本物の愛は癌だ。ほんの一瞬で心に野火のように広がり、焼き尽くす。

それでもかまわない。癌と違って、本物の愛は死なないから。絶対に。

36

スパロウ

半年後

「ブルーベリーパンケーキ……四……五つ」ルーシーが紙皿をわたしに押しつけた。わたしは身を乗りだし、それをフードトラックにできた長い行列の一番前にいるふたりの女性に渡した。ジェナとバーバラ。弁護士秘書で、週に二回買いに来る。ウエストのサイズを気にしなくていいなら、もっと来るだろう。同僚のために、いつも何枚か余分に買っていく──少なくとも、本人たちはそう言っている。

「ありがとう、バーディー。これなら、食べたあとも後悔しない」バーバラが笑いながら言う。「体重計にのる勇気はないけど。ここに通うようになってから、ずっと避けてるの」

「その話はやめて」バーバラのお尻を叩きながら、ジェナがくすくす笑った。「この店は警告を表示するべきね。このままだと糖尿病になっちゃうわ」

バーバラとジェナが去っていき、わたしは次の客の注文を聞いた。仲のいいカップルで、それだけで嫌いになりそうだった。

「ルーシーを手伝いに行って」突然、デイジーがわたしを押しのけた。

わたしは眉根を寄せた。わたしたちは持ち場を変えない。わたしが開店前に生地を作り、注文を受け、ルーシーがパンケーキを焼き、デイジーがふたりの補助をすることになっている。

「ここはわたしがやるから」わたしがそう言うと、デイジーはわたしをルーシーのいる狭いキッチンへ引っ張っていった。

「あんたはここにいちゃだめ」

わたしはお尻でデイジーを押しのけた。「なんで……」見る前からわかっていた。わたしの心臓がすとんと落ちて、つま先が脈打っている。冬を感情にたとえるなら、こんな感じだ。何もかもが凍りつき、まったく準備ができていなかった。背中や腕がぞくぞくした。

心地いいとも悪いとも言えない、なじみのない感覚に襲われた。彼に喉を絞めつけられて息ができないのに、生きている実感を満喫しているような。まばたきひとつできなかった。ただ突っ立って彼を見つめた。口をぽかんと開け、目をわずかに見開きながら。心が引き裂かれそうだった。わたしのモンスター。

「まだなの？」列に並んでいる女性がにらんでくる。デイジーが速やかに注文を受けた。

わたしはその場に立ち尽くした。動きたいのに動けなかった。近づいていって何か言いたい。

彼と話したい。

話したくない。

彼はまだトラックに気づいてさえいない。

この数カ月間、細心の注意を払って地元の新聞やインターネットサイトを避けてきた。国外へ移住する以外のことはなんでもした。トロイがカタリーナのような女と腕を組んで写っている写真を見ないために。心が打ち砕かれないように。体は元気だ。額の傷も、足も治った。ギプスを外して、また走れるようになった。でも心は、虚しさにむしばまれている。どれだけブルーベリーパンケーキを食べても、虚しさを埋めることはできなかった。やってみたのだから本当だ。ルーシーが近づいてきて、へらをわたしの顔に突きつけた。「行きなさい。彼と話をするのよ。勇気を出して」

でも、動けなかった。彼は自分の倍の年齢の男性と一緒にいた。ふたりともスマートなスーツを着ていて、たぶん仕事の話に夢中になっている。邪魔をしたくなかった。わたしはまだ彼の妻だ。離婚届を出していないから。わたしのものだというお金に興味はなかった。トロイも離婚手続きを進めようとしなかった。けれど、一緒に暮らしたのが大昔のことのように思える。彼はまったくの別人に変わってしまったかもしれない。

男はトロイと握手をしたあと、背を向けてゆっくりと人ごみのなかへ姿を消した。トロイは反対方向に、トラックのほうに歩きだした。わたしは息をのみ、周囲を見まわした。彼がわたしに気づくことはないだろう。行列は二ブロック分続いていて、ふたりのあいだにはかなり距離があった。

ところがトロイはまっすぐ向かってきて、行列の最後に並んだ。そして、ポケットから携帯電話を取りだすと、濃い顔に笑みを浮かべながらいじり始めた。

「どうしよう」わたしはつぶやいた。

「気づいてるのね」デイジーがにやりとし、接客を続けた。わたしはもうそれができる状態じゃなかった。

デイジーの邪魔になっている。カウンターはふたりが立つには狭すぎるが、デイジーはわたしがどれほど彼に再会したがっているか知っている。再会しなければならないことを。

トロイは携帯電話から一度も顔をあげなかった。両手の親指を使って、ものすごいスピードで入力し続けている。

偶然かも。それはない。彼はフードトラックに並んでブルーベリーパンケーキを買うような人じゃない。わたしに気づいている。

彼の順番が近づいてくる……。

どんどん現実感が薄れていった。彼の背景がぼんやりし、彼しか見えなかった。まだ彼に会う準備ができていないのかもしれない。デイジーに言われたとおり、ルーシーを手伝いに行ったほうがいいかも。

「深呼吸して」ルーシーが鉄板を見おろしたまま、パンケーキをひっくり返しながらささやいた。

無理だわ。彼の流砂に溺れていく。あらがうことはできない。屈するしかなかった。

「代わる？」あとひとりで彼の番になるというときに、デイジーがきいた。

わたしは無意識のうちにうなずいていた。たとえ何があろうと、彼から隠れることはできない。そんなのわたしたちらしくない。彼が挑めば、わたしは応じる。彼がここに現れたということは、わたしの反応を求めているのだ。それならば、応じるまでだ。

「ボストン一のパンケーキを食べたいっていうんなら、食べさせてあげるわ」わたしはカウンターの中央に立った。女性が紙皿を受け取って歩み去り、トロイが前に出た。彼がものすごく背が高いことを忘れていた。彼は見あげなくても、わたしの視線をとらえられた。

「やあ」トロイは無表情で、わたしをじっと見つめた。

デイジーはトラックの奥に引っこんで、わたしたちをふたりきりにしてくれた。といっても、彼のうしろには大勢並んでいるが。

「こんにちは」わたしはどうにか言った。

トロイがカウンターに肘をつき、愛しそうにわたしの目をのぞきこんだ。わたしはむきだしにされたような感じがした。大勢の前でシャツとブラジャーをはぎ取られた気分だ。

「ブルーベリーパンケーキをひとつ」トロイが落ち着いた声で言った。

どういうつもりなの？　さっぱりわからない。

わたしは目をそらしてレジを打った。がっかりして、困惑していた。「ホイップクリームは?」

トロイはゆっくりと首を横に振った。わたしの顔を探るように、慎重に見ている。まるでいまにも襲いかかろうとしている伝説上のグリフィンを見るような目つきで。

「甘ったるいもん、おひとつですね」わたしは言った。

トロイは唇を震わせ、笑みをこらえた。わたしの一挙一動を見守っている。どうして笑わないの? わたしに言い返されるのが大好きなくせに。だから、わたしに興味を持つようになったのでしょう。それまでのわたしは、家具と一緒だった。

ルーシーが紙皿をわたしに渡した。わたしと同じで困惑した顔をしている。彼はどうして見知らぬ他人のようにふるまうのだろう。わたしは彼の首を絞め、キスをしたあと、腕のなかに飛びこんで殺したい気分だった。彼はいまも、わたしを支配する力を持っている。彼に対する思いはまったく薄れていなかった。

「どうぞ」わたしは顔をあげて彼の目を見た。

トロイがポケットからぴったりのお金を取りだして、カウンターに置いた。価格を知っているの? 計画的にここへ来たの? どうして? もうなんとも思っていないことを示すため? そうだとしたら、たとえ彼でもひどすぎる。

「サービスするわ。そのお金で自分へのご褒美でも買って」わたしは真剣な表情で言った。

彼はわたしのジョークに笑わなかったし、動こうともしなかった。行列がどんどん長くなり、待ちくたびれた人々が首を伸ばして様子をうかがっている。わたしは何も言わなかった。彼を追い払いたくなかったし、帰らないでと言う勇気もなかった。

彼はわたしを見つめ続けた。どうして？

「なあ、まだか？　昼休みが終わっちまうよ」トロイのうしろにいる男が、彼を小突いた。

わたしたちは無視した。「サムはどうしてる？」わたしはうつむいて、トラックの床を見つめたまま、小声で尋ねた。サムのことはずっと気になっていた。カタリーナは愛情深い母親ではない。心配だった。

「元気だよ。マリアとキャットと暮らしてる。キャットはセラピーを受けているんだ。少しずつ母親らしくなってきている」トロイは感情のこもっていない声で言った。

「ちょっと！　あんた！　さっさと注文しろ！」行列のうしろのほうで誰かが叫んだ。

「彼女と連絡を取っているのね」わたしは息を吸いこんだ。胸が苦しかった。

トロイはそれには答えず、微笑んで紙皿を受け取った。「会えてよかった、レッド」ウインクをしたあと、列から外れた。

わたしは彼をうっとりと見送った。彼はごみ箱に近づいていき、パンケーキを捨てたあと、いつものように二重駐車したマセラティに乗りこんだ。

わたしの偽の夫が、結婚を無理強いした人がわたしのもとを去るのは、これで二度目だった。わたしの心を奪い去るのも。

でも、二度と心を取り戻せないと気づいたのは、いまが初めてだった。

わたしの心は彼の手にしっかりと握られている。

そしてときどき、強く握りしめすぎてしまうのだ。

一時間後、わたしたちは店じまいした。ルーシーとデイジーがわたしの気を紛らそうと、地元のバーで飲もうと誘ってくれたけど、わたしは急いで家に帰った。ジョギング以外のことはしたくなかった。おかしなことに、ブロックにさらわれても、これだけはやめられなかった。ジョギングは続けているが、にぎやかな夜の大通りしか走らないようにしている。

アパートメントに帰りつくと、ドアに寄りかかって目を閉じた。トロイ・ブレナンのような人を好きになるなんてまったく思いもしなかった。でも、愛は好みとは関係なかった。

ポケットから携帯電話を取りだして、ソファに放った。グリーンのメッセージが画面に表示されている。正午頃に送られてきたものだ。送信者の名前を見たとき、幻覚でないのを確かめるため目をこすった。どきどきしながら、震える手でメッセージを開いた。

トロイ〈正しいことをしたかった。心から。でも、いいことをするためには、いい人間になる必要があると気づいた。おれがいい人間じゃないってことは、おれもおまえもわかっている。この数カ月、おれはおまえを見守っていた。おまえのためだ、おまえが問題なくやっているか確かめるだけだと自分に言い聞かせて。そんなのでたらめだ。ブロックが消えたいま、問題ないことはわかっていた。おまえを見守っていたのは、おまえが欲しかったからだ。おまえはおれのものだから〉

わたしは胸の高鳴りを感じ、息が苦しくなって、椅子の上で前かがみになった。彼からもう一通メッセージが届いていて、すぐに開いた。

トロイ〈気が変わった。おまえは自由じゃない。おまえが行く当てもないのに、間違った理由で飛び去ったのなら。おまえの本当の望みはなんだ？　答えなくていい。

もうすぐわかる。おれは再会したときのおまえの反応を見るために、行列に並んでいる。レッド、本気でおれから逃れたいなら、離婚を先延ばしにはしないはずだ。莫大《ばくだい》な金がもらえるんだ。おれの秘密を守る必要もない。なあ、どういうことだ？　おまえの緑の目に浮かぶのは憎悪なのか、欲望なのか。本音を話してくれるか？　反撃するか？　おれを追い帰すか？　その答えがわかるまであと三……二……一……〉

　そこで終わっていた。メッセージは二通だけだった。信じられない！　わたしがどれだけあなたに会いたかったか、わからないの？　どれだけあなたを求めているか。あなたがそばにいると、言葉を失ってしまうことを。とにかく気を紛らわしたくて、ぱっと立ちあがった。ジョギング用の服装に着替え、ヨガパンツに携帯電話を押しこむと、家から飛びだした。

　ローリング・ストーンズの『悪魔を憐《あわ》れむ歌』を聴きながら走り、彼のメッセージを読んで生まれた余分なエネルギーを発散させようとした。何も考えず、あてどもなく走った。じっとしてさまざまな感情に対処するよりはましだった。

　彼のことを考えるよりは。

　再会したあと、彼がメッセージを送ってこなかったことにがっかりしていた。まだ彼を許していないのに。彼がママにしたことを。さらに重要なのは、わたしたちが本物の関係を築いたあとも秘密にしていたことを。

許し。

わたしは誰のことも許したことがなかった。執念深いからではなくて、わたしを裏切った人たちに許しを求められたことがないからだ。

トロイを許す？　街角で立ちどまり、ビルに寄りかかって呼吸を整えた。それから携帯電話を取りだすと、自信を失う前に、プライドや理性に邪魔される前に急いでメッセージを送った。

わたし〈わたしと結婚した理由を話してくれればよかったのに。ママにしたことを。あなたは打ち明けて謝ろうとしなかった〉

ふたたび携帯電話をヨガパンツに挟んで走り続けた。返事を待っても無駄だ。返事が来るかどうかもわからない。アパートメントからさらに遠ざかり、通りはぼやけた背景にすぎなくなった。思考が視力を凌駕《りょうが》した。湿った肌に当たっている携帯電話が振動し、わたしはスワイプして彼のメッセージを読んだ。

トロイ〈おまえの家族がばらばらになったのは、おれの家族のせいだということを知られたくなかった。おれたちのあいだに生まれた絆を壊したくなかった。何より、おまえを傷つけたくなかった、レッド。おまえを放したくなかった。今日、おまえのグリーンの目に何が見えたと思う？　欲望だ。おまえはいまもおれを求めている〉

わたしは顔をしかめ、すぐに返信した。〈わたしたちは一緒になれない〉

ペースをあげたが、もはや音楽は耳に入ってこなかった。わたしはどこへ向かっているの？　さっぱりわからない。もっと速く、一生懸命走れば、鼓動が頭のなかの雑音をかき消してくれるかもしれない。こんなのおかしい。わたしたちは半年前に別れたのだ。離婚しなかったらどうなるの？　頭のなかを整理する時間が必要だった。わたしは森のなかでブロックに殺されかけたあと、夫がブロックを殺すのを見た。そのあと、夫に撃たれた。

見事な腕前だったからといって、許されるわけではない。乗り越える時間が必要だった。

トロイ〈なれる。一緒になるべきだ。おまえの母親は、自分が埋められる場所にこだわっていたと思うか？　彼女はただ、親父と一緒にいたかっただけで、おまえにも同じことをしてほしかった。ふたりはわかっていたんだ。これはふたりの遺産だ〉

わたし〈ばかばかしい。ママはわたしを捨てた薄情な女で、あなたのお父さんはわたしたちを無理やり結婚させた浮気者よ〉

やみくもに走ったせいで、怪我をした足を引きずり始めたが、痛みを感じなくなっていた。体が心についていけない。

トロイ〈おまえの母親は恋をしていた。親父も。おまえも〉

自分がどこにいるか気づいて、立ちどまった。彼の家の前。黒い回転ドアの前だ。わたしは目を見開いてそのドアを見つめた。どういうわけか、そこからトロイが出てくるとわかっていた。

出てきた。

本当に。携帯電話を手に歩いてくる彼を見て、わたしは息をのんだ。どうしてわたしはここに来たの？　わたしがここにいると、彼はどうしてわかったの？

トロイが携帯電話から顔をあげ、唇に笑みを浮かべたあと、ふたたびメッセージを入力し始めた。

トロイ〈おれもだ〉

わたしはその場に立ち尽くし、近づいてくる彼を見つめた。黒のピーコートとテーラードジーンズ、ダービーシューズを身につけている。驚くほど豊かでなめらかな漆黒の髪は、さりげなくうしろに撫でつけてあった。彼はいつも、わたしの心を揺り動かす。恐怖や怒りや愛情をかきたてる。彼を前にすると、胸が高鳴り、膝の力が抜ける。彼の言うとおりだ。彼は恐ろしいことをするけど、わたしは彼を求めている。常に、彼だけを。

トロイがすぐ近くで立ちどまった。至近距離で彼の目を見るのが好きだ。オーシャンブルーの瞳に頭がくらくらする。

「愛してる、レッド。気が強くてタフで純粋で元気なおまえが……」彼は眉根を寄せながらわたしを見つめ、タコのできた指先でわたしの顔の輪郭を撫でた。「傷ついていて不安で怯えて怒っているおまえが……」小さく笑った。「おまえのすべてが好きだ。いいところも悪いところも、だめなところもはっきりものを言うところも。おれたちは愛しあっているだけじゃない。触れるたびに癒しあい、キスで補いあっている。陳腐に聞こえるだろうが、それこそおれが求めているものなんだ。おれにはおまえが必要だ」

目を閉じると、まつげの先端からひと粒の涙がこぼれた。

「おれたちはありきたりな会話ができない。おれはいつも必死で考えなきゃならない。普通に黙っていることもできない。一緒にいると、ついからかいたくなるし、言い返してほしくなる。おれはおまえと別れない」

トロイが両手でわたしの頬を挟んだ。わたしはその手にしっかりと手を重ねた。二度と放したくない。彼が額をくっつけてきた。彼の言うとおりだとわかっていた。わたしはすでに彼を許していた。彼のしたことを知る前、まだ一緒に暮らしていたときから。九歳のとき、あのダンスフロアで。

わたしの支配者。

わたしのモンスター。

わたしの救世主。

「おれはばかだ、ばかだった。これからもずっとそうだろう。おれのろくでもないDNAに刻みこまれているんだ。でもおれは、おまえのろくでなしになりたい。おまえには優しくできる。ものすごく。おまえのために雨を降りやませ、雷を、風を止める。おまえは絶対に戻ってくるとわかっていた。おれの腕のなかに、おまえの巣に飛んで戻ってくると。おれをめちゃくちゃ愛してるからだろ?」

わたしは彼の顔をじっくり眺めた。彼の手の感触が心地よい。指先から生気が注ぎこまれるような感じがした。自分に欠けていた部分が埋められるような。

間違っている。何もかも。彼がしたことを知っていて、警察にも、友達にもパパにも黙っていること。彼の重荷をふたりで背負うこと。

間違っているけど……わたしたちのものだ。

トロイはわたしが何か言うのを待っていた。懇願するようなまなざしはしていなかった——彼は絶対にそんなことはしない。答えを知りたがっていて、美しく醜い、むきだしの感情に満ちていた。

「あなたはやっぱりろくでなしよ」わたしは言った。

トロイが笑った。リピートで聴きたくなるような、すてきな曲に聞こえた。

わたしも笑った。久しぶりに心から。「残酷なろくでなし。普通の女じゃ扱いきれない。でも、わたしならできるかも」

「死ぬほど愛してる、レッド」

「わたしも死ぬほど愛してるわ、トロイ」

唇を奪われ、むさぼるようにキスされた。懐かしい、熱い舌が入ってくる。彼が腕をおろし、片手をわたしの心臓の上に置いた。このキスは、わたしが正しいことをしているということ、彼を許すように生まれついているということを教えてくれた。これだわ。これに勝るものはない。ほかにしたいことも、行きたい場所もなかった。

激しいキスで、彼のあたたかい息に安らぎと興奮を覚えた。わたしは首を横に傾け、彼の香りを吸いこんで、飢えた体に染みこませた。肌の感触がすばらしく、至福を味わった。幸せすぎて叫びだしたい。苦しいくらい幸せ。喜びを抑えきれなかった。

理屈で考えれば、これは不幸に終わる。

理屈で考えれば、窮地を脱するには、トロイ・ブレナンを警察に引き渡すしかない。彼の家族がわたしたちにしたことを、パパに話さなければならない。

理屈で考えれば、状況はとても複雑だ。犯した罪は償わなければならない。わたしを産んでくれた人を追悼しなければならない。トロイは自首すべきだ。

でも、現実はとても単純だ。

わたしは彼のもので、彼はわたしのもので、わたしたちがお互いにしたことも同じだ。

ふたりの過去だ。

エピローグ

トロイ

サムが白い砂に埋まっていたおれのつま先をつかんで引っ張りだし、したり顔をした。ブロックにそっくりだ。おれはつま先をくねくね動かして、逃れようとした。サムが大きな笑い声をあげ、打ち寄せる波の音や、近くのバーで流れる音楽や浜辺にいる人々のおしゃべりをかき消した。

「つかまえた！　つかまえた！」

「よくやったわ」小柄な体にネイビーブルーの小さなビキニをつけたスパロウが、胸を張り、両手をウエストに当てて目の前の海を見つめた。真剣な口調で言う。「さあ、サメの餌にしましょう」

「ええと……」サムは眉尻をさげ、不安そうな顔をした。「やめておく。それより……お城でも作ろうかな。トロイおじさんを傷つけたくないもん。絶対に」

子どもというものは、驚くほど寛大だ。九カ月前、おれはサムの存在をほとんど認識していなかった。それが今日、一緒にマイアミへ遊びに来ている。おれとスパロウだけでなく、マリアもいるが。

「そう、わかった」スパロウはがっかりしたふりをした。「でも、いつかわたしがその足をサメに食べさせるわ」

サムが満面の笑みでスパロウを見た。「嘘だ。トロイおじさんのことがだーい好きなくせに」

おれは思わず笑った。マリアがサンドイッチと、おれのためのビールを運んできた。それからサムと手をつないで、冷たい飲み物を買いに行った。サムが飲み物にうるさいことを最近知った。水はだめで、炭酸飲料しか飲まない。

復讐の連鎖を断ち切ろうと提案したのは、レッドだった。

ある晩、彼女を抱きしめながら髪の香りを吸いこんでいたとき、彼女が言った。「あなたはサムの人生に関わるべきよ。そうする義務があるわ。サムの父親にはなれないけど、サムには誰かが必要だわ。マリアとカタリーナのほかに」

親父のような、あるいはデイヴィッド・カヴァナーやブロックのような最期を迎えたくないのなら、父親を殺され、壊れてしまったサムの人生を修復しろと言いたかったのだろう。

　サムにはまだ何があったか話していないが、秘密にするつもりはない。しかるべきときに、おれがブロックを殺したと教えるつもりだ。おれやブロックのように、憎しみを抱えて生きてほしくなかった。憎しみは人をむしばみ、消耗させ、胸に穴を開け、その空間に邪悪な願望や復讐心が入りこむ。サムをそんな目に遭わせたくない。いつかサムも大人になる。そんな大人になってほしくなかった。

　大人になったサムに、かたきを討つために彼の父親を殺したのではないと伝えるつもりだ。彼にときどきパンケーキを作ってやり、嵐に遭ったときでさえ、ボストンで観測史上最も寒かった夏でさえ太陽のように笑う美しい女性を守るためだったと。

　だからおれは、隔週の週末にサムと会っている。ファーストフードの店（スパロウの希望だ）に行ったり、ペイトリオッツの試合を観戦したり。今回は、キャットがボストンに残ってサムとふたりで住む新しいアパートメントを探すあいだ、マイアミに遊びに行くことにしたのだ。

　レッドが砂の上を転がり、おれの肩に肩をぶつけて大笑いした。おれは平然とした顔をしていたが、同じ気持ちだった。なんてこった、この女をめちゃくちゃ愛している。

「ねえ……」スパロウがおれに腕をまわし、首に鼻をすり寄せた。「この前マイアミに来たときにあなたが予約した高級レストランにまた連れてってくれるの？」

「まさか」おれは鼻を鳴らした。「あれは、おまえがマクドナルドタイプの女だと気づく前のことだ。なんなら、ウェンディーズでディナーとしゃれこもうか」

「アイホップにして。パンケーキもホットチョコレートもあるから」

「金のかかる女だな。おまけに、食後はセックスだろ」

「もちろん。あなたの体が目当てだから」

「金もだろ」

「悪いけど、自分で稼いでるわよ」スパロウがおれの顎にキスした。おれはばかみたいににやにやした。彼女の言うとおりだ。レッドのふところには最近、金がどんどん入ってくる。億万長者にはなれないが、パンケーキ屋は手堅い商売だ。

おれは片肘をついて、ディープキスをした。彼女の引きしまった腹に手を伸ばす。まだ平らで、マイアミの太陽を浴びているにもかかわらず、真っ白だった。

「おれの息子はどうしてる？」

「女の子かもよ」スパロウが眉をつりあげた。

「そのほうがいいかもな。男の子は頭痛の種だ。わかるだろ」本気で言っているわけじゃない。どっちでもかまわなかった。彼女に妊娠を告げられるまで、父親になる心の準備はできていなかったが、いまはもう待ちきれない。

　悪党でもハッピーエンドを迎えられることがあるのだ。

「スパロウ・レインズ、おまえがくれるものならなんでも喜んで受け取る」ばかみたいな発言だが、新たな喜びを受け入れるために、愛情を吐きださなければならないときもある。ちなみに、今年の秋、十月十一日が予定日だ。

「スパロウ・ブレナンでしょ」彼女が訂正した。「スパロウ・レインズだったのは、わたしがあなたの悪夢のような存在だったときだけ」

「おまえは悪夢なんかじゃなかった。最初はビジネスで……」おれはにやにやし、彼女の腹の上で手を広げた。「いつの間にかおれの喜びになった」

「いまは？」スパロウがおれの手に手を重ね、ぎゅっと握りしめた。

「いまは、おれの帰る家だ」

謝辞

『愛は闇のかなたに』はたくさんの人々のおかげで完成しました。きっと何人か書き忘れてしまうでしょうが、この旅に協力してくれた次の方々に、愛と感謝とハグを捧げます。

五カ月間、イン・アンド・アウト・バーガーのテイクアウトで生き延びたわたしの夫。本当にごめんなさい。感謝の印にジムの会員権を買いました。

おかしくなったいいかげんな母親に耐えたわたしの息子（〝ママの原稿をもう一度読みましょう〟という新しいゲームは、あまり面白くなかったわね）。

マーケティングを行ってくれた最高にすばらしいストリート・チーム——リン、サブリナ、ヘン、アビビット、ドンナ、デーナ、マンディ。そして、わたしが精神崩壊してパニックに陥ったときも、忍耐強く支えてくれた秘書のアマンダ・フォークナー。あなたこそＭＶＰです。

ストーリーをよりよいものにしてくれたベータリーダーにも感謝します。すばらしいキャット、エイミー、エリヤ、ブリー、イラニット。この本を数えきれないほど読み返して、細かい点を見直してくれたリリアンに特別な感謝を。みなさんのすばらしい意見や有益な提案に感謝します。スパロウとトロイの物語に精魂を込めてくださったことは一目瞭然です。決して忘れません。

本書のあちこちに魔法をかけてくれたすばらしい人々——編集者のカレン、イラストレーターのソフィー、フォーマッターのキャシー、校正者のキャット。あなたたちがいなかったらどうなっていたことか、想像したくもありません。

そして何より、わたしの夢をかなえてくれる読者の皆様に感謝します。あなた方がいなければ、ストリート・チームもベータリーダーも編集者もフォーマッターも必要ありません。あなた方がわたしの本を買ってくれるから、夢が実現するのです。みなさんのおかげです。

著者あとがき

わたしは妊娠中に『愛は闇のかなたに』を書き始めました。毎晩執筆し、毎朝プロットを考えたのです。時間がたくさんあったので、一語一語にこだわりました。

そして、子どもが生まれたあとは、そんな時間はほとんどなくなりました。

それでも、書き続けたのです。時間を見つけては書き直し、夢中になりました。

どうしてこんな話をするかというと、生活を投げだし、正気を失い、睡眠時間を削って書いたものに対する、あなたの意見が聞きたいからです。正直な意見を。物書きは孤独な仕事で、同僚は四方の壁とキーボードと、冷めたコーヒーだけ。だから、この本を読んであなたが思ったことをどうしても知りたいのです。

お時間があれば、正直なレビューを書いてください。本書だけでなく、すべての本に。作家はそれをありがたく思います。

とても。

さて、七百時間くらいの睡眠不足を取り戻さなければならないので、この辺で筆を置きます。

愛を込めて。

L・J・シェン

著者のフェイスブック（https://goo.gl/e7m8n0）

訳者あとがき

世界的なベストセラー作家、L・J・シェンの初邦訳作品をお届けします。二〇一六年のアマゾン・インターナショナルベストセラーにリスト入りした作品です。

ギャングの街サウス・ボストンで、さまざまな揉めごとを秘密裏に処理するフィクサーとしてみんなから恐れられているトロイ・ブレナン。ギャングのボスだった父親を殺され、復讐すべく黒幕を探し続けています。一方、敬愛する父親と生前に交わした約束も果たさなければなりません。それは、近所に住む十歳も年下の地味で平凡な女の子、スパロウと結婚することでした。まったく気が進まず、先延ばしにしていたのですが、彼女と結婚しない限り財産も相続できないとあって、ようやく約束を果たす決心をします。

ブレナン家の下で働く父親に男手ひとつで育てられたスパロウは、ダイナーで働きながら料理学校に通い、シェフになる夢を追いかけていました。ところが突然、話したこともない、悪名高い男に結婚を申し込まれたのです。人を殺したこともあるという噂を持つ冷酷な男と結婚などしたくありませんでしたが、相手は地元の有力者で父親のボスでもあり、断ることはできませんでした。そうして、対極の世界に住むちぐはぐなふたりの結婚生活が始まったのです。

トロイは高級スーツに身を包み、高級車を乗りまわして、人を人とも思わぬ態度を取る傲慢な男ですが、過去に唯一愛した女性に裏切られ、傷を負っています。一方、スパロウはいつもジーンズにスニーカーという格好で、趣味はジョギング、ホットチョコレートとパンケーキが大好きな素朴な女の子。複雑な家庭で育ったのですが、真面目で優しく、気が強くて、トロイにも物怖じせずに言い返します。トロイは自分の周りにはいなかったタイプのスパロウにどんどん惹かれていきますが、トロイの父親がふたりを結婚させた理由こそ、彼らのあいだに立ちはだかる大きな壁になってしまうのです。

本書の原題は、スズメを意味し、ヒロインの名前にもなっている〝*Sparrow*〟。ボストンでは知らぬ者のいない有力者のトロイと結婚し、その翼を切られたかのように言いなりにならざるをえないスパロウの運命を暗示しています。でも、果たしてその運命は不幸だったのか……波瀾万丈のラブストーリーをお楽しみください！

作者はワルのアルファメールをヒーローとしたロマンス小説を得意としていて、二〇一五年にデビューして以来、すでに十三冊出版しています。今後のさらなる活躍が楽しみですね。

二〇一九年八月

ザ・ミステリ・コレクション

愛《あい》は闇《やみ》のかなたに

著者　L・J・シェン
訳者　水野涼子《みずのりょうこ》

発行所　株式会社 二見書房
東京都千代田区神田三崎町2-18-11
電話　03(3515)2311［営業］
03(3515)2313［編集］
振替　00170-4-2639

印刷　株式会社 堀内印刷所
製本　株式会社 村上製本所

落丁・乱丁本はお取り替えいたします。
定価は、カバーに表示してあります。

ISBN978-4-576-19150-8
https://www.futami.co.jp/

二見文庫 ロマンス・コレクション

恋の予感に身を焦がして
クリスティン・アシュリー
高里ひろ［訳］
〔ドリームマン シリーズ〕
グエンが出会った〝運命の男〟は謎に満ちていて…。読み出したら止まらないジェットコースターロマンス！超人気作家による〈ドリームマン〉シリーズ第1弾

愛の夜明けを二人で
クリスティン・アシュリー
高里ひろ［訳］
〔ドリームマン シリーズ〕
マーラは隣人のローソン刑事に片思いしている。でもマーラの自己評価が2.5なのに対して、彼は10点満点で…。〝アルファメールの女王〟によるシリーズ第2弾

ふたりの愛をたしかめて
クリスティン・アシュリー
高里ひろ［訳］
〔ドリームマン シリーズ〕
心に傷を持つテスを優しく包む「元・麻取り官」のブロック。ストーカー、銃撃事件……二人の周りにはあまりにも問題が山積みで…。超人気〈ドリームマン〉第3弾

あなたを守れるなら
K・A・タッカー
寺尾まち子［訳］
警察署長だったノアの母親が自殺し、かつての同僚の娘グレースに大金が遺された。これはいったい何の金なのか？ 調べはじめたふたりの前に、恐ろしい事実が……

ひびわれた心を抱いて
シェリー・コレール
藤井喜美枝［訳］
女性TVリポーターを狙った連続殺人事件が発生。連邦捜査官ヘイデンは唯一の生存者ケイトに接触するが…？若き才能が贈る衝撃のデビュー作〈使徒〉シリーズ降臨！

秘められた恋をもう一度
シェリー・コレール
水川玲［訳］
検事のグレイスは、生き埋めにされた女性からの電話を受ける。FBI捜査官の元夫とともに真相を探ることになるが…。好評〈使徒〉シリーズ第2弾！

ミッシング・ガール
ミーガン・ミランダ
出雲さち［訳］
10年前、親友の失踪をきっかけに故郷を離れたニック。久々に家に戻るとまた失踪事件が起き……。〝時間が巻き戻る〟斬新なミステリー、全米ベストセラー！